BIBLIOTHÈQUE DES DAMES

———

IX

VALÉRIE

TIRAGE A PETIT NOMBRE

Il a été tiré en outre vingt exemplaires sur papier de Chine (nos 1 à 20) et vingt sur papier Whatman (nos 21 à 40), accompagnés d'une *triple épreuve* du frontispice.

VALÉRIE

Jonaust. Ed.   Imp. A. Salmon

MME DE KRUDENER

VALÉRIE

PUBLIÉE PAR D. JOUAUST

D'APRÈS L'ÉDITION ORIGINALE

Frontispice gravé par Lalauze

PARIS

LIBRAIRIE DES BIBLIOPHILES

Rue Saint-Honoré, 338

M DCCC LXXXIV

AVANT-PROPOS

E N donnant accès aujourd'hui au roman de VALÉRIE dans notre BIBLIOTHÈQUE DES DAMES, nous n'avons pas la prétention de consacrer une nouvelle notice à Mme de Krüdener et à son œuvre, sur lesquelles tout a été dit, et qui ne nous paraissent pas mériter d'autres études et d'autres recherches. Nous renverrons donc simplement le lecteur à la remarquable notice faite par M. X. Marmier dans la REVUE GERMANIQUE de juillet 1833, et à celle de Sainte-Beuve, imprimée en tête de l'édition Charpentier, après avoir paru dans la REVUE DES DEUX-MONDES, puis à la récente préface de M. Parisot, ainsi qu'à l'intéressant volume que M. Paul Lacroix a publié, il y a quatre ans, sur Mme de Krüdener.

Il y a deux personnages dans Mme de Krüdener : d'abord l'écrivain, qui a pris la plume pour traduire les impressions de ses débuts dans la vie; puis la femme mystique et exaltée se posant en prophétesse et

Valérie.   a

poursuivant le rêve de fonder une religion nouvelle.
C'est naturellement du premier que nous avons à
nous occuper ici, sans toutefois négliger absolument
les détails qui concernent le second, les excentricités
de la visionnaire devant servir à expliquer certains
côtés étranges de l'œuvre de l'écrivain.

Julie Vietinghoff, née à Riga en 1766, fut mariée,
à l'âge de quatorze ans, au baron de Krüdener, qui
n'en avait pas quarante. Bien qu'à cet âge un homme
ne puisse paraître un vieillard à une femme, si jeune
qu'elle soit, elle le trouva trop âgé pour elle ; et l'on
pourra s'en étonner quelque peu, puisque cinq ans après,
à l'âge de dix-neuf ans, elle devenait la maîtresse de
l'académicien Suard, qui avait atteint la cinquan-
taine. Quoi qu'il en soit, le désaccord ne tarda pas
à se mettre entre les deux époux.

Le baron de Krüdener était ambassadeur, et son
secrétaire intime conçut pour la baronne un violent
amour, qu'il n'osa, paraît-il, jamais lui avouer, et qui,
avec l'aide d'une phtisie, le conduisit rapidement au
tombeau, si même il ne le porta au suicide. C'est du
moins ce que laissa dire Mme de Krüdener, qui n'était
nullement insensible à la gloire de faire des victimes.
En tout cas, cette aventure flatta singulièrement son
penchant à la sentimentalité et au mysticisme ; elle se
plut à en faire le sujet d'un roman dans lequel elle
prit le nom de Valérie, donnant celui de Gustave au
malheureux jeune homme qui était mort de l'avoir

aimée. On lui pardonnera facilement de s'y faire un rôle tout idéal et de se présenter au lecteur avec une auréole de pureté qu'elle ne porta pas toujours dans la vie réelle : en effet, après s'être éprise des cinquante ans de Suard, elle conçut, en 1801, une violente passion pour le talent du chanteur Garat; passion malheureuse, qui finit par trouver un outrageant dédain chez l'objet aimé, et à la suite de laquelle la sentimentale baronne renonça pour toujours aux faiblesses du cœur et des sens.

Plus que toute autre la baronne de Krüdener a subi ce charme irrésistible qui n'a jamais cessé d'attirer les étrangers vers la France. Aussi est-ce en français qu'elle écrivit son roman de VALÉRIE, et l'on est vraiment émerveillé de la facilité avec laquelle elle sut manier une langue qui n'était pas la sienne. Elle fit plusieurs séjours à Paris. C'est pendant le second, qui commença en 1801, que parut VALÉRIE (1803). Le roman ne plut pas à Napoléon, dont Mme de Krüdener ambitionnait l'approbation. Elle en conçut un grand ressentiment, et se trouva ainsi toute préparée à entrer dans le mouvement de réaction germanique qui se dessinait contre le maître des destinées de la France, et qui s'accentua davantage après l'assassinat du duc d'Enghien. Mme de Krüdener retourna alors en Allemagne. Elle s'y lia avec la reine de Prusse, qu'elle eut la douleur de voir mourir bientôt. Le chagrin qu'elle ressentit de cette perte la *jeta dans le mysticisme, et elle commença à faire à Heidelberg, à Bade, à Carlsruhe, du prosélytisme en faveur de la religion nouvelle dont elle voulait jeter les bases.*

Elle revint ensuite à Paris avec les alliés. C'est alors surtout qu'elle eut un salon très suivi, et qu'elle acquit cette grande influence que désormais elle devait mettre exclusivement au service de son mysticisme religieux. Elle fut dans une très grande intimité avec l'empereur de Russie, qui se laissa prendre à son rêve d'une union intime entre la France et la Russie. Aussi Alexandre présenta-t-il solennellement son amie à toute l'armée russe, lors de la grande revue qu'il passa dans les plaines des Vertus, en Champagne[1]. Ce fut l'apogée de l'influence de Mme de Krüdener, et la trop confiante baronne ne tarda pas à éprouver que l'amitié d'un souverain est de celles sur lesquelles on peut compter le moins. Alexandre l'abandonna bientôt, et de cet abandon date pour Mme de Krüdener une existence errante et accidentée dans les péripéties de laquelle nous n'avons pas l'intention de la suivre.

Complètement vouée, dès lors, à une vie d'extase et de prédication, elle arrive d'abord à Bâle, où elle fait tant de prosélytes qu'on est obligé de l'expulser.

---

1. Elle a publié, sous le titre *le Camp des Vertus*, les pensées que lui inspira **cette** solennité.

Puis on la retrouve alternativement et successivement dans les principales villes de Suisse, dans le grand-duché de Bade, en Allemagne, moralisant et catéchisant sans cesse, attirant toujours sur ses pas une foule de mendiants et de sectaires, chassée de partout, et n'entrant parfois dans une ville que pour y rester quelques heures, si bien que finalement les puissances s'émeuvent du bruit qu'elle soulève autour d'elle, et qu'elle est reconduite militairement à la frontière russe. Là elle a le déboire de voir son souverain, son ancien prosélyte et ami, lui interdire le séjour de Saint-Pétersbourg et de Moscou, et la confiner dans une terre aux environs de Riga. Elle obtient pourtant ensuite la permission d'aller à Saint-Pétersbourg : elle y est recueillie par la princesse Galitzin, qu'elle endoctrine, et dont la maison devient le temple où elle réunit ses fidèles. Enfin elle veut aller fonder une colonie religieuse aux environs de la mer d'Azof, et c'est là qu'elle va mourir d'un cancer, le 13 décembre 1824, en ayant la douleur de voir avorter son entreprise.

Revenons maintenant à VALÉRIE, qui eut un très grand succès, surtout auprès des femmes, dont ce roman flattait singulièrement l'amour-propre. La perfection avec laquelle il était écrit donna à penser que Mme de Krüdener n'en était pas l'auteur. On voulut qu'il fût de Bernardin de Saint-Pierre, qui peut-être fut appelé à donner quelques conseils. On

attribua aussi la paternité de l'œuvre à Bérenger,
l'auteur aujourd'hui oublié de la MORALE EN ACTION,
avec qui la baronne s'était liée pendant un séjour
qu'elle fit à Lyon. Mais M. Paul Lacroix a juste-
ment publié dans son curieux travail[1] *une lettre qu'elle*
écrivait à Bérenger en 1805, *et qui prouve bien qu'il*
était étranger à la composition et à la rédaction
du roman. En voici le passage qui nous intéresse :

« C'est à Lyon que j'achevai *Valérie.* J'avais en-
trepris cet ouvrage à Genève, inspirée par les
beautés mélancoliques du Léman et de la Grande-
Chartreuse. Je vous en lus la moitié. Je fis la même
confidence à V... et à Camille Jordan. On me
pressa d'achever, et j'achevai ce romanesque et
très fidèle tableau d'une passion sans exemple
comme sans tache.

« Ce n'est pas le désir d'étaler de l'esprit qui
m'a inspiré ces pages, que je crois touchantes, et
auxquelles vos journaux daignent accorder quelques éloges. Non, certes : ce qu'il y a de bon dans
Valérie appartient à des sentiments religieux que
le Ciel m'a donnés, et qu'il a voulu protéger en
faisant aimer ces sentiments... Je vois, au reste,
par ce succès de ma chérissime *Valérie,* que la

---

1. *Madame de Krüdener, ses lettres et ses ouvrages iné-*
dits. Paris, Ollendorff, 1880.

piété, l'amour pur et combattu, les touchantes affections, et tout ce qui tient à la délicatesse et à la vertu, émeuvent et touchent plus en France qu'ailleurs. »

Après cette appréciation de Mme de Krüdener par elle-même, voyons le jugement que Sainte-Beuve a porté sur elle. En vertu d'une fiction par laquelle il se plaît à placer chaque auteur dans l'époque à laquelle il aurait dû vivre, l'éminent critique fait de Mme de Krüdener une figure du moyen âge.

« C'est (dit-il) comme une sainte qui nous apparaît, une sainte du Nord, du XIIIe siècle, une sainte Élisabeth de Hongrie, ou encore quelque sœur du grand maître des chevaliers *porte-glaive*, qui, du fond de la Livonie, attirée sur le Rhin et longtemps mêlée aux délices des cours, ayant aimé et inspiré les illustres *minnesinger* du temps, ayant fait elle-même quelque roman en vers comme un poète de la Wartbourg, ou plutôt ayant voulu imiter notre Chrestien de Troyes, ou quelque autre fameux trouvère en rime française, en cette langue le plus *délitable* d'alors, serait enfin revenue à Dieu, à la pénitence, aurait désavoué toutes les missions et les flatteries qui l'entouraient, aurait prêché Thibaut, aurait consolé des calomnies et sanctifié Blanche, serait entrée dans un ordre qu'elle aurait subi, qu'elle aurait réformé, et, autre sainte Claire, à la suite d'un saint François d'Assise, aurait remué comme lui des foules et parlé dans le désert aux petits oiseaux. »

Voilà un portrait complet et tracé de main de maître : aussi n'avons-nous voulu rien retrancher de cette longue période, dans laquelle l'illustre critique se laisse emporter, par son lyrique enthousiasme, un peu au delà de sa mesure ordinaire, et fait de Mme de Krüdener un être un peu trop idéal. Passant ensuite de l'auteur à son œuvre, Sainte-Beuve s'exprime ainsi au sujet de VALÉRIE :

« Quand Mme de Staël, en pleine célébrité et hautement accueillie par l'école française du XVIIIe siècle, commençait à tourner à l'Allemagne, Mme de Krüdener, Allemande, et malgré la littérature alors si glorieuse de son pays, n'avait d'yeux que vers le nôtre. Dans cette langue préférée, elle nous envoyait un petit chef-d'œuvre où les teintes du Nord venaient, sans confusion, enrichir, étendre le genre des Lafayette et des Souza. Après Saint-Preux, après Werther, après René, elle sut être elle-même, à la fois de son pays et du nôtre, et introduire son mélancolique scandinave dans le vrai style de la France... Dans *Valérie,* plus que chez Mme de Staël, l'inspiration germanique, si sentimentale qu'elle soit, se corrige en s'exprimant, et, pour ainsi dire, se termine avec un certain goût toujours, et par une certaine forme discrète et française.

.   .   .   .

« *Valérie*, par l'ordre des pensées et des senti-ments, n'est inférieure à aucun roman de plus grande composition, mais surtout elle a gardé, sans y songer, la proportion naturelle, l'unité véri-table ; elle a, comme avait la personne de son au-teur, le charme infini de l'ensemble.

« *Valérie* a des côtés durables en même temps que des endroits de mode et déjà passés. Il y a eu dans le roman des talents très remarquables, qui n'ont que des succès viagers, et dont les produc-tions, exaltées d'abord, se sont évanouies à quel-ques années de là. Mlle de Scudéry et Mme Cottin, malgré le grand esprit de l'une et le pathétique d'action de l'autre, sont tout à fait passées. Pas une œuvre d'elles qu'on puisse relire autrement que par curiosité, pour savoir les modes de la sen-sibilité de nos mères. Mme de Montolieu est en-core ainsi : *Caroline de Lichtfield,* qui a tant charmé une première fois à quinze ans, ne peut se relire, pas plus que *Claire d'Albe. Valérie,* au contraire, a un coin durable et à jamais touchant ; c'est une de ces lectures qu'on peut se donner jusqu'à trois fois dans sa vie, aux différents âges.

. . . .

« Le style de *Valérie* a, comme les scènes mêmes qu'il retrace, quelques fausses couleurs de la mode sentimentale du temps. Je ne saurais aimer que le comte envoie, pour le tombeau de son fils, une belle table de marbre de Carrare, *rose*, dit-il, *comme la jeunesse, et veinée de noir comme la vie.* Mais ces défauts de goût y sont rares, aussi bien que quelques locutions vicieuses (*en imposer* pour *imposer*), qu'un trait de plume corrigerait. Le style de ce charmant livre est, au total, excellent, eu égard au genre peu sévère : il a le nombre, le rythme, la vivacité du tour, un perpétuel et parfait sentiment de la phrase française. »

M. Paul Lacroix, dans son livre déjà cité, appuie le jugement de Sainte-Beuve et ajoute :

« Mme de Krüdener aurait égalé, surpassé peut-être Bernardin de Saint-Pierre, si elle avait appliqué uniquement aux lettres son génie, sans l'égarer dans les brouillards du mysticisme religieux. Elle possédait au plus haut degré le talent d'exprimer ses idées dans un langage facile, élégant, harmo-

nieux. Étrangère, elle avait deviné notre langue
plutôt qu'elle ne l'avait apprise, et elle s'en servait
avec un merveilleux instinct, qui suppléait à cette
science, à cet art, qu'on acquiert à force de travail et de temps. Elle était devenue écrivain,
comme elle devint plus tard orateur, pour les né-
cessités de son apostolat; comme elle eût été
poète, si elle avait eu besoin de faire entrer sa
pensée dans le moule du vers pour lui donner
plus de portée et plus d'écho [1].

Mme de Krüdener n'a guère fait que Valérie. *Ses
autres écrits, qui ne sont que de la controverse ou des
extases religieuses, tiendraient en un petit nombre de
pages. Elle avait pourtant commencé, sous le titre
d'*Othilde, *un autre roman, consacré à l'amour divin,
et qui, dans sa pensée, était comme une expiation de*
Valérie, *le roman de l'amour terrestre. C'était, di-
sait-elle, dans une lettre adressée, en 1809, à son
amie, M*lle *Cochelet, lectrice de la reine de Hol-
lande, un ouvrage « fait avec le Ciel ». Le sujet
d'*Othilde, *dont l'action se passait au moyen âge,
ne nous est pas connu, et il est fort probable que
l'ouvrage n'a jamais été achevé. Il en est resté un*

---

1. Il existe d'elle, en effet, une pièce de vers que cite
M. Paul Lacroix, et qui fait penser aux *Méditations* de
Lamartine.

fragment que M. Paul Lacroix a donné dans le livre auquel nous venons de faire un emprunt.

· Quoi qu'il en soit, VALÉRIE a suffi à établir le renom littéraire de la baronne de Krüdener, puisque ce roman a déjà été réimprimé plusieurs fois, et que c'est à la demande d'un grand nombre de personnes que nous lui donnons aujourd'hui une place dans notre BIBLIOTHÈQUE DES DAMES.

D. JOUAUST.

PRÉFACE

E me trouvois, il y a quelques années, dans une des plus belles provinces du Danemark : la nature, tour à tour sauvage et riante, souvent sublime, avoit jeté dans le magnifique paysage que j'aimois à contempler, là de hautes forêts, ici des lacs tranquilles, tandis que dans l'éloignement la mer du Nord et la mer Baltique rouloient leurs vastes ondes au pied des montagnes de la Suède, et que la rêveuse mélancolie invitoit à s'asseoir sur les tombeaux des anciens Scandinaves, placés, d'après l'antique usage de ce peuple, sur des collines et des tertres répandus dans la plaine.

« Rien n'est plus poétique, a dit un éloquent écrivain, qu'un cœur de seize années. » Sans être aussi jeune, je l'étois cependant ; j'aimois à sentir et à méditer, et souvent je créois autour de moi des tableaux aussi variés que les sites qui

m'environnoient. Tantôt je voyois les scènes terribles qui avoient offert au génie de Shakespeare
les effrayantes beautés de *Hamlet;* tantôt les images plus douces de la vertu et de l'amour se présen-
toient à moi, et je voyois les ombres touchantes
de Virginie et de Paul : j'aimois à faire revivre ces
êtres aimables et infortunés; j'aimois à leur offrir
des ombrages aussi doux que ceux des cocotiers,
une nature aussi grande que celle des tropiques,
des rivages solitaires et magnifiques comme ceux
de la mer des Indes.

Ce fut au milieu de ces rêves, de ces fictions
et de ces souvenirs que je fus surprise un jour
par le récit touchant d'une de ces infortunes qui
vont chercher au fond du cœur des larmes et des
regrets. L'histoire d'un jeune Suédois d'une naissance illustre me fut racontée par la personne
même qui avoit été la cause innocente de son
malheur. J'obtins quelques fragmens écrits par
lui-même : je ne pus les parcourir qu'à la hâte;
mais je résolus de noter sur-le-champ les traits
principaux qui étoient restés gravés dans ma mémoire. J'obtins après quelques années la permission de les publier : je changeai les noms, les
lieux, les temps; je remplis les lacunes, j'ajoutai
les détails qui me parurent nécessaires; mais, je

puis le dire avec vérité, loin d'embellir le caractère de Gustave, je n'ai peut-être pas montré
toutes ses vertus; je craignois de faire trouver
invraisemblable ce qui pourtant n'étoit que vrai.
J'ai tâché d'imiter la langue simple et passionnée
de Gustave. Si j'avois réussi, je ne douterois pas
de l'impression que je pourrois produire : car, au
milieu des plaisirs et de la dissipation qui absor-
bent la vie, les accens qui nous rendent quelque
chose de notre jeunesse ou de nos souvenirs ne
nous sont pas indifférens, et nous aimons à être
ramenés dans des émotions qui valent mieux que
ce que le monde peut nous offrir.

J'ai senti d'avance tous les reproches qu'on
pourroit faire à cet ouvrage. Une passion qui
n'est point partagée intéresse rarement : il n'y
a pas d'événemens qui fassent ressortir les situations ; les caractères n'offrent point de contrastes
frappans ; tout est renfermé dans un seul développement, un amour ardent et combattu dans le
cœur d'un jeune homme. De là ces répétitions
continuelles : car les fortes passions, on le sait
bien, ne peuvent être distraites et reviennent toujours sur elles-mêmes ; de là ces tableaux peut-
être trop souvent tirés de la nature. Le solitaire
Gustave, étranger au monde, a besoin de con-

verser avec cette amie ; il est d'ailleurs Suédois ;
et les peuples du Nord, ainsi qu'on peut le remarquer dans leur littérature, vivent plus avec la
nature ; ils l'observent davantage, et peut-être
l'aiment-ils mieux. J'ai voulu rester fidèle à toutes
ces convenances ; persuadée d'ailleurs que, si les
passions sont les mêmes dans tous les pays, leur
langage n'est pas le même ; qu'il se ressent toujours des mœurs et des habitudes d'un peuple ;
et qu'en France il est plus modifié par la crainte
du ridicule ou par d'autres considérations qui
n'existent pas ailleurs. Qu'on ne s'étonne pas
aussi de voir Gustave revenir si souvent aux idées
religieuses : son amour est combattu par la vertu,
qui a besoin des secours de la religion ; et, d'ailleurs, n'est-il pas naturel d'attacher au Ciel des
jours qui ont été troublés sur la terre ?

Mon sincère désir a été celui de présenter un
ouvrage moral, de peindre cette pureté de mœurs
dont on n'offre pas assez de tableaux et qui est
si étroitement liée au bonheur véritable. J'ai pensé
qu'il pouvoit être utile de montrer que les âmes
les plus sujettes à être entraînées par de fortes
passions sont aussi celles qui ont reçu le plus de
moyens pour leur résister, et que le secret de la
sagesse est de les employer à temps. Tout cela

avoit été bien mieux dit, bien mieux démontré avant moi; mais on ne résiste guère à l'envie de communiquer aux autres ce qui nous a profondément émus nous-mêmes. Il est un enthousiasme qui est à l'âme ce que le printemps est à la nature : il fait éclore mille sentimens, il fait verser des larmes auxquelles on croit le pouvoir d'en faire répandre d'autres.

C'était là ma situation en lisant les fragmens de Gustave; et si quelques regards attendris s'attachent sur cet ouvrage, comme sur un ami qui nous a révélé notre propre cœur, ils sauront tout à la fois et m'excuser et me défendre.

VALÉRIE

OU

LETTRES

DE GUSTAVE DE LINAR

A ERNEST DE G...

LETTRE PREMIÈRE

Eichstadt, le 10 mars.

Tu dois avoir reçu toutes mes lettres, Ernest : depuis que j'ai quitté Stockholm, je t'ai écrit plusieurs fois. Tu peux me suivre dans ce voyage, qui seroit enchanteur s'il ne me séparoit pas de toi. Oh ! pourquoi n'avons-nous pu réaliser ces rêves délectables de notre jeune âge, quand notre imagination s'élançoit dans ce grand univers, voyoit rouler d'autres cieux, entendoit gronder de plus terribles orages! quand, assis ensemble sur ce rocher qui se séparoit des autres et qui nous donnoit l'idée de l'indépendance et de la fierté, nos cœurs battoient tantôt de mille pressentimens confus, tantôt se rejetoient dans la sombre antiquité, et voyoient sortir de ces ténèbres nos héros favoris! Où sont-ils, ces jours radieux de fortes et de douces émotions? Je t'ai quitté, aimable compagnon de ma jeunesse, sage ami qui réglois les mouvemens trop désordonnés de mon cœur, et endormois mes tumultueux désirs aux accens de ton âme ingénieuse et inspirée! Cependant, Ernest, je suis quelquefois presque heureux; il y a un charme enivrant dans ce voyage, qui souvent me ravit; tout s'accorde bien avec mon cœur, et même avec mon imagination. Tu sais comme j'ai besoin de cette belle faculté, qui prend dans l'avenir de quoi augmenter encore la félicité présente; de cette enchanteresse qui s'occupe de tous les âges et de toutes les conditions de la vie, qui a des hochets pour les enfans, et donne aux génies supérieurs les clefs du ciel, pour que leurs regards s'enivrent de hautes félicités... Mais où vais-je m'égarer? Je ne t'ai rien dit encore du comte. Il a reçu toutes ses instructions; il va décidément à Venise, et cette place est celle qu'il désiroit. Il se plaît dans l'idée que nous ne nous séparerons pas, qu'il pourra me guider lui-même dans cette nouvelle carrière où il a voulu que j'entrasse, et qu'il pourra, en achevant

lui-même mon éducation, remplir le saint devoir
dont il se chargea en m'adoptant. Quel ami, Ernest, que ce second père ! Quel homme excellent !
La mort seule a pu interrompre cette amitié qui le
lioit à celui que j'ai perdu, et le comte se plaît à
la continuer religieusement en moi. Il me regarde
souvent ; je vois quelquefois des larmes dans ses
yeux : il trouve que je ressemble beaucoup à mon
père, que j'ai dans mon regard la même mélancolie ; il me reproche d'être, comme lui, presque
sauvage et de craindre trop le monde. Je t'ai
déjà dit comment j'ai fait la connoissance de la
comtesse, de quelle manière touchante il me présenta à Valérie (c'est ainsi qu'elle se nomme et
que je l'appellerai désormais) ; d'ailleurs, elle veut
que je la regarde comme une sœur, et c'est bien
là l'impression qu'elle m'a faite. Elle m'en impose
moins que le comte : elle a l'air si enfant ! Elle est
très vive, mais sa bonté est extrême. Valérie paroît
aimer beaucoup son mari : je ne m'en étonne pas ;
quoiqu'il y ait entre eux une grande différence
d'âge, on n'y pense jamais. On pourroit trouver
quelquefois Valérie trop jeune ; on a peine à se
persuader qu'elle ait formé un engagement aussi
sérieux ; mais jamais le comte ne paroît trop vieux.
Il a trente-sept ans ; mais il n'a pas l'air de les
avoir. On ne sait d'abord ce qu'on aime le plus en
lui, ou de sa figure noble et élevée, ou de son
esprit, qui est toujours agréable, qui s'aide encore
d'une imagination vaste et d'une extrême culture ;

mais, en le connoissant davantage, on n'hésite
pas : c'est ce qu'il tire de son cœur qu'on préfère ;
c'est quand il s'abandonne et qu'il se découvre entièrement qu'on le trouve si supérieur. Il nous
dit quelquefois qu'il ne peut être aussi jeune dans
le monde qu'il l'est avec nous, et que l'exaltation
iroit mal avec une ambassade.

Si tu savois, Ernest, comme notre voyage est
agréable ! Le comte sait tout, connoît tout, et le
savoir en lui n'a pas émoussé la sensibilité. Jouir
de son cœur, aimer et faire du bonheur des autres
le sien propre, voilà sa vie ; aussi ne gêne-t-il personne. Nous avons plusieurs voitures, dont une
est découverte ; c'est ordinairement le soir que
nous allons dans celle-là. La saison est très belle.
Nous avons traversé de grandes forêts en entrant
en Allemagne ; il y avoit là quelque chose du pays
natal qui nous plaisoit beaucoup. Le coucher du
soleil surtout nous rappeloit à tous des souvenirs
différens que nous nous communiquions quelquefois ; mais le plus souvent nous gardions alors le
silence. Les beaux jours sont comme autant de
fêtes données au monde ; mais la fin d'un beau
jour, comme la fin de la vie, a quelque chose d'at-
tendrissant et de solennel : c'est un cadre où vont
se placer tout naturellement les souvenirs, et où
tout ce qui tient aux affections paroît plus vif,
comme au coucher du soleil les teintes paroissent
plus chaudes. Que de fois mon imagination se
reporte alors vers nos montagnes ! Je vois à leurs

pieds notre antique demeure; ces créneaux, ces
fossés, si longtemps couverts de glaces, sur lesquels nous nous' exercions, la lance à la main, à
des jeux guerriers, glissant sur cette glace comme
sur nos jours, que nous n'apercevions pas. Le
printemps revenoit; nous escaladions le rocher;
nous comptions alors ces vaisseaux qui venoient
de nouveau tenter nos mers; nous tâchions de
deviner leur pavillon; nous suivions leur vol rapide;
nous aurions voulu être sur leurs mâts, comme les
oiseaux marins, les suivre dans des régions lointaines. Te rappelles-tu ce beau coucher du soleil,
où nous célébrâmes ensemble un grand souvenir?
C'étoit peu après l'équinoxe. Nous avions vu la
veille une armée de nuages s'avancer en présageant
la tempête : elle fut horrible; tous deux nous trem-
blions pour un vaisseau que nous avions décou-
vert; la mer étoit soulevée et menaçoit d'engloutir
tous ces rivages. A minuit, nous entendîmes les si-
gnaux de détresse. Ne doutant pas que le vaisseau
n'eût échoué sur un des bancs, mon père fit au
plus vite mettre des chaloupes en mer; au moment
où il animoit les pilotes côtiers, il ne résista pas à
nos instances, et, malgré le danger, il nous permit
de l'accompagner. Oh! comme nos cœurs battoient! comme nous désirions être partout à la
fois! comme nous aurions voulu secourir chacun
des passagers! Ce fut alors que tu exposas si gé-
néreusement ta vie pour moi. Mais il faut rester
fidèle à ma promesse; il faut ne point te parler de

ce qui te paroît si simple, si naturel ; mais au moins laisse-moi ma reconnoissance comme un de mes premiers plaisirs, si ce n'est comme un de mes premiers devoirs, et n'oublions jamais le rocher où nous retournâmes après cette nuit, et d'où nous regardions la mer en remerciant le Ciel de notre amitié.

Adieu , Ernest; il est tard, et nous partons de grand matin.

LETTRE II

Luben, le 20 mars.

Ernest, plus que jamais elle est dans mon cœur, cette secrète agitation qui tantôt portoit mes pas sur les sommets escarpés des Koullen, tantôt sur nos désertes grèves. Ah! tu le sais, je n'y étois pas seul : la solitude des mers, leur vaste silence ou leur orageuse activité, le vol incertain de l'alcyon, le cri mélancolique de l'oiseau qui aime nos régions glacées, la triste et douce clarté de nos aurores boréales, tout nourrissoit les vagues et ravissantes inquiétudes de ma jeunesse. Que de fois, dévoré par la fièvre de mon cœur, j'eusse voulu, comme l'aigle des montagnes, me baigner dans un nuage et renouveler ma vie ! Que de fois j'eusse voulu me plonger dans l'abîme de ces mers dévorantes, et tirer de tous les élémens, de toutes les secousses, une nouvelle énergie, quand je sentois la mienne s'éteindre au milieu des feux qui me consumoient!

Ernest, j'ai quitté tous ces témoins de mon inquiète existence; mais partout j'en retrouve d'autres : j'ai changé de ciel; mais j'ai emporté avec moi mes fantastiques songes et mes vœux immodérés. Quand tout dort autour de moi, je veille avec eux; et, dans ces nuits d'amour et de mélancolie, que le printemps exhale et remplit de tant de délices, je sens partout cette volupté cachée de la nature, si dangereuse pour l'imagination, par le voile même qui la couvre : elle m'enivre et m'abat tour à tour; elle me fait vivre et me tue; elle arrive à moi par tous les objets et me fait languir après un seul. J'entends le vent de la nuit, il s'endort sur les feuilles, et je crois ouïr encore des pas incertains et timides; mon imagination me peint cet être idéal après lequel je soupire, et je me jette tout entier dans ce pressentiment d'amour et d'extase qui doit remplir le vague de mon cœur. Hélas! serai-je jamais aimé? Verrai-je jamais s'exaucer ces brûlans et ambitieux désirs? Donnerai-je un moment, un seul instant, tout le bonheur que je pourrai sentir? Vivrai-je de ce don splendide qui fait toucher au ciel? Ah! ce n'est pas tout, Ernest, que de donner, il faut faire recevoir; ce n'est pas tout de valoir beaucoup, il faut être senti de même. Pour faire mûrir la datte, il faut le sol d'Afrique;

pour faire naître ces grandes et profondes émotions qui nous viennent du ciel, il faut trouver sur la terre ces âmes ardentes et rares qui ont reçu la douce et peut-être la funeste puissance d'aimer comme moi.

LETTRE III

B...., le 21 mars.

Mon ami, j'ai relu ce matin ma lettre d'hier; j'ai presque hésité à te l'envoyer : non pas que je voulusse jamais te cacher quelque chose, mais parce que je sens que tu me reprocheras avec raison de ne pas chercher, comme je te l'avois promis, à réprimer un peu ce qu'il y a de trop passionné dans mon âme. Ne dois-je pas, d'ailleurs, cacher cette âme, comme un secret, à la plupart de ceux avec qui je serai appelé à vivre dans le monde ? Ne sais-je pas qu'il n'y a plus rien de naturel aux yeux de ces gens-là que ce qui nous éloigne de la nature, et que je ne leur paroîtrai qu'un insensé en ne leur ressemblant pas ? Laisse-moi donc errer avec mes chers souvenirs au milieu des forêts, au bord des eaux, où je me crée des êtres comme moi, où je rassemble autour de moi les ombres poétiques de ceux qui chantèrent tout ce qui élève

l'homme, et qui surent aimer fortement. Là, je
crois voir encore le Tasse soupirant ses vers im-
mortels et son ardent amour ; là, m'apparoît Pé-
trarque au milieu des voûtes sacrées qui virent
naître sa longue tendresse pour Laure ; là, je crois
entendre les sublimes accords du tendre et solitaire Pergolèse ; partout je crois voir le génie et
l'amour, ces enfans du ciel, fuyant la multitude et
cachant leurs bienfaits comme leurs innocentes joies.
Ah ! si je n'ai pas été doté comme les fils du génie,
si je ne puis charmer comme eux la postérité, au
moins j'ai respiré comme eux quelque chose de cet
enthousiasme, de ce sublime amour du beau, qui
vaut peut-être mieux que la gloire elle-même.

Cependant, mon Ernest, ne crois pas que je
m'abandonne sans réserve à mes rêveries. Quoique
le comte soit un des hommes dont l'âme ait gardé
le plus de jeunesse, si je puis m'exprimer ainsi, il
m'en impose trop pour que je ne voile pas une partie
de mon âme. Je cherche surtout à ne pas paroître
extraordinaire à Valérie, qui, si jeune, si calme,
me paroît comme un rayon matinal qui ne tombe
que sur des fleurs et ne connoît que leur tranquille
et douce végétation.

Je ne saurois mieux te peindre Valérie qu'en te
nommant la jeune Ida, ta cousine. Elle lui ressemble beaucoup ; cependant elle a quelque chose
de particulier que je n'ai encore vu à aucune femme.
On peut avoir autant de grâce, beaucoup plus de
beauté, et être loin d'elle. On ne l'admire peut-

être pas, mais elle a quelque chose d'idéal et de charmant qui force à s'en occuper. On diroit, à la voir si délicate, si svelte, que c'est une pensée. Cependant, la première fois que je la vis, je ne la trouvai pas jolie. Elle est très pâle ; et le contraste de sa gaieté, de son étourderie même, et de sa figure, qui est faite pour n'être que sensible et sérieuse, me fit une impression singulière.

J'ai vu depuis que ces momens où elle ne me paroissoit qu'une aimable enfant étoient rares. Son caractère habituel a plutôt quelque chose de mélancolique ; et elle se livre quelquefois à une excessive gaieté, comme les personnes extrêmement sensibles, et qui ont les nerfs très mobiles, passent à des situations tout à fait étrangères à leurs habitudes.

Le temps est beau ; nous nous promenons beaucoup ; le soir, nous faisons quelquefois de la musique : j'ai mon violon avec moi ; Valérie joue de la guitare ; nous lisons aussi : c'est une véritable fête que ce voyage.

———

LETTRE IV

Stollen, le 4 avril.

Mon ami, ce n'est que d'aujourd'hui que je connois bien Valérie. Jusqu'à présent elle avoit passé devant mes yeux comme une de ces figures gracieuses et pures dont les Grecs nous dessinèrent les formes, et dont nous aimons à revêtir nos songes ; mais je croyois son âme trop jeune, trop peu formée, pour deviner les passions ou pour les sentir ; mes timides regards aussi n'osoient étudier ses traits. Ce n'étoit pas pour moi une femme avec l'empire que pouvoient lui donner son sexe et mon imagination ; c'étoit un être hors des limites de ma pensée : Valérie étoit couverte de ce voile de respect et de vénération que j'ai pour le comte, et je n'osois le soulever pour ne voir qu'une femme ordinaire. Mais aujourd'hui, oui, aujourd'hui même, une circonstance singulière m'a fait connoître cette femme, qui a aussi reçu une âme ardente et profonde. Oui, Ernest, la nature acheva son ouvrage, et, comme ces vases sacrés de l'antiquité, dont la blancheur et la délicatesse étonnent les regards, elle garde dans son sein une flamme subtile et toujours vivante.

Écoute, Ernest, et juge toi-même si j'avois connu jusqu'à présent Valérie. Elle avoit eu envie aujourd'hui d'arriver de meilleure heure pour dîner : le comte avoit envie d'avancer, mais il a cédé ; au lieu d'envoyer le courrier, il est monté lui-même à cheval pour faire tout préparer. Quand nous sommes arrivés, Valérie l'a remercié avec une grâce charmante ; ils se sont promenés un instant ensemble, et tout à coup le comte est revenu seul et d'un air assez embarrassé. Il m'a dit : « Nous

dînerons seuls; Valérie préfère ne pas manger encore. » J'ai été fort étonné de ce caprice, et déjà
j'avois cru m'apercevoir qu'elle avoit de l'inégalité
dans le caractère. Nous nous sommes hâtés de finir
le repas. Le comte m'a prié de faire prendre du
fruit dans la voiture, croyant que cela feroit plaisir
à sa femme. Je sortis du bourg, et je trouvai la
comtesse avec Marie, jeune femme de chambre
qui a été élevée avec elle, et qu'elle aime beaucoup; elles étoient toutes deux auprès d'un bouquet d'arbres. Je m'avançai vers Valérie, et je lui
offris du fruit, ne sachant trop que lui dire; elle rougit, elle paroissoit avoir pleuré, et je sentois que je
ne lui en voulois plus. Elle avoit quelque chose de
si intéressant dans la figure, sa voix étoit si douce
quand elle me remercia, que j'en fus très ému.
« Vous aurez été étonné, me dit-elle avec une
espèce de timidité, de ne pas m'avoir vue au dîner?
— Pas du tout », lui répondis-je, extrêmement embarrassé. Elle sourit. « Puisque nous devons être
souvent ensemble, continua-t-elle, il est bon que
vous vous accoutumiez à mes enfantillages. » Je ne
savois que répondre : je lui offris mon bras pour
s'en retourner, car elle s'étoit levée. « Êtes-vous
incommodée, Madame ? lui dis-je enfin ; le comte
le craignoit. — S'est-il informé où j'étois? me
demanda-t-elle précipitamment. — Je crois qu'il
vous cherche, lui répondis-je. — Votre dîner a été
cependant assez long. » Je l'assurai que nous avions
été peu de temps à table. « Cela m'a paru fort

long », m'a-t-elle répondu. Elle regardoit autour
d'elle très souvent pour voir si elle n'apercevoit pas
le comte, quand un des gens est venu avertir que
les chevaux étoient mis. « Et mon mari, a-t-elle
demandé, où est-il? — Monsieur a pris les devans,
à pied, a répondu cet homme, après avoir ordonné
qu'on mît les chevaux pour que madame n'arrivât
pas de nuit, à cause des mauvais chemins. — C'est
bon », a dit Valérie d'une voix qu'elle cherchoit
à maîtriser... Mais je m'aperçois de toute son
agitation. Nous sommes entrés dans la voiture; je
me suis assis vis-à-vis d'elle. D'abord elle a été
pensive; puis elle a cherché à cacher ce qui la
tourmentoit; elle a ensuite essayé de paroître avoir
oublié ce qui s'étoit passé; elle m'a parlé de choses
indifférentes; elle a tâché d'être gaie, me racon-
tant plusieurs anecdotes fort plaisantes sur V...,
où nous devions arriver bientôt.

Je remarquois qu'elle mettoit souvent la tête à
la portière pour voir si elle n'apercevroit pas le
comte; elle faisoit dire au postillon d'avancer,
parce qu'elle craignoit qu'il ne se fatiguât à force
de marcher. A mesure que nous avancions, elle parloit moins et redevenoit pensive : elle s'étonna de ce
que nous ne rejoignions point son mari. « Il marche
très vite », lui répondis-je; mais je m'en étonnois
aussi. Nous traversâmes une grande forêt : l'inquiétude de Valérie augmentoit toujours; elle
devint extrême. A la fin, elle étoit descendue; elle
devançoit les voitures, croyant se distraire par une

marche précipitée; elle s'appuyoit sur moi, s'arrêtoit, vouloit retourner sur ses pas; enfin, elle
souffroit horriblement. Je souffrois presque autant
qu'elle; je lui disois que sûrement nous trouverions
le comte arrivé à la poste, qu'il auroit pris un chemin de traverse, et je le pensois. Malheureusement,
on lui avoit parlé d'une bande de voleurs qui,
quinze jours auparavant, avoient attaqué une voiture publique. Je sentois croître mon intérêt pour
elle à mesure que son inquiétude augmentoit:
j'osois la regarder, interroger ses traits; notre
position me le permettoit. Je voyois combien elle
savoit aimer, et je sentois l'empire que doivent
prendre sur d'autres âmes les âmes susceptibles de
se passionner. J'éprouvois une espèce d'angoisse,
que son angoisse me donnoit; mon cœur battoit;
et en même temps, Ernest, j'éprouvois quelque
chose de délicieux quand elle me regardoit avec
une expression touchante, comme pour me remercier du soin que je prenois.

Nous arrivâmes à la poste; le comte n'y étoit
pas. Valérie se trouva mal; elle eut une attaque
de nerfs qui me fit frémir. Ses femmes couroient
pour chercher du thé, de la fleur d'orange; j'étois
hors de moi. L'état de Valérie, l'absence du comte,
un trouble inexprimable que je n'avois jamais senti,
tout me faisoit perdre la tête. Je tenois les mains
glacées de Valérie; je la conjurois de se calmer:
je lui dis, pour la tranquilliser, que tous les voya-
geurs alloient voir un château, très près du grand

chemin, dont la position étoit singulière. Dès que je la vis un peu moins souffrante, je pris avec moi deux hommes du pays, et nous nous dispersâmes pour aller à sa recherche. Après une demi-heure de marche, je le trouvai qui se hâtoit d'arriver : il s'étoit égaré. Je lui dis combien Valérie avoit souffert ; il en fut extrêmement fâché. Quand nous fûmes près d'arriver à la maison de poste, je me mis à courir de toutes mes forces pour annoncer le comte et pour être le premier à donner cette bonne nouvelle. J'eus un moment bien heureux en voyant tout le bonheur de Valérie. Je retournai alors vers le comte, et nous entrâmes ensemble ; Valérie se jeta à son cou. Elle pleuroit de joie ; mais, l'instant d'après, paroissant se rappeler tout ce qu'elle avoit souffert, elle gronda le comte, lui dit qu'il étoit impardonnable de l'avoir exposée à toutes ces inquiétudes, de l'avoir quittée sans lui rien dire ; elle repoussoit son mari, qui vouloit l'embrasser. « Oui, il est impardonnable, dit-elle, d'écouter son ressentiment. — Mais je n'étois pas fâché, lui dit-il. — Comment ! vous n'étiez pas fâché ? — Non, ma chère Valérie, soyez-en sûre ; je voulois éviter une explication. Je sais que vous êtes vive, que cela vous fait mal ; je sais aussi combien vous vous apaisez facilement : vous êtes si bonne, Valérie ! » Elle avoit les larmes aux yeux ; elle prit sa main d'une manière touchante. « C'est moi qui ai tort, dit-elle ; je vous en demande bien pardon. Comment ai-je pu me fâcher d'un mot qui

n'étoit sûrement pas dit pour me faire de la peine?
Oh! combien vous êtes meilleur que moi! » J'aurois voulu me jeter à ses pieds, lui dire qu'elle
étoit un ange. Le comte, qui est si sensible, ne m'a
pas paru assez reconnoissant.

LETTRE V

Olheim, le 6 avril.

Je t'ai dit que nous devions passer quelques
jours ici pour que Valérie se reposât : ces jours
ont été les plus agréables de ma vie. Il me semble
qu'elle a plus de confiance en moi depuis que je
la connois mieux; elle pense, je crois, que je ne
m'étonne plus de quelques petites inégalités d'humeur, dont je dois maintenant connoître la source.
Une très grande sensibilité empêche d'avoir une
attention continuelle sur soi-même. Les âmes
froides n'ont que les jouissances de l'amour-propre;
elles croient que le calme et la méthode qu'elles
portent dans toutes leurs actions et dans toutes
leurs paroles leur attireront la considération de
ceux qui les observent; elles savent pourtant bien
aussi se fâcher et se réjouir; mais c'est pour des
riens, et c'est toujours au dedans d'elles-mêmes;
elles craignent jusqu'aux traits de leur visage,
comme des dénonciateurs qui vont raconter ce qui

se passe au logis. Absurde prétention, de prendre pour sagesse ce qui vient de l'aridité du cœur !

Jamais Valérie ne me paroît plus aimable, plus touchante, que quand sa vivacité l'a emportée un instant et qu'elle cherche à racheter un tort. Et quel tort ! celui d'aimer comme on ne sait pas aimer dans le monde. Je l'observois l'autre jour, lorsqu'elle reçut une lettre de sa mère ; je la lisois avec elle en suivant sa physionomie. Et, quand après cela elle sera ou triste ou préoccupée, qu'elle ne saura pas, avec une étude parfaite de dissimulation, approuver tout ce qu'on lui propose, sourire à ce qui l'ennuie, appellera-t-on cela des caprices ? Et pourtant elle veut racheter comme des torts ces momens où elle ne peut appartenir qu'à l'idée qui domine son âme ! La meilleure des filles, la plus aimante des femmes voudroit être à la fois et profondément sensible, et toujours attentive à ne jamais contrarier les autres ! Et quand on me diroit : « Il y a des femmes plus parfaites », je répondrai : « Valérie n'a que seize ans. » Ah ! qu'elle ne change jamais ! qu'elle soit toujours cet être charmant que je n'avois vu jusqu'à présent que dans ma pensée !

LETTRE VI

Le 8 avril.

Je me promenois ce matin avec Valérie dans un jardin au bord d'une rivière. Elle a demandé le déjeuner ; on nous a apporté des fraises, qu'elle a voulu me faire manger à la manière de notre pays, car elle m'avoit entendu dire que cela me rappeloit les repas que je faisois avec ma sœur, et nous envoyâmes chercher de la crème. Nous avions avec nous quelques fragmens du poème de l'*Imagination,* que nous lisions en déjeunant. Tu sais combien j'aime les beaux vers ; mais les beaux vers, lus avec Valérie, prononcés avec son organe charmant, assis auprès d'elle, environné de toutes les magiques voix du printemps qui sembloient me parler, et dans cette eau qui couroit, et dans ces feuilles doucement agitées comme mes pensées ! Mon ami, j'étois bien heureux, trop heureux peut-être ! Ernest, cette idée seroit terrible ; elle porteroit la mort dans mon âme, qu'habite la félicité ; je n'ose l'approfondir.

Valérie fut émue en lisant l'épisode enchanteur d'Amélie et de Volnis ; et, quand elle arriva à ces vers :

En longs et noirs anneaux s'assembloient ses cheveux ;
Ses yeux noirs, pleins d'un feu que son mal dompte à peine,
Étinceloient encor sous deux sourcils d'ébène...

elle a souri; et, en me regardant, elle me dit :
« Savez-vous que cela vous ressemble beaucoup ? »
J'ai rougi d'embarras, et puis j'ai pensé : « Ah !
si vous étiez mon Amélie ! » Mais soudain je me
suis reproché ma pensée comme un crime, et c'en
étoit bien un. Je me suis levé, je me suis enfui;
j'ai été m'enfoncer dans la forêt voisine, comme
si j'avois pu m'éloigner de cette coupable pensée.

Après une course assez rapide, réfléchissant à ce
que penseroit de moi Valérie, que j'avois quittée
si ridiculement, je résolus de revenir à la maison
et de lui demander pardon. Cherchant dans ma
tête une excuse et n'en trouvant point, je cueillois
en chemin des marguerites pour les lui apporter,
et je me mis, sans y penser, à les interroger en les
effeuillant, comme nous avions fait tant de fois
dans notre enfance. Je me disois : « Comment
suis-je aimé de Valérie ? » J'arrachois les feuilles
l'une après l'autre jusqu'à la dernière; elle dit :
Pas du tout. Le croirois-tu ? cela m'affligea.

J'ai voulu aussi savoir comment j'aimois Valérie.
Ah ! je le savois bien ; mais je fus effrayé de trouver, au lieu de *beaucoup : passionnément ;* cela m'é-
pouvanta. Ernest, je crois que j'ai pâli. J'ai voulu
recommencer, et encore une fois la feuille a dit :
Passionnément. Mon ami, étoit-ce ma conscience
qui donnoit une voix à cette feuille ? Ma conscience
sauroit-elle déjà ce que j'ignore moi-même, ce que
je veux ignorer toute ma vie ? Ce que tu ne croirois
jamais si on te le disoit, toi qui me connois si

bien, toi qui sais que jamais je ne fus léger, que la
femme d'un autre fut toujours un objet sacré pour
moi ? Et j'aimerois Valérie ! Non, non,

Quelques crimes toujours précèdent les grands crimes.

Sois tranquille, Ernest, tu n'auras pas besoin de
me rejeter loin de toi.

LETTRE VII

Blude, le 20 avril.

Je suis bien sûr, mon ami, que la crainte seule
d'aimer celle que je n'ose nommer (car je dois la
respecter trop pour associer son nom à une idée
qui m'est défendue) m'a fait croire... Je ne sais
t'exprimer ce que je sens, cela doit être obscur
pour toi ; voici quelque chose de plus clair.

Ce soir, arrivant dans un village d'Autriche et
trouvant qu'il étoit plus tard qu'on ne pensoit, le
comte s'est décidé à passer la nuit dans cet endroit.
On a dressé le lit de Valérie, et, pendant qu'on
arrangeoit son appartement, nous sommes tous
passés dans une jolie salle qu'on venoit de peindre
et d'approprier avec assez d'élégance. Il y avoit là
quelques mineurs qui jouoient des valses. Tu sais
combien on cultive la musique en Allemagne.
Quelques jeunes filles qui étoient venues voir l'hô-

tesse valsoient; elles étoient presque toutes jolies, et nous nous amusions à voir leur gaieté et leur petite coquetterie villageoise. Valérie, avec sa vivacité ordinaire, a appelé ses deux femmes de chambre; elle vouloit aussi leur donner le plaisir de la danse. Bientôt le bal a cessé, les musiciens seuls sont restés. Le comte est venu prendre Valérie et l'a fait valser, quoiqu'elle s'en défendît, ayant une espèce d'éloignement pour cette danse que sa mère n'aimoit pas. Quand il eut fait deux ou trois fois le tour de la salle, il s'arrêta devant moi. « Je serai spectateur à mon tour, a-t-il dit, Gustave, Valérie vous permet de finir la danse avec elle. » Mon cœur a battu avec violence; j'ai tremblé comme un criminel; j'ai hésité longtemps si j'oserois passer mon bras autour de sa taille. Elle a souri de ma gaucherie. J'ai frémi de bonheur et de crainte; ce dernier sentiment est resté dans mon cœur, il m'a persécuté jusqu'à ce que j'aie été complètement rassuré. Voici comment je suis devenu plus tranquille.

La soirée étoit si belle que le comte nous a proposé une promenade. Il avoit donné le bras à Valérie, je marchois à côté de lui; il faisoit assez sombre, les étoiles seules nous éclairoient. La conversation se ressent toujours des impressions que reçoit l'imagination; la nôtre est devenue sérieuse et même mélancolique comme la nuit qui nous environnoit. Nous avons parlé de mon père; nous nous sommes rappelé, le comte et moi, plu-

sieurs traits de sa vie qui mériteroient d'être publiés
pour faire l'admiration de tous ceux qui savent
sentir et aimer le beau. Nous avons mêlé nos tristes
et profonds regrets, et parlé de cette belle espérance que l'Être suprême laissa surtout à la douleur :
car ceux-là seuls qui ont beaucoup perdu savent
combien l'homme a besoin d'espérer. A mesure
que le comte parloit, je sentois mon affection pour
lui s'augmenter de toute sa tendresse pour mon
père. « Quelle douce immortalité, pensois-je, que
celle qui commence déjà ici-bas dans le cœur de
ceux qui nous regrettent ! »

Que j'aimois cet homme si bon qui sait connoître ainsi l'amitié ! l'amitié que tant d'hommes
croient chérir, et que si peu savent honorer dans
tous ses devoirs ! Comme mon cœur éprouvoit
alors ce sentiment pour le comte ! J'y mêlois ce
qui le rend à jamais sacré, la reconnoissance. Il
me sembloit que mon cœur épuré ne contenoit
plus que ces heureuses affections qui se réfléchis-
soient doucement sur Valérie. Nous nous étions
assis, la lune s'étoit levée, les lumières s'étei-
gnoient peu à peu dans le village, quelques chevaux paissoient autour de nous, et les eaux argen-
tées et rapides d'un ruisseau nous séparoient de la
prairie. « J'ai de tout temps aimé passionnément
une belle nuit, dit le comte, il me semble qu'elle
a toujours mille secrets à dire aux âmes sérieuses
et tendres ; je crois aussi que j'ai conservé cette
prédilection pour la nuit, parce qu'on me tour-

mentoit le jour. — Vous n'étiez pas heureux dans votre enfance? — Ni dans ma jeunesse, ma chère Valérie. » Il soupira. « Mais j'ai sauvé ce qu'il y a de si précieux à conserver, une âme qui n'a jamais désespéré du bonheur. Le passé est pour moi comme une toile rembrunie qui attend un beau tableau qui n'en ressortira que davantage. C'est maintenant votre ouvrage à tous deux, mes amis, dit-il en tendant ses bras vers nous ; c'est à vous à conduire doucement mes jours. » Valérie l'embrassa avec tendresse; je me jetai aussi à son cou ; je ne pus proférer une seule parole. Quel serment pouvoit valoir les larmes que je versois? Jamais je n'oublierai ce moment, il m'a rendu le calme et le courage.

———

LETTRE VIII

Bade, le 1er mai.

J'ai voulu renoncer à une partie de ces douces habitudes qui étoient devenues un besoin pour moi, et qui pouvoient devenir dangereuses. J'ai demandé au comte la permission d'aller dans une autre voiture, au moins quelquefois, et j'ai prétexté l'envie que j'avois d'apprendre l'italien, afin de savoir quelque chose de cette langue quand nous arriverions à Venise. J'ai bien vu que Valérie

ainsi que son mari me trouvoient bizarre; mais
enfin ils ne m'ont point empêché de suivre mon
nouveau plan. J'évite aussi de me promener seul
avec elle. Il y a un charme si ravissant dans cette
belle saison auprès d'un objet aussi aimable! respirer cet air, marcher sur ces gazons, s'y asseoir,
s'environner du silence des forêts, voir Valérie,
sentir aussi vivement ce qui me donneroit déjà
sans elle tant de bonheur; dis, mon ami, ne seroit-
ce pas défier l'amour?

Le soir, quand nous arrivions, et que, fatiguée
de la route, elle se couchoit sur un lit de repos,
je venois toujours m'établir avec le comte auprès
d'elle; mais il se mettoit dans un coin à écrire, et
moi, j'aidois Marie à faire le thé : c'étoit moi qui
en apportois à Valérie, et qu'elle grondoit quand
il n'étoit pas bon. Ensuite c'étoit sa guitare que je
lui accordois. J'en joue mieux qu'elle; il m'est
arrivé de placer ses doigts sur les cordes dans un
passage difficile; ou bien je dessinois avec elle; je
l'amusois en lui faisant toutes sortes de ressem-
blances. Ne m'est-il pas arrivé de la dessiner elle-
même! Conçois-tu une pareille imprudence? Oui,
j'ai esquissé ses formes charmantes, elle portoit
sur moi ses yeux pleins de douceur, et j'avois la
démence de les fixer, de me livrer, comme un insensé, à leur dangereux pouvoir. Eh bien! Ernest,
je suis devenu plus sage; il est vrai que cela me
coûte bien cher : je perds non seulement tout le
bonheur que j'éprouvois dans cette douce familia-

rité (je ne devrois pas le regretter, puisqu'il pouvoit me conduire à des remords), mais je perdrai
peut-être la confiance de Valérie, elle commençoit
à me témoigner de l'amitié. Hier, en arrivant dans
la ville où nous devions coucher, j'ai vite demandé
ma chambre. « Allez-vous donc encore vous en-
fermer? m'a-t-elle dit; vous devenez bien sauvage. » Elle avoit l'air mécontent en disant cela;
je l'ai suivie, j'ai arrangé le feu, porté des paquets, taillé des plumes pour le comte, afin de
cacher l'embarras que me donne une situation
toute nouvelle. Je croyois, à force d'attentions
qui rappeloient la politesse, suppléer à toutes ces
inspirations du cœur qui ne sont nullement calcu-
lées. Aussi Valérie s'en est-elle aperçue. « On
croiroit, dit-elle, que nous vous avons reproché
de ne pas assez vous occuper de nous, et que vous
voulez nous cacher que vous vous ennuyez. » Je
me suis tu; il m'étoit également impossible et de
la tirer de son erreur, et de ne lui dire que quelques phrases qui n'eussent été qu'agréables. J'avois
l'air sûrement bien triste, car elle m'a tendu la
main avec bonté, et m'a demandé si j'avois du
chagrin. J'ai fait un signe de tête comme pour
dire oui, et les larmes me sont venues aux yeux.

Ernest, je suis triste, et ne veux pas m'occuper
de ma tristesse. Je te quitte, pardonne-moi ces
éternelles répétitions.

LETTRE IX

Arnam, le 4 mai.

Je suis extrêmement troublé, mon ami, je ne
sais ce que tout cela deviendra; sans que je l'eusse
voulu, Valérie s'est aperçue qu'il y avoit quelque
chose d'extraordinaire et d'affligeant dans mon
cœur. Elle m'a fait appeler ce soir pour tirer des
papiers d'une cassette que Marie ne pouvoit pas
ouvrir. Le comte étoit sorti pour se promener. Ne
voulant pas sortir brusquement, j'ai pris un livre
et lui ai demandé si elle désiroit que je lui lusse
quelque chose. Elle m'a remercié, en disant qu'elle
alloit se coucher. « Je ne suis pas bien », a-t-elle
ajouté; puis, me tendant la main : « Je crois que
j'ai de la fièvre. » Il a bien fallu toucher sa main :
j'ai frissonné; je tremblois tellement qu'elle s'en
est aperçue. « C'est singulier, a-t-elle dit, vous
avez si froid, et moi, si chaud! » Je me suis levé
avec précipitation, voyant qu'elle étoit debout devant moi; je lui ai dit qu'en effet j'avois très froid
et très mal à la tête. « Et vous vouliez vous gêner
et rester ici pour me faire la lecture? — Je suis si
heureux d'être avec vous, ai-je dit timidement.
— Vous êtes changé depuis quelque temps, et je
crains bien que vous ne vous ennuyiez quelquefois.
Vous regrettez peut-être votre patrie, vos anciens

amis? Cela seroit bien naturel. Mais pourquoi
nous craindre? pourquoi vous gêner? » Pour toute
réponse, je levois les yeux au ciel et je soupirois.
« Mais qu'avez-vous donc? » me dit-elle d'un air
effrayé. Je m'appuyai contre la cheminée sans répondre; elle a soulevé ma tête, et, d'un air qui
m'a rappelé à moi, elle m'a dit : « Ne me tour-
mentez pas, parlez, je vous en prie. » Son inquiétude m'a soulagé; elle m'interrogeoit toujours.
J'ai mis ma main sur mon cœur oppressé, et je lui
ai dit à voix basse : « Ne me demandez rien,
abandonnez un malheureux. » Mes yeux étoient
sans doute si égarés qu'elle m'a dit : « Vous me
faites frémir. » Elle a fait un mouvement comme
pour mettre sa main sur mes yeux. « Il faut absolument que vous parliez à mon mari, a-t-elle dit,
il vous consolera. » Ces mots m'ont rendu à moi-
même; j'ai joint les mains avec une expression de
terreur. « Non, non, ne lui dites rien, Madame,
par pitié, ne lui dites rien. » Elle m'a interrompu :
« Vous le connoissez bien mal, si vous le redoutez;
d'ailleurs, il s'est aperçu que vous aviez du chagrin, nous en avons parlé ensemble, il croit que
vous aimez... » Je l'interrompis avec vivacité : il
me sembloit qu'un trait de lumière étoit envoyé à
mon secours pour me tirer de cette terrible situation. « Oui, j'aime, lui dis-je en baissant les yeux et
en cachant mon visage dans mes mains pour qu'elle
n'y vît pas la vérité, j'aime à Stockholm une jeune
personne. — Est-ce Ida? » me dit-elle. Je secouai

la tête machinalement, voulant dire non. « Mais,
si c'est une jeune personne, ne pouvez-vous pas
l'épouser? — C'est une femme mariée, dis-je en
fixant mes yeux à terre et soupirant profondément.
— C'est mal, me dit-elle vivement. — Je le sais
bien », dis-je avec tristesse. Elle se repentit apparemment de m'avoir affligé, et ajouta : « C'est
encore plus malheureux : on dit que les passions
donnent des tourmens si terribles; je ne vous gron-
derai plus quand vous serez sauvage; je vous plain-
drai; mais promettez-moi de faire vos efforts pour
vous vaincre. — Je le jure », dis-je, enhardi par
le motif qui me guidoit; et, prenant sa main : « Je
le jure à Valérie, que je respecte comme la vertu,
que j'aime comme le bonheur qui a fui loin de
moi. » Il me sembloit que je voyois un ange qui
me réconcilioit avec moi-même, et je la quittai.

LETTRE X

Shonbrun, le...

Aujourd'hui, en montant en voiture, je suis
resté seul un instant avec Valérie; elle m'a demandé avec tant d'intérêt comment je me trouvois
que j'en ai été profondément ému. « Je n'ai rien
dit à mon mari de notre conversation; j'ignorois
si cela ne vous embarrasseroit pas : il est des choses

qui échappent, et qu'on ne confieroit pas ; votre secret restera dans mon cœur jusqu'à ce que vous me disiez vous-même de parler. Cependant, je ne puis m'empêcher de vous dire qu'à votre place je voudrois être guidé par un ami comme le comte : si vous saviez comme il est bon et sensible ! — Ah ! je le sais, lui dis-je, je le sais » ; mais je sentois en moi-même que je pouvois tromper Valérie, et m'enorgueillir même de mon subterfuge, et qu'il m'étoit impossible de tromper le comte volontairement. « Je me suis rappelé encore, a dit Valérie, que j'ai pu vous induire en erreur hier pendant notre conversation : je vous ai dit que votre ami s'étoit aperçu que vous aviez du chagrin ; c'est vrai, j'ai ajouté : « Il croit que vous « aimez » ; j'allois achever, et vous m'avez interrompue avec vivacité, croyant que je vous parlois de votre amour, tant le cœur se persuade facilement qu'on s'occupe de ce qui l'occupe ! J'avois tout autre chose à vous dire... Mais je vois le comte qui s'avance, tranquillisez-vous, il ne sait rien. »

Ernest, vit-on jamais une plus angélique bonté ? Et ne pas oser lui dire tout ce qu'elle inspire ! Lui faire croire, lui persuader qu'on en peut aimer une autre quand une fois on l'a connue. O mon ami, cet effort est bien grand !

LETTRE XI

Vienne, le...

Nous sommes arrivés à Vienne. Le comte m'a prié d'aller avec lui dans le monde : j'y étois décidé. Il faut bien m'éloigner, autant que je le pourrai, de Valérie ; elle est résolue à ne point faire de connoissance ici, à rester chez elle et à ne voir qu'une jeune femme avec qui elle a passé quelque temps à Stockholm.

Le comte m'a regardé hier de manière à m'embarrasser beaucoup ; il m'a reproché doucement d'avoir de l'inégalité dans le caractère, d'être singulier : j'ai rougi. « Votre père, mon cher Gustave, avoit le même besoin d'être seul ; sa santé délicate lui faisoit redouter le grand monde ; mais, à votre âge, mon ami, il faut apprendre à vivre avec les hommes. Et que deviendrez-vous un jour, si, à vingt ans, vous fuyez vos meilleurs amis ? » Depuis huit jours je n'ai pas été un instant sans chercher à m'éviter moi-même ; j'ai senti toute la fatigue attachée à l'envie de s'amuser. J'ai vu des bals, des dîners, des spectacles, des promenades, et j'ai dit cent fois que j'admirois la magnificence de cette ville tant vantée par les étrangers. Cependant je n'ai pas obtenu un seul moment de plaisir. La solitude des fêtes est si aride ! celle de la nature nous aide toujours à tirer quelque chose de satisfaisant de notre âme; celle du monde nous fait voir une foule d'objets qui nous empêchent d'être à nous et ne nous donnent rien.

Si je pouvois observer, former mon jugement, m'amuser des ridicules; mais je sens trop vivement pour que cela me soit possible. Si j'osois m'occuper de l'objet que je fuis, je ne me trouverois plus seul au milieu de ces rassemblemens : je parlerois à Valérie absente, et n'écouterois personne; mais je ne puis me permettre ce dangereux plaisir, et je travaille sans cesse à en éloigner la pensée.

LETTRE XII

ERNEST A GUSTAVE

Hollyn, le...

Cette lettre, cher Gustave, t'apportera au milieu des beaux pays que tu habites maintenant les parfums de notre printemps et les souvenirs de la patrie. Oui, mon ami, les cieux se sont ouverts, des milliers de fleurs sont revenues sur les prairies de Hollyn, que nos pieds foulèrent si souvent ensemble. Que ne sommes-nous encore réunis! nous traverserions ces vastes forêts, nous poursuivrions l'élan jusque dans ses retraites les plus cachées, mais, sans le blesser, nous le laisserions à sa sau-

vage liberté, et, charmés de silence et de solitude,
nous nous reposerions, comme nous le fîmes si
souvent, de nos courses vagabondes. Ce besoin
d'errer sans projet, sans dessein, t'ôtoit quelque
chose de ces forces trop actives, trop dévorantes.
Oh! que n'es-tu encore ici, que ne calmes-tu ainsi
cette agitation de ton âme, qui te jette maintenant
dans des dangers que je crains tant pour toi! Tu
le sais, Gustave, je n'ai jamais redouté l'amour, il
est désarmé, pour moi, par la tranquillité de mon
imagination, par une foule d'habitudes douces, de
sensations peut-être monotones, mais qui par là
même ont un empire continuel. Ma vie se compose
d'un doux bien-être, et je ressemble à ces végé-
taux de l'Inde que la nature destina à garantir de
l'orage, puisque l'orage ne les frappe jamais. C'est
ainsi que je me crois plus fait que bien d'autres
pour calmer, pour diriger un peu les mouvemens
trop exaltés de ton âme. Ce n'est pas ton absence
seule qui me chagrine, c'est cette passion que chaque jour verra augmenter avec les charmes, et
surtout avec les vertus de Valérie. Oui, Gustave,
elle croîtra avec ces dangereuses compagnes, elle
consumera ces forces avec lesquelles tu luttes encore. Oh! crois-moi, reviens, arrache-toi à ces
funestes habitudes! Ouvre ton âme à cet ami que
tu m'as appris à respecter, reviens; n'a-t-il pas
pour but ton bonheur, et pour règle ses devoirs?
Ton âme vaste et grande le frappa, il te crut
propre aux plus brillans développemens; et, mûri

lui-même par l'expérience, appelé à cette auguste
adoption par l'amitié, il voulut être ton père, et
achever, dans la patrie des arts, cette éducation
déjà si heureusement commencée. Mais, s'il voyoit
cette même âme dévastée, ces grandes facultés
anéanties ; s'il voyoit ton bonheur s'engloutir dans
un terrible naufrage ; dis-moi, lui-même ne seroit-
il pas inconsolable? Encore une fois, reviens,
change ta *dévorante* et délicieuse fièvre contre plus
de tranquillité. Que dis-je? ta délicieuse fièvre !
non, non, Gustave n'a point d'ivresse ; pour lui
l'amour n'a que des tourmens, et ses félicités n'arrivent dans son sein que comme des poignards qui
le déchirent.

Adieu, mon ami, je compte t'écrire bientôt et
te parler d'Ida, qui, malgré la coquetterie que tu
lui reproches et ses petites imperfections, ne
laisse pas que d'être bien bonne et bien aimable.

(La réponse à cette lettre d'Ernest ne s'est point re-
trouvée.)

LETTRE XIII

Vienne, le...

Oh! Ernest, je suis le plus malheureux des
hommes : Valérie est malade ; elle est peut-être en
danger ; je ne puis t'écrire, j'ai la fièvre, je sens

tous les battemens de mon cœur contre la table
où je suis appuyé; je ne pourrois compter les
tourmens que j'ai endurés depuis ce matin.

A six heures du soir.

Elle va mieux, elle est tranquille. O Valérie!
Valérie! avois-je besoin de ces craintes pour savoir qu'il n'est plus de ressource pour moi, que
je t'aime comme un insensé! C'en est fait : il est
inutile de lutter contre cette funeste passion. O
Ernest! tu ne sais pas combien je suis malheureux.
Mais puis-je me plaindre? elle est mieux, elle est
hors de danger. Tu ne sais pas comment elle est
devenue malade; c'est une chute, mais cette chute
n'eût été rien, si... Quelle agitation il m'est resté,
quel supplice! Ma tête est bouleversée! Mais je
veux absolument t'écrire; je veux que tu saches
combien je suis foible et malheureux.

Le comte m'annonça, il y a quelques jours, que
nous partirions dans peu, afin d'arriver à Venise,
de nous y établir; il ajouta que Valérie avoit besoin de repos, que son état l'exigeoit. Son état!
Ernest, cela me frappa. Et quand le comte me dit
qu'elle deviendroit mère, qu'il me le dit avec joie,
crois-tu qu'au lieu de l'en féliciter je restois dans
une espèce de stupeur? mes bras, au lieu de chercher le comte pour l'embrasser, pour lui témoigner ma joie, se sont croisés machinalement sur
moi-même; je trouvois qu'il y avoit de la cruauté

à exposer cette jeune et charmante Valérie; j'ai beaucoup souffert, et le comte s'en est aperçu. Il m'a dit avec bonté : « Vous ne m'écoutez pas »; et, voyant que je portois la main à ma tête, il m'a demandé si j'étois malade. « Je vous trouve changé. — Oui, je suis malade », lui ai-je répondu; et, rejetant sur les poêles d'Allemagne, qui sont de fonte, un mal de tête que j'éprouvois réellement, j'ai remercié le comte de sa bonté toujours attentive pour moi; je lui ai dit que son bonheur m'étoit mille fois plus cher que le mien, et c'étoit vrai. Au dîner, je n'ai osé rester dans ma chambre de peur de voir arriver le comte chez moi, de me voir interroger; et cependant j'éprouvois un embarras extrême, j'étois tourmenté par l'idée de revoir Valérie. Il me sembloit que tout étoit changé autour de moi, singulier effet de l'altération de ma raison. Depuis quelque temps je deviens réellement fou; les tendres attentions du comte pour Valérie m'avoient toujours rappelé celles d'un frère, d'un ami : il est si calme! il a tant de dignité dans sa manière de l'aimer! Valérie est si jeune!

En entrant dans l'antichambre de la comtesse, j'ai vu un homme qui sortoit de chez elle : il avoit l'air fort grave; il me sembloit qu'il secouoit la tête en mettant une espèce de surtout qui étoit jeté sur une chaise : mon cœur a battu violemment; j'ai cru que c'étoit un médecin, et que Valérie n'étoit pas bien; j'ai voulu lui parler, je

n'ai osé élever la voix, tant je pensois qu'elle devoit être troublée; je suis entré dans la chambre
de Valérie; elle étoit devant une glace; mais,
étant encore trop agité, je ne voyois pas ce qu'elle
faisoit. Cependant je me réjouissois de la voir
levée, j'approchois, je la trouvois fort rouge.
« Êtes-vous malade, Madame la comtesse? dis-je
avec une espèce d'inquiétude et de gravité. —
Non, Monsieur de Linar », me dit-elle du même
ton. Et elle se mit à rire. Elle ajouta : « Vous
me trouvez très rouge, c'est que j'ai pris une
leçon de danse. — Une leçon de danse! m'é-
criai-je. — Oui, me dit-elle encore en riant; me
trouvez-vous trop vieille pour danser? Au moins
vous ne me défendez pas l'exercice. » Et elle
rioit toujours; elle a levé les bras un moment
après pour descendre un rideau, et tout à coup
elle a jeté un cri, en mettant sa main sur le côté.
« Valérie, me suis-je écrié, vous me ferez mourir;
vous nous ferez tous mourir, ai-je ajouté, avec
votre légèreté. Pouvez-vous vous exposer ainsi!
vous vous ferez mal. » Elle m'a regardé avec étonnement, elle a rougi. « Pardon, Madame, ai-je
ajouté, pardonnez à l'intérêt le plus vif... » Je me
suis arrêté. « N'oserai-je donc plus sauter, lever
les bras? — Oui, ai-je dit timidement, mais actuellement... » Elle m'a compris; elle a rougi encore,
et est sortie. Quand le comte est venu, elle l'a
tiré à l'écart et l'a grondé.

Deux jours après, Valérie sortit pour voir une

femme de sa connoissance ; en descendant de voiture, elle a sauté étourdiment ; elle est tombée de
manière à se faire beaucoup de mal ; on a été
obligé de la reconduire chez elle sur-le-champ ;
toute la nuit la fièvre a été forte : on l'a saignée,
car on craignoit une fausse couche. Heureusement
que la voilà hors de tout danger !

Nous partons dans peu de jours ; je compte
t'écrire de la route.

LETTRE XIV

R..., le...

Nous avons quitté le Tyrol, nous sommes entrés en Italie ; nous nous sommes mis en route ce
matin avant le lever du soleil. Pendant qu'on faisoit rafraîchir les chevaux fatigués d'une marche
de trois heures, le comte a proposé à sa femme de
prendre les devans, et nous avons fait une des
promenades les plus agréables : nous étions ravis
de fouler aux pieds le sol de l'Italie ; nous atta-
chions nos regards sur ce ciel poétique, sur cette
terre d'antiques merveilles, que le printemps venoit saluer avec toutes ses couleurs et tous ses parfums. Quand nous eûmes marché quelque temps,
nous aperçûmes des maisons groupées çà et là sur
un coteau, et l'impétueux Adige se lançant avec

fureur au milieu de ces tranquilles campagnes. Un groupe de cyprès et des colonnes à moitié ruinées fixèrent notre attention. Le comte nous dit que c'étoit sûrement quelque temple ancien. Cette terre couverte de grands débris s'embellit de ses ruines. et les siècles viennent expirer tour à tour dans ces monumens, au milieu de la nature toujours vivante. Nous nous écartâmes du grand chemin pour aller visiter ce temple dont l'architecture corinthienne nous parut encore belle. Apparemment que les habitans du village aimoient ce lieu solitaire, que les cyprès et le silence sembloient vouer à la mort. Nous vîmes son enceinte remplie de croix qui indiquoient un cimetière ; quelques arbres fruitiers et des figuiers sauvages se mêloient au vert noirâtre des cyprès. Une antique cigogne paroissoit au sommet d'une des plus hautes colonnes, et le cri solitaire et aigu de cet oiseau se confondoit avec la bruyante voix de l'Adige. Ce tableau à la fois religieux et sauvage nous frappa singulièrement. Valérie, fatiguée ou entraînée par son imagination, nous proposa de nous reposer. Jamais je ne la vis si charmante : l'air du matin avoit animé son teint ; son vêtement pur et léger lui donnoit quelque chose d'aérien, et l'on eût dit voir un second printemps, plus beau, plus jeune encore que le premier, descendu du ciel sur cet asile du trépas : elle s'étoit assise sur un des tombeaux ; il souffloit un vent assez frais, et, dans un instant, elle fut couverte d'une pluie

de fleurs des pruniers voisins, qui, de leur duvet
et de leurs douces couleurs, sembloient la caresser. Elle sourioit en les assemblant autour
d'elle ; et moi, la voyant si belle, si pure, je sentis
que j'eusse voulu mourir comme ces fleurs, pourvu
qu'un instant son souffle me touchât. Mais, au milieu du trouble délicieux d'un premier amour, au
milieu de cette volupté d'un matin et d'un printemps d'Italie, un pressentiment funeste vint me
saisir ; Valérie s'en aperçut, et me dit que j'avois
l'air préoccupé. « Je pense aux feuilles de l'automne qui, flétries et desséchées, tomberont et
couvriront ces fleurs. — Et nous aussi », dit-elle.
Le comte nous appela alors pour nous montrer
une inscription ; mais Valérie vint bientôt reprendre sa place. Un grand et beau papillon, qu'on
nomme, je crois, *le sphinx,* enchanta Valérie par
ses couleurs : il étoit sur un des figuiers, le comte
voulut le prendre pour l'apporter à sa femme ;
mais, comme le Sphinx de la Fable, il alla s'asseoir
sur le seuil du temple ; je courus pour m'en saisir,
mon pied glissa, et je tombai ; bientôt relevé, j'eus
le temps de saisir encore le papillon, que j'apportai à la comtesse. Tout effrayée de ma chute,
elle étoit pâle, et le comte s'en aperçut. « Je parie,
dit-il, que Valérie a la superstition de sa mère et
de beaucoup de personnes de sa patrie. — Oui,
dit-elle, je suis honteuse de l'avouer. — Et quelle
est cette superstition ? » demandai-je d'une voix
émue. Le comte me répondit en riant : « C'est

quelque grand malheur qui vous arrivera ; vous
êtes tombé dans un cimetière, et vous verrez que
Valérie s'attribuera vos désastres. » Je ne puis te
dire, Ernest, ce que j'éprouvai ; je tressaillis. « Peut-
être, pensai-je, vient-il m'avertir de mon destin,
et d'une main amie m'empêcher de tomber dans le
précipice que me creuse une passion insensée.
— Asseyez-vous tous deux ici, nous dit Valérie, et
ne vous moquez plus de moi. Vous rappelez-vous,
mon ami, dit-elle au comte, la belle collection de
papillons que possédoit mon père ? Oh ! comme on
aime ces souvenirs de l'enfance ! comme elle étoit
jolie, cette maison de campagne ! — Ne me parlez
pas, répondit le comte, de ces tristes sapins ; j'ai
la passion des beaux pays. — Et moi, dit Valérie,
je voudrois avoir écrit tant de choses, si simples
qu'elles ne sont rien par elles-mêmes, et qui me
lient pourtant si fortement à ces sapins, à ces lacs,
à ces mœurs, au milieu desquels j'ai appris à
sentir et à aimer. Je voudrois qu'on pût se communiquer tout ce qu'on a éprouvé ; qu'on n'ou-
bliât rien de ce bonheur de l'enfance, et qu'on pût
ramener ses amis, comme par la main, dans les
scènes naïves de cet âge. Il y avoit une grange
auprès de la maison, où revenoit toujours une
hirondelle avec laquelle je m'étois liée d'amitié ; il
me sembloit qu'elle me connoissoit ; quand le départ pour la campagne étoit retardé, je tremblois
de ne plus retrouver mon hirondelle ; je défendois
son nid, quand mes jeunes compagnes vouloient

s'en saisir. — Voilà comment, dit le comte, Valérie promettoit déjà de devenir une bonne petite maman. — Je n'étois pas toujours si raisonnable, poursuivit Valérie; quelquefois je me plaisois à tourmenter mes sœurs : j'étois la seule qui sût bien conduire une petite barque que nous avions, et qui étoit très légère; je l'éloignois du rivage, fière de ma hardiesse et n'écoutant pas leurs menaces; seulement, quand elles me prioient et m'appeloient leur chère Valérie, je savois bien vite revenir adroitement au port. Qu'il étoit charmant, ce petit lac, où le vent jetoit quelquefois les pommes de pin de la forêt, ce lac au bord duquel croissoient des sorbiers avec leurs grappes rouges, que je venois cueillir pour mes oiseaux, tandis que sur les branches des sapins se balançoient de jeunes écureuils en se mirant dans les ondes! »

Nous fûmes interrompus par le bruit des voitures qui vinrent nous enlever à ces doux souvenirs de l'enfance de Valérie, où je la voyois, plus jeune, plus délicate encore, courir sous les sapins, attacher ses yeux d'un bleu sombre, avec leurs regards si tendres, sur la petite famille qu'elle protégeoit : il me sembloit que je ne l'aimois plus que comme une sœur. Ainsi les scènes de l'innocence ramenèrent un moment dans mon cœur le sentiment qu'il m'est permis d'avoir pour elle. Nous remontâmes dans la berline, qui s'avançoit lentement le long de l'Adige; les femmes de la comtesse nous suivoient dans l'autre voiture. C'est ainsi que j'ai fait ce voyage, m'habituant peu à peu à la douce présence de Valérie et vivant toujours sous son regard.

Il est bien tard; je reprendrai ma lettre au premier endroit où nous nous arrêterons.

LETTRE XV

Padoue, le...

C'est de Padoue que je t'écris (tu vois que nous avançons à grands pas vers Venise). Cette antique ville, qui est habitée par plusieurs savans, nous parut d'une tristesse affreuse; mais Valérie avoit besoin de se reposer. Ce soir, apprenant que David et la Banti devoient chanter, la comtesse eut envie d'aller à l'Opéra. Le comte, ayant des lettres à écrire, ne put nous y accompagner. Valérie ne voulut point faire de toilette, et nous prîmes une loge grillée. O Ernest! de tous les dangers, aucun ne pouvoit être aussi terrible pour ton ami! Figure-toi ce que je devois éprouver : il me sembloit que toutes les voluptés habitoient cette funeste salle; le contraste des lumières, des parures de ces femmes éblouissantes, avec cette loge foiblement éclairée, où il me sembloit que Valérie ne vivoit que pour moi; la voix enchanteresse de David qui nous envoyoit des accens passionnés; cet amour chanté par des voix qu'on ne peut imaginer, qu'il faut avoir entendues, et qui, mille fois plus ardent encore, brûloit dans mon cœur; Valérie transportée de cette musique, et moi si près d'elle, si près que je touchois presque ses cheveux de mes lèvres; alors, la rose même qui parfumoit ses cheveux achevoit de me troubler. O Ernest! quels tumultes! quels combats pour ne pas me trahir! Et, actuellement encore que j'ai quitté depuis trois heures ce spectacle, je ne puis dormir; je t'écris d'une terrasse où Valérie est venue avec le comte, et d'où elle est sortie depuis une heure. L'air est si doux que ma lumière ne s'éteint pas, et je passerai la nuit sur la terrasse. Comme le ciel est pur! Un rossignol soupire dans le lointain ses plaintives amours! Tout est-il donc amour dans la nature? Et les accens de David, et la complainte de l'oiseau du printemps, et l'air que je respire, empreint encore du souffle de Valérie, et mon âme défaillante de volupté? Je suis perdu, Ernest! je n'avois pas besoin de cette Italie si dangereuse pour moi. Ici, les hommes énervés nomment amour tout ce qui émeut leurs sens et languissent dans des plaisirs toujours renouvelés, mais que l'habitude émousse; ils ne reçoivent pas de l'âme cette impulsion qui fait du plaisir un délire et de chaque pensée une émotion; mais moi, moi, destiné aux fortes passions et ne pouvant pas plus leur échapper que je ne puis échapper à la mort, que deviendrai-je dans ce pays? Ah! puisque ceux qui n'ont besoin que de plaisirs par cela seul ne sentent rien fortement, moi qui apporte une âme neuve et ardente, sortant d'un climat âpre, moi, je suis d'autant plus sensible aux beautés de ce ciel enchanteur, aux délices des parfums et de la musique, que j'avois créé ces délices avec mon imagination, sans qu'elles fussent affoiblies par l'habitude. Ernest, que faisois-tu quand tu me laissas partir? Il falloit me précipiter dans les flots de la Baltique comme Mentor précipita Télémaque.

LETTRE XVI

ERNEST A GUSTAVE

H., le...

Gustave, j'ai dans ma tête une suite de tableaux et de souvenirs qu'il faut que je te communique; ton image y a été mêlée sans cesse, et le plaisir que j'ai à t'en parler doit me faire pardonner si j'entre dans trop de détails. J'ai voulu passer la fête de saint Jean chez les parens d'Ida, où l'on est toujours plus gai qu'ailleurs. Tu sais combien de fois nous avions fait ce voyage ensemble, je voulus aussi le faire à pied. Je partis la nuit, avec mon fusil, car j'avois le projet de chasser dans

ma course. Il avoit fait si chaud pendant la journée
que la fraîcheur me parut délicieuse. Je passai
d'abord par le Bocage des Nymphes, que nous
avions nommé ainsi parce que nous aimions à y
lire Théocrite. Un vent frais agitoit les souples et
légers bouleaux; ces arbres exhaloient une forte
odeur de rose : ce parfum me rappela vivement
le souvenir de notre première course; c'étoit dans
la même saison, à la même heure et avec le même
projet que nous partîmes ensemble. Je m'assis à
l'entrée du bocage, sur une des larges pierres qui
sont au bord de la fontaine, et où l'on vient encore
abreuver les vaches du village. Tout étoit calme,
je n'entendois dans le lointain que les aboiemens
des chiens de la ferme qui est à l'ouest. J'entendis
sonner onze heures à la cloche du château; et cependant il faisoit encore assez clair pour me permettre de lire sans difficulté ta dernière lettre; les
expressions de ta tendresse m'émurent vivement,
et le trouble de ton malheureux amour me fit
éprouver quelque chose d'inexprimable. Au milieu
de cette tranquille nuit et de ces tranquilles campagnes, un vent chaud souffloit dans les feuilles;
il me sembloit qu'il venoit d'Italie pour m'apporter
quelque chose de toi. Je fus tiré de ma rêverie
par un jeune garçon qui faisoit marcher devant lui
des bœufs qu'il conduisoit à la ville la plus voisine;
il chantoit monotonement quelques paroles sur l'air
des montagnes; il s'arrêta auprès de la fontaine
pour se reposer; je continuai ma marche; de jeunes

coqs de bruyères s'agitoient dans leurs nids et sembloient appeler le jour par leurs chants ou plutôt
par leur murmure matinal; enfin je passai près du
lac d'Ullen. La fraîcheur qui précède l'aurore commençoit à se faire sentir; je vis sur ces bords
quelques canards sauvages qui, à mon approche,
secouèrent leurs ailes et leur tête appesantie de
sommeil. D'abord je voulus tirer sur eux, puis je
leur laissai gagner tranquillement la largeur du
lac... Je doublai le petit cap, et m'enfonçai dans
la forêt. Je marchois sous les hauts sapins, n'en-
tendant que le bruit de mes pas, qui quelquefois
glissoient sur les aiguilles des rameaux dont la
terre étoit jonchée. En attendant, le court inter-
valle entre la nuit et l'aurore s'étoit passé. J'arrivai
à la chaumière du bon André; j'entrai dans l'enceinte de ce petit enclos, où tant de fois nous
étions venus ensemble : tout dormoit encore; les
animaux seuls venoient de se réveiller, ils paroissoient me recevoir avec plaisir. Je m'assis un instant,
et je respirai l'air pur du matin. Je considérai autour de moi ces ustensiles si simples, si propres, et
je pensai à la paix qui habitoit cette demeure. Je
passai une partie de la journée dans cette ferme,
et je m'assis pendant le gros de la chaleur sous ce
vieux chêne si épais, où le soleil, dans toute sa
force, ne parvenoit à jeter, à travers les branches,
que quelques feuilles dorées qui tomboient çà et
là; des colombes des champs filoient au-dessus de
ma tête; les souvenirs de notre jeunesse m'envi-

ronnoient; et, quand je m'en allai et que je ne vis que mon ombre solitaire, je sentis mon cœur se serrer, je sentis combien tu étois loin de moi, cher compagnon de mon heureuse enfance.

J'arrivai le soir à la jolie maison qu'habitent les parens d'Ida. C'étoit la veille de la fête de saint Jean ; tout le monde me demanda de tes nouvelles, et fut peiné de ton absence. Le lendemain matin, quand je descendis pour déjeuner, je trouvai Ida avec une couronne d'épis que de jeunes paysannes avoient posée sur ses cheveux. Elle étoit sous ce grand sapin près de la fontaine qui est dans la cour; une multitude de jeunes filles et de jeunes garçons l'environnoient, chacun lui avoit apporté son présent : les premiers avoient posé sur la fontaine des fraises dans des paniers d'écorce de bouleau; d'autres, comme les filles d'Israël, y avoient placé de grandes cruches de lait, tandis que d'autres encore lui offroient des rayons de miel. Ida remercioit chacune d'elles avec une grâce charmante, et passoit quelquefois ses doigts délicats sur les joues vermeilles des jeunes paysannes. Plusieurs enfans lui apportèrent des oiseaux qu'ils avoient élevés; l'un d'eux tenoit dans ses petites mains une nichée entière de rossignols; mais Ida exigea qu'on les reportât où on les avoit pris, ne voulant pas priver la mère de ses petits, ni les forêts de leurs plus aimables chantres. Je remarquai un jeune garçon de seize à dix-huit ans, il tenoit entre ses bras une petite hermine toute blanche, qu'il avoit apprivoisée, et qu'il offrit en rougissant à Ida.

Le soir toute la cour fut remplie de paysans. Tu te rappelles l'antique usage de la Saint-Jean : toutes les femmes avoient une couronne de feuilles sur la tête, et leurs tabliers étoient remplis de feuilles odorantes, dont elles couvroient tous ceux qui s'approchoient d'elles, en chantant des paroles amicales et bienveillantes ; on avoit dressé de grandes tables dans la forêt qui touche à la cour, et on avoit allumé les feux de la Saint-Jean ; on soupa, et ensuite on dansa toute la nuit. Voilà, cher Gustave, le récit de cette petite fête, dont j'ai voulu te mander tous les détails afin que ton imagination les suive tous et se rapproche des scènes où la mienne t'appeloit sans cesse et s'occupoit toujours de toi. Adieu, mon cher Gustave ; adieu, quand te verrai-je, ami cher ?...

LETTRE XVII

Venise, le...

Nous voilà depuis un mois à Venise, cher Ernest. J'ai été très occupé avec le comte, et c'est ainsi qu'il m'a fallu passer tant de temps sans t'écrire ; et puis, je suis si mécontent de moi-même que cela me décourage souvent. Je sens qu'il m'est aussi impossible de te tromper que de guérir de cette cruelle maladie qui trouble et ma conscience et ma raison... J'étois honteux de te parler de moi; vingt fois j'ai voulu me jeter aux pieds du comte, lui tout avouer, le quitter après : c'est bien là mon devoir, je le sens clairement, tout m'avertit que je devrois suivre cette voix intérieure qui ne nous trompe pas, et qui me crie sans cesse : « Pars, retourne sur tes pas, il te reste encore une autre amitié, et deux patries à re-trouver, dont l'une est dans le cœur d'Ernest, où tu comptas tes premiers jours de bonheur. Tu déposeras dans ce cœur noble et grand l'image de Valérie, que tu n'oses garder dans le tien; tu l'y retrouveras, non telle que ta coupable imagi-nation te la peint, mais comme l'amie qui doit travailler au bonheur du comte. » Et, malgré tout cela, je ne pars pas, et lâchement je cherche à m'abuser, et je crois encore que je pourrois guérir. Il y a quelques jours que j'étois décidé à prier le comte de me faire aller à l'ambassade de Florence pour y passer un an. J'avois trouvé une raison plausible pour cela, je me disois : « Du moins, je serai sous le même ciel que Valérie. » Mais je la revis, elle me parla d'un voyage que le comte lui feroit faire dans huit mois, et je résolus de ne partir que deux mois avant elle, pour me déshabituer ainsi peu à peu de sa présence, espé-rant la revoir à son passage à Florence.

Ernest, plus que jamais j'ai besoin de ton indulgence. Je relis tes lettres, j'entends ta voix me rappeler à la vertu, et je suis le plus foible des hommes.

LETTRE XVIII

Venise, le...

T'écrire, te dire tout, c'est revivre dans chaque instant de la nouvelle existence qu'elle m'a créée. Garde bien mes lettres, Ernest, je t'en conjure ; un jour peut-être, au bord de nos solitaires étangs, ou sur nos froids rochers, nous les relirons, si toutefois ton ami se sauve du naufrage qui le menace, si l'amour ne le consume, comme le soleil dévore ici la plante qui brilla un matin. Hier encore, une chose assez simple en elle-même me montra sa confiance. Tout fortifie sa naissante amitié, tout alimente ma dévorante passion : elle met entre nous deux son innocence, et l'univers reste pour elle comme il est, tandis que tout est changé pour moi.

Depuis longtemps l'ambassadeur d'Espagne lui avoit promis un bal ; cette réunion devoit être des plus brillantes par la quantité d'étrangers qui sont à Venise, car les nobles vénitiens ne peuvent fréquenter les maisons des ambassadeurs. Valérie s'en faisoit une fête. A huit heures du soir j'entrai chez elle pour lui remettre une lettre; je la trouvai occupée de sa toilette. Sa coiffure étoit charmante; sa robe, simple, élégante, lui alloit à ravir. « Dites-moi sans compliment comment vous me trouvez, me demanda Valérie : je sais que je ne suis pas jolie, je voudrois seulement ne pas être trop mal, il y aura tant de femmes agréables ! — Ah! ne craignez rien, lui dis-je, vous serez toujours la seule dont on n'osera compter les charmes, et qui ferez toujours sentir en vous une puissance supérieure au charme même. — Je ne sais pas, dit-elle en riant, pourquoi vous voulez faire de moi une personne redoutable, tandis que je me borne à ne pas vouloir faire peur. Oui, continua-t-elle, je suis d'une pâleur qui m'effraye moi-même, moi qui me vois tous les jours, et je veux absolument mettre du rouge. Il faut que vous me rendiez un service, Linar. Mon mari, par une idée singulière, ne veut pas que je mette du rouge; je n'en ai point. Mais, ce soir au bal, paroître avec un air de souffrance au milieu d'une fête, je ne le puis pas; je suis décidée à en mettre une teinte légère. Je partirai la première, je danserai, il ne verra rien. Faites-moi le plaisir d'aller chez la marquise de Rici! sa campagne est à deux pas d'ici, vous lui demanderez du rouge; mon cher Linar, dépêchez-vous, vous me ferez un grand plaisir. Passez par le jardin afin qu'on ne vous voie pas sortir. » En disant ces mots, elle me poussa légèrement par la porte. Je courus chez la

8

marquise ; je revins au bout de quelques minutes :
Valérie m'attendoit avec l'impatience d'un enfant,
une légère émotion coloroit son teint ; elle s'approcha du miroir, mit un peu de rouge, puis elle
s'arrêta pour réfléchir : il me sembloit que j'entendois ce qu'elle se disoit. Ensuite elle me regarda. « C'est ridicule, dit-elle, je tremble comme
si je faisois une mauvaise action... C'est que j'ai
promis... Cependant le mal n'est pas bien grand.
Oh ! combien il doit être affreux de faire quelque
chose de vraiment répréhensible ! » En disant cela,
elle s'approcha de moi. « Vous pâlissez », me
dit-elle ; elle prit ma main : « Qu'avez-vous,
Linar ? vous êtes très pâle. » Effectivement, je me
sentois défaillir ; ces mots : « Combien il est affreux
de faire quelque chose de vraiment répréhensible ! »
étoient entrés dans ma conscience comme un coup
de poignard. Cette crainte de Valérie pour une
faute aussi légère me fit faire un retour affreux
sur ma passion criminelle et mon ingratitude envers le comte. Valérie avoit pris de l'eau de Cologne, elle vouloit m'en faire respirer. Je remarquai que d'une main elle tenoit le flacon, tandis
que de l'autre elle ôtoit son rouge en passant ses
jolis doigts sur ses joues. Nous sortîmes un instant après, et elle monta en voiture. J'allai rêver
au bord de la Brenta ; la nuit me surprit, elle étoit
calme et sombre ; je suivois le rivage, désert à
cette heure-là, et je n'entendois que dans l'éloignement le chant de quelques mariniers qui s'en

alloient vers Fusine pour regagner les lagunes. Quelques vers luisans étinceloient sur les haies de buis comme des diamans. Je me trouvai insensiblement auprès de la superbe villa Pisani, louée par l'ambassadeur d'Espagne, et j'entendis la musique du bal. Je m'approchai; on dansoit dans un pavillon dont les grandes portes vitrées donnoient sur le jardin. Plusieurs personnes regardoient, placées en dehors près de ces portes. Je gagnai une fenêtre, et je montai sur un grand vase de fleurs. Je me trouvai au niveau de la salle. L'obscurité de la nuit et l'éclat des bougies me permettoient de chercher Valérie sans être remarqué. Je la reconnus bientôt; elle parloit à un Anglois qui venoit souvent chez le comte. Elle avoit l'air abattu, elle tourna ses yeux du côté de la fenêtre, et mon cœur battit : je me retirai, comme si elle avoit pu me voir. Un instant après, je la vis environnée de plusieurs personnes qui lui demandoient quelque chose; elle paroissoit refuser, et mêloit à son refus son charmant sourire, comme pour se le faire pardonner. Elle montroit avec la main autour d'elle, et je me disois : « Elle se défend de danser la danse du châle; elle dit qu'il y a trop de monde. Bien, Valérie, bien! Ah! ne leur montrez pas cette charmante danse; qu'elle ne soit que pour ceux qui n'y verront que votre âme, ou plutôt qu'elle ne soit jamais vue que par moi, qu'elle entraîne à vos pieds avec cette volupté qui exalte l'amour et intimide les sens.

On continuoit à presser Valérie, qui se défendoit toujours et montroit sa tête, apparemment pour dire qu'elle y avoit mal. Enfin, la foule s'écoula ; on alla souper : Valérie resta ; il n'y eut plus qu'une vingtaine de personnes dans la salle. Alors je vis le comte, avec une femme couverte de diamans et de rouge, s'avancer vers Valérie ; je le vis la presser, la supplier de danser ; les hommes se mirent à ses genoux, les femmes l'entouroient ; je la vis céder ; moi-même, enfin, entraîné par le mouvement général, je m'étois mêlé aux autres pour la prier, comme si elle avoit pu m'entendre ; et, quand elle céda aux instances, je sentis un mouvement de colère. On ferma les portes pour que personne n'entrât plus dans la salle : lord Méry prit un violon ; Valérie demanda son châle d'une mousseline bleu foncé ; elle écarta ses cheveux de dessus son front ; elle mit son châle sur sa tête ; il descendit le long de ses tempes, de ses épaules ; son front se dessina à la manière antique, ses cheveux disparurent, ses paupières se baissèrent, son sourire habituel s'effaça peu à peu, sa tête s'inclina, son châle tomba mollement sur ses bras croisés sur sa poitrine ; et ce vêtement bleu, cette figure douce et pure, sembloient avoir été dessinés par le Corrège pour exprimer la tranquille résignation ; et, quand ses yeux se relevèrent, que ses lèvres essayèrent un sourire, on eût dit voir, comme Shakespeare la peignit, la Patience souriant à la Douleur auprès d'un monument.

Ces attitudes différentes, qui peignent tantôt des situations terribles, et tantôt des situations attendrissantes, sont un langage éloquent puisé dans les mouvemens de l'âme et des passions. Quand elles sont représentées par des formes pures et antiques, que des physionomies expressives en relèvent le pouvoir, leur effet est inexprimable. Milady Hamilton, douée de ces avantages précieux, donna la première une idée de ce genre de danse vraiment dramatique, si l'on peut dire ainsi. Le châle, qui est en même temps si antique, si propre à être dessiné de tant de manières différentes, drape, voile, cache tour à tour la figure, et se prête aux plus séduisantes expressions. Mais c'est Valérie qu'il faut voir : c'est elle qui, à la fois décente, timide, noble, profondément sensible, trouble, entraîne, émeut, arrache des larmes, et fait palpiter le cœur comme il palpite quand il est dominé par un grand ascendant ; c'est elle qui possède cette grâce charmante qui ne peut s'apprendre, mais que la nature a révélée en secret à quelques êtres supérieurs. Elle n'est pas le résultat des leçons de l'art ; elle a été apportée du ciel avec les vertus : c'est elle qui étoit dans la pensée de l'artiste qui nous donna la Vénus pudique et dans le pinceau de Raphaël... Elle vit surtout avec Valérie ; la décence et la pudeur sont ses compagnes ; elle trahit l'âme en cherchant à voiler les beautés du corps.

Ceux qui n'ont vu que ce mécanisme difficile et

étonnant à la vérité, cette grâce de convenance, qui appartient plus ou moins à un peuple ou à une nation, ceux-là, dis-je, n'ont pas l'idée de la danse de Valérie.

Tantôt, comme Niobé, elle arrachoit un cri étouffé à mon âme déchirée par sa douleur ; tantôt elle fuyoit comme Galatée, et tout mon être sembloit entraîné sur ses pas légers. Non, je ne puis te rendre tout mon égarement, lorsque, dans cette magique danse, un moment avant qu'elle finît, elle fit le tour de la salle en fuyant, ou en volant plutôt sur le parquet, regardant en arrière, moitié effrayée, moitié timide, comme si elle étoit poursuivie par l'Amour. J'ouvris les bras, je l'appelai ; je criois d'une voix étouffée : « Valérie ! ah ! viens, viens, par pitié ! C'est ici que tu dois te réfugier ; c'est sur le sein de celui qui meurt pour toi que tu dois te reposer. » Et je fermois les bras avec un mouvement passionné, et la douleur que je me faisois à moi-même m'éveilla, et pourtant je n'avois embrassé que le vide ! Que dis-je ? le vide ! non, non : tandis que mes yeux dévoroient l'image de Valérie, il y avoit dans cette illusion, il y avoit de la félicité.

La danse finit : Valérie, épuisée de fatigue, poursuivie d'acclamations, vint se jeter sur la croisée où j'étois. Elle voulut l'ouvrir en la poussant en dehors ; je l'arrêtai de toutes mes forces, tremblant qu'elle ne prît l'air. Elle s'assit, appuya sa tête contre les carreaux : jamais je n'avois été si près d'elle ; une simple glace nous séparoit. J'appuyois mes lèvres sur son bras ; il me sembloit que je respirois des torrens de feu : et toi, Valérie, tu ne sentois rien, rien ! tu ne sentiras jamais rien pour moi !

LETTRE XIX

Venise, le...

Il n'y a que huit jours que je ne t'ai écrit, et combien de choses j'ai à te dire ! Combien le cœur fait vivre, quand on rapporte tout à un sentiment dominateur ! Il faut que je te parle d'un petit bal que j'ai donné à Valérie. Sa fête approchoit ; j'ai demandé au comte la permission de la célébrer avec lui. Nous sommes convenus qu'il s'empareroit de la matinée pour donner à la comtesse un déjeuner à Sala (campagne à quatre lieues de Venise), où il réuniroit plusieurs personnes de sa connoissance. On devoit danser après le déjeuner et se promener ensuite dans les beaux jardins du parc, que Valérie aime passionnément.

Je ne pouvois trouver un lieu plus enchanteur pour seconder mes projets. Ainsi je demandai la permission d'arranger une des salles pour le soir; ce qu'on m'a accordé. J'avois eu un plaisir extrême à m'occuper de ce qui devoit l'amuser ; je me di-

sois que ce bonheur-là étoit innocent, et je m'y
livrois ; j'étois plus tranquille depuis que je ne son-
geois qu'à courir, à acheter des fleurs, à orner et
arranger la salle comme je voulois qu'elle le fût.

Hier donc, nous partîmes d'assez bon matin
pour arriver à Sala avant la chaleur. Valérie comptoit seulement y déjeuner et revenir le soir à Venise.
Il y eut une course de chevaux, donnée par my-
lord E..., qui vient souvent chez le comte, et que
Valérie intéresse beaucoup, sans qu'elle-même s'en
aperçoive. On déjeuna dans des bosquets impéné-
trables aux rayons du soleil. La matinée se pro-
longea : on voulut danser ; mais les femmes, pré-
venues qu'il y auroit un bal le soir, préférèrent la
promenade, et Valérie bouda un peu. Cela nous
mena assez tard. La marquise de Rici, instruite de
nos projets, proposa à la comtesse de ne pas coucher à Venise, mais de passer chez elle le reste de
la journée et la nuit : on partit fort gaiement.

Nous arrivâmes les derniers chez la marquise.
Les femmes avoient eu soin d'apporter d'autres
robes, et elles parurent toutes très élégamment
vêtues. Valérie éprouvoit un moment d'embarras ;
sa robe étoit chiffonnée ; elle avoit couru dans les
bosquets ; et, quoiqu'elle me parût mille fois plus
jolie, je la voyois promener des regards inquiets
sur sa personne. Une de ses manches s'étoit un peu
déchirée, elle y mit une épingle ; son chapeau
parut lui peser, elle l'ôta, le remit : je voyois tout
cela du coin de l'œil. La marquise la laissa un

instant s'agiter ; puis elle l'appela, et Valérie trouva
une robe des plus élégantes ; elle arrivoit de Paris :
c'étoit une galanterie du comte. Son coiffeur se
trouva là aussi : on posa sur ses cheveux une guirlande de mauves bleues, dont la couleur alloit à
merveille avec le blond de ses cheveux. Elle mit
un bracelet enrichi de diamans, avec le portrait
de sa mère, que le comte lui avoit donné. On
m'appela pour me montrer tout cela, et je me
disois, en voyant la comtesse passer d'une glace à
l'autre et monter sur une chaise pour voir le bas
de sa robe : « Elle a bien un peu plus de vanité
que je ne croyois » ; mais je faisois grâce à cette
légère imperfection en faveur du plaisir qu'elle
lui donnoit. Elle étoit surtout enchantée de l'étonnement qu'elle alloit causer, puisqu'elle s'étoit ré-
criée sur le désordre de sa toilette... Au moment
où elle alloit jouir de son triomphe, Marie, qui
l'habilloit, toussa ; le sang se porta à sa tête ; elle
faisoit des efforts pour se débarrasser de quelque
chose qui la tourmentoit à la gorge... Valérie,
tout effrayée, lui demanda ce qu'elle avoit ; Marie
lui dit qu'elle sentoit une épingle qu'elle avoit eu
l'imprudence de mettre dans sa bouche, mais
qu'elle espéroit que ce ne seroit rien. La comtesse
pâlit, et l'embrassa pour lui cacher sa frayeur. Je
courus chercher un chirurgien ; mais Valérie,
tremblant qu'il ne tardât trop à venir et n'ayant
point de voiture, avoit jeté sa guirlande, remis
son chapeau, pris un fichu ; elle entraînoit Marie

Valérie.   9

tout en courant, et se trouva sur mes pas quand je frappai à la porte du chirurgien, qui demeuroit près de Dole, petit bourg voisin.

Qu'elle me parut irrésistible, Ernest! Ses traits exprimoient une inquiétude si touchante! Son âme entière étoit sur son charmant visage. Ce n'étoit plus cette Valérie enchantée de sa parure et attendant avec impatience un petit triomphe; c'étoit la sensible Valérie, avec toute sa bonté, toute son imagination, portant le plus tendre intérêt et toutes les craintes d'une âme susceptible de vives émotions, sur l'objet qu'elle aimoit et qu'elle auroit aimé sans le connoître dans ce moment-là, puisqu'il étoit en danger. Heureusement Marie ne souffroit pas beaucoup, et l'on parvint à retirer l'épingle. La comtesse leva vers le ciel ses beaux yeux remplis de larmes et le remercia avec la plus vive reconnoissance. Après avoir bien fait promettre à Marie qu'elle ne feroit plus la même imprudence, nous regagnâmes la campagne de la marquise; elle-même venoit à notre rencontre.

Quand nous arrivâmes, tous les yeux se portèrent sur nous; les femmes chuchotoient : les unes plaignoient Valérie d'avoir si chaud; les autres s'attendrissoient sur cette charmante robe que les ronces avoient abîmée, et qui méritoit plus d'égards. Valérie commençoit à s'embarrasser; sa jeunesse et sa timidité l'empêchoient de prendre le ton qui lui convenoit; elle paroissoit attendre que le comte parlât pour la tirer de cette situation gênante;

mais (ô étrange empire de la multitude sur les âmes les plus nobles et les plus belles!) le comte lui-même garda le silence. J'allois parler; il me regarda froidement : un instinct secret m'avertit que je nuirois à la comtesse, et je me tus.

La marquise entra. Alors le comte se leva et s'approcha d'une fenêtre; Valérie s'avança vers lui. J'entendis qu'il lui disoit : « Ma chère amie, vous auriez dû m'appeler; vous êtes si vive! tout le monde vous a attendue pour le dîner. » Je la vis chercher à se justifier. Je tremblois que son mari ne lui dît quelque chose de désagréable, car il ne pouvoit savoir que ce que les autres lui avoient peut-être mal rendu. Je vis à côté de moi un jeune enfant de la maison. « Mon ami, lui dis-je, allez vite souhaiter la bonne fête à Mme la comtesse de M..., cette jolie dame qui est là, et vous aurez du bonbon. — Est-ce sa fête aujourd'hui? —Oui, oui, allez. » Il partit, et, avec sa grâce enfantine, il fit son petit compliment à Valérie, qui, déjà émue, le souleva, l'embrassa. Ce moyen me réussit. Comment le comte, rappelé à l'idée de la fête de Valérie, auroit-il voulu lui faire de la peine ce jour-là? Je le vis prenant la main de sa femme; je n'entendis pas ce qu'il lui disoit, mais elle sourit d'un air attendri.

Elle passa dans une pièce attenante pour arranger ses cheveux qui tomboient; je restai à la porte sans oser la suivre. L'enfant alla auprès d'elle et lui dit : « Me donnerez-vous aussi du bonbon,

comme ce monsieur, pour vous avoir souhaité la
bonne fête ? — Quel monsieur, mon petit ami ? —
Mais celui qui est là; regardez. » Elle m'entrevit,
parut me deviner, et ses yeux s'arrêtèrent sur moi
avec reconnoissance; elle embrassa encore une fois
l'enfant et lui dit : « Oui, je vous donnerai aussi
du bonbon; mais allez embrasser ce bon monsieur. »
Avec quel ravissement je reçus dans mes bras cet
enfant chéri! Comme je posai mes lèvres à la place
où Valérie avoit posé les siennes! Mais comment
te rendre, Ernest, ce que j'éprouvai en trouvant
une larme sur la joue de l'enfant, en la sentant se
mêler à tout mon être! Il me sembla aussi repasser
toute ma destinée; cette larme me paroissoit la
contenir tout entière. Oui, Valérie, tu ne peux
m'envoyer, me donner que des larmes; mais c'est
dans ces témoignages de ta pitié que se retran-
cheront désormais mes plus douces jouissances.

Je laisse là ma lettre; je suis trop affecté pour
continuer.

LETTRE XX

Venise, le...

J'ai à te raconter encore, mon cher Ernest, tous
les détails de la petite fête que je donnai à la comtesse; il m'en est resté un souvenir qui ne s'effacera
jamais. Je t'ai laissé avec toutes les émotions que

m'avoit données le petit messager de Valérie. Vers les neuf heures du soir, après qu'on eut quitté la table et qu'elle eut pris un peu de repos, on proposa une promenade, on prit des flambeaux, et toutes les voitures partirent. Rien n'étoit joli comme cette suite d'équipages et ces flambeaux qui jetoient une vive clarté sur la verdure des haies et sur les arbres furtivement éclairés. Valérie ne savoit pas où elle alloit, et sa surprise fut extrême quand on la fit descendre à Sala : elle trouva les jardins éclairés, une musique délicieuse la reçut. Je me trouvai à l'entrée du jardin, car je l'avois devancée, et je lui présentai la main pour la conduire à la salle du bal. « Qu'est-ce donc que tout cela ? me dit-elle. — C'est Valérie qu'on voudroit fêter ; mais qui peut réussir à exprimer tout ce qu'elle inspire, et quelle langue lui diroit tout ce qu'on sent pour elle ?... » La comtesse regardoit autour d'elle avec ravissement.

Nous arrivâmes à la salle ; elle étoit spacieuse, et tout le monde fut charmé de voir remplacer ces jardins éblouissans de lampions par un clair de lune, d'après Voléro. La musique se tut, les portes se fermèrent ; il s'étoit fait un silence involontaire de toutes parts, et Valérie l'interrompit. « Ah ! s'écria-t-elle d'une voix attendrie, c'est Dronnigor. » Je vis avec délices que mon idée avoit réussi. Un décorateur habile m'avoit parfaitement compris ; des vues gravées de la campagne où Valérie avoit passé son enfance, et les conseils du comte, nous avoient aidés à exécuter mon plan ; on avoit peint ce lac, cette barque où elle conduisoit ses sœurs ; ces pins avec leurs formes pyramidales où se balançoient de jeunes écureuils ; ces sorbiers, amis de la jeune Valérie, et cette heureuse maison, à moitié cachée par les arbres, où elle avoit passé ses premiers jours de bonheur : tout cela étoit éclairé par la lune qui versoit sa tranquille clarté et de longs jets de lumière sur de jeunes bouleaux, sur les joncs du lac qui paroissoient frémir et murmurer et sur d'aromatiques calamus. Tu ne conçois pas avec quelle perfection Voléro a imité les clairs de lune : on la voyoit lutter avec les mystères de la nuit ; on entendoit aussi dans le lointain les airs de nos pâtres ; j'avois fait imiter leurs chalumeaux, et ces sons errans, qui tantôt s'affoiblissoient et tantôt devenoient plus forts, avoient quelque chose de vague, de tendre et de mélancolique.

Il y avoit le long de la salle des bancs de gazon et de larges bandes de fleurs : toutes ces fleurs étoient blanches ; il m'avoit semblé que cette couleur virginale peignoit celle à qui elles étoient venues se donner ; le jasmin d'Espagne, les roses blanches, des œillets, des lis purs comme Valérie, s'élevoient partout dans des caisses cachées sous le parquet gazonné, et son chiffre et celui du comte, simplement enlacés, étoient suspendus à un pin naturel, planté près de l'endroit du lac où Valérie avoit dit pour la première fois au comte qu'elle consentoit à devenir sa femme. Dis, Ernest, dis,

après cela, si je ne sais pas l'aimer avec cette résignation qui seule excuse peut-être un peu ce funeste amour !

Mais il me reste à te détailler ce qui suivit cette
première partie de la fête. A peine fûmes-nous dix
minutes dans cette salle, les uns assis au milieu des
fleurs, les autres parlant à voix basse, tous paroissant aimer cette scène tranquille qui sembloit offrir
à chacun quelques souvenirs agréables, que la toile
du fond se leva ; une gaze d'argent occupoit toute
la place du haut en bas, elle imitoit parfaitement
une glace. La lune disparut, et on vit à travers la
gaze une chambre très simplement meublée, assez
éclairée pour qu'on ne perdît rien, et une douzaine
de jeunes filles assises auprès de leurs rouets, ou
le fuseau à la main, travaillant toutes. Leur cos-
tume étoit celui des paysannes de notre pays ; des
corsets d'un drap bleu foncé, un fichu d'une toile
fine et blanche qui, se roulant comme un bandeau,
enveloppoit pittoresquement leur tête, et descendoit sur leurs épaules avec des nattes de cheveux
qui tomboient presque à terre. Ce tableau étoit
charmant. Une des jeunes filles paroissoit se détacher de ses compagnes ; elle étoit plus jeune, plus
svelte, ses bras étoient plus délicats ; les autres
sembloient être faites pour l'entourer. Elle filoit
aussi ; mais elle étoit placée de manière à ce qu'on
ne vît pas ses traits. A moitié cachée par son atti-
tude et par sa coiffure, elle étoit vêtue comme les
autres, et paroissoit pourtant plus distinguée. Va-

lérie se reconnut dans cette scène naïve de sa jeunesse, où elle s'étoit plu, comme elle le faisoit souvent, à travailler au milieu de plusieurs jeunes filles qu'on élevoit chez ses parens, qui, riches et bienfaisans, recueilloient des enfans pauvres, les élevoient et les dotoient ensuite. Elle comprit que j'avois voulu lui retracer le jour où le comte la vit pour la première fois et la surprit au milieu de cette scène aimable et naïve. Dès lors, charmé de sa candeur et de ses grâces, il l'aima tendrement.

Mais revenons à ce miroir magique qui ramenoit Valérie au passé. De jeunes filles élevées dans le conservatoire des Mendicanti formoient un groupe, costumées comme nos paysannes suédoises : elles chantoient mieux qu'elles, et, au lieu de leurs romances, nous entendîmes des couplets composés pour la comtesse, accompagnés par Frédéric et Ponto, placés de manière à ne pas être aperçus. Les voix ravissantes des filles des Mendicanti, le talent de ces artistes fameux, la sensibilité de Valérie, contagieuse pour les autres, tout fit de ce moment un moment délicieux; et les Italiens, habitués à exprimer fortement ce qu'ils sentent, mêlèrent leurs acclamations à la joie douce que me faisoit ressentir le bonheur de Valérie.

Le bal commença dans une des salles attenantes; tout le monde s'y précipita. La toile étant tombée, on vit reparoître le clair de lune. Valérie resta avec son mari; tous deux parlèrent avec tendresse du souvenir que cette fête leur retraçoit. Le comte me dit les choses du monde les plus aimables ; sa femme, en me tendant la main, s'écria : « Bon Gustave ! jamais je n'oublierai cette charmante soirée et la salle des souvenirs. » Elle rentra ensuite avec le comte dans le bal. Je sortis pour respirer le grand air et m'abandonner pendant quelques instans à mes rêveries. En rentrant, je cherchois des yeux la comtesse au milieu de la foule, et, ne la trouvant pas, je me doutois qu'elle avoit cherché la solitude dans la salle des souvenirs. Je la trouvai effectivement dans l'embrasure d'une fenêtre : je m'approchai avec timidité ; elle me dit de m'asseoir à côté d'elle. Je vis qu'elle avoit pleuré ; elle avoit encore les larmes aux yeux, et je crus qu'elle s'étoit rappelé la petite discussion du matin. Je savois combien les impressions qu'elle recevoit étoient profondes, et je lui dis : « Quoi ! Madame, vous avez de la tristesse, aujourd'hui que nous désirons surtout vous voir contente ? — Non, me dit-elle ; les larmes que j'ai versées ne sont point amères : je me suis retracé cet âge que vous avez su me rappeler si délicieusement ; j'ai pensé à ma mère, à mes sœurs, à ce jour heureux qui commença l'attachement du comte pour moi ; je me suis attendrie sur cette époque si chère ; mais j'aime aussi l'Italie, je l'aime beaucoup », dit-elle. Je tenois toujours sa main, et mes yeux étoient fixement attachés sur cette main qui, deux ans auparavant, étoit

libre; je touchois cet anneau qui me séparoit d'elle
à jamais, et qui faisoit battre mon cœur de terreur et d'effroi; mes yeux s'y fixoient avec stupeur. « Quoi! me disois-je, j'aurois pu prétendre
aussi à elle! Je vivois dans le même pays, dans la
même province; mon nom, mon âge, ma fortune,
tout me rapprochoit d'elle; qu'est-ce qui m'a empêché de deviner cet immense bonheur? » Mon
cœur se serroit, et quelques larmes, douloureuses
comme mes pensées, tomboient sur sa main.
« Qu'avez-vous, Gustave? Dites-moi ce qui vous
tourmente. » Elle vouloit retirer sa main; mais sa
voix étoit si touchante, j'osai la retenir. Je voulois lui dire... que sais-je? Mais je sentis cet
anneau, mon supplice et mon juge; je sentis ma
langue se glacer. Je quittai la main de Valérie, et
je soupirois profondément. « Pourquoi, me dit-
elle, pourquoi toujours cette tristesse? Je suis sûre
que vous pensez à cette femme. Je sens bien que
son image est venue vous troubler aujourd'hui
plus que jamais; toute cette soirée vous a ramené
en Suède. — Oui, dis-je en respirant péniblement. — Elle a donc bien des charmes, me dit-
elle, puisque rien ne peut vous distraire d'elle? —
Ah! elle a tout, tout ce qui fait les fortes passions : la grâce, la timidité, la décence, avec une
de ces âmes passionnées pour le bien, qui aiment
parce qu'elles vivent, et qui ne vivent que pour la
vertu; enfin, par le plus charmant des contrastes,
elle a tout ce qui annonce la foiblesse et la dépen-

dance, tout ce qui réclame l'appui ; son corps délicat est une fleur que le plus léger souffle fait
incliner, et son âme forte et courageuse braveroit
la mort pour la vertu et pour l'amour. » Je pro-
nonçai ce dernier mot en tremblant, épuisé par la
chaleur avec laquelle j'avois parlé, ne sachant
moi-même jusqu'où m'avoit conduit mon enthousiasme. Je tremblois qu'elle ne m'eût deviné, et
j'appuyois ma tête contre un des carreaux de la
fenêtre, attendant avec anxiété le premier son
de sa voix. « Sait-elle que vous l'aimez? me dit
Valérie, avec une ingénuité qu'elle n'auroit pu
feindre. — Oh! non, non, m'écriai-je, j'espère
bien que non; elle ne me le pardonneroit pas. —
Ne le lui dites jamais, dit-elle; il doit être affreux
de faire naître une passion qui rend si malheureux.
Si jamais je pouvois en inspirer une semblable, je
serois inconsolable; mais je ne le crains pas, et
cela me console de ne pas être belle. » Je m'étois
remis de mon trouble. « Croyez-vous, Madame,
que ce soit la beauté seule qui soit si dangereuse?
Regardez milady Erwin, la marquise de Ponti :
je ne crois pas qu'un statuaire puisse imaginer de
plus beaux modèles ; cependant on vous disoit
encore hier que jamais elles n'avoient excité un
sentiment vif ou durable. Non, poursuivis-je, la
beauté n'est vraiment irrésistible qu'en nous expli-
quant quelque chose de moins passager qu'elle,
qu'en nous faisant rêver à ce qui fait le charme
de la vie au delà du moment fugitif où nous

sommes séduits par elle ; il faut que l'âme la retrouve quand les sens l'ont assez aperçue. L'âme
ne se lasse jamais : plus elle admire, et plus elle
s'exalte ; et c'est quand on sait l'émouvoir fortement qu'il ne faut que de la grâce pour créer la
plus forte passion. Un regard, quelques sons d'une
voix susceptible d'inflexions séduisantes, contiennent alors tout ce qui fait délirer. La grâce surtout, cette magie par excellence, renouvelle tous
les enchantemens. Qui plus que vous, dis-je entraîné par le charme de son regard, de son main-
tien, a cette grâce ? O Valérie ! (je pris sa main)
Valérie ! » dis-je avec un accent passionné. Son
extrême innocence pouvoit seule lui cacher ce que
j'éprouvois. Cependant je tremblois de lui avoir
déplu, et, comme on jouoit dans cet instant une
valse très animée, je la priai, avec la vivacité
qu'inspiroit la musique, de danser avec moi, et,
sans lui laisser le temps de réfléchir, je l'entraînai.
Je dansois avec une espèce de délire, oubliant le
monde entier, sentant avec ivresse Valérie presque
dans mes bras, et détestant pourtant ma frénésie.
J'avois absolument perdu la tête, et la voix seule
de ce que j'aimois pouvoit me rappeler à moi.
Elle souffroit de la rapidité de la valse, et me le
reprochoit. Je la posai sur un fauteuil ; je la con-
jurai de me pardonner. Elle étoit pâle ; je tremblois d'effroi : j'avois l'air si égaré que Valérie en
fut frappée. Elle me dit avec bonté : « Cela va
mieux ; mais, une autre fois, vous serez plus pru-

dent : vous m'avez bien effrayée ; vous ne m'écou-
tiez pas du tout. O Gustave ! me dit-elle avec un
accent très significatif, que vous êtes changé ! »
Je ne répondis rien. « Promettez-moi, dit-elle encore, de chercher à recouvrer votre raison ; pro-
mettez-le-moi, dit-elle d'une voix attendrie, aujourd'hui, dans ce jour où vous m'avez montré
tant d'intérêt. » Elle se leva, voyant qu'on se
rapprochoit de nous : je lui tendis la main comme
pour l'aider à marcher, et, en serrant avec respect
et attendrissement cette main, je lui dis : « Je
serai digne de votre intérêt, ou je mourrai. » Je
m'enfonçai dans les jardins, où je marchai longtemps en proie à mille tourmens que me créoient
les remords dont j'étois déchiré.

LETTRE XXI

Venise, le...

Je ne t'ai point encore parlé de cette singulière ville, qui s'élève au sein de la mer et com-
mande aux vagues de venir se briser contre ses
digues, d'obéir à ses lois, de lui apporter les ri-
chesses de l'Europe et de l'Asie, de la servir en
lui amenant chaque jour les productions dont elle
a besoin, et sans lesquelles elle périroit au milieu
de son faste et de son superbe orgueil. La place

qu'occupe cette cité, d'abord couverte de pauvres
pêcheurs, voyoit leurs nacelles raser timidement
ces eaux, où voguent maintenant les galères du
sénat. Peu à peu le commerce s'empara de ce passage, qui lioit si facilement l'Orient à l'Europe, et
Venise devint la chaîne qui unit les mœurs d'une
autre partie du monde à celles de l'Italie. De là
ces couleurs si variées, ce mélange de cultes, de
costumes, de langages, qui donnent une physionomie si particulière à cette ville et fondent les
teintes locales avec le singulier assemblage de vingt
peuples différens. Peu à peu aussi s'éleva ce gouvernement sage et doux pour la classe obscure et
paisible de la république, implacable et cruel pour
le noble qui auroit voulu le braver ou le compro-
mettre; semblable à ce Tarquin dont le fer frappoit chacune de ces fleurs qui osoit s'élever au-
dessus de leurs compagnes. Il falloit, à Venise,
que chaque tête altière pliât ou tombât, si elle ne
se courboit pas sous le fer d'un gouvernement
appuyé sur dix siècles de puissance, et enveloppé
du lugubre appareil de l'inquisition et des supplices.

Aussi rien n'effraye l'imagination comme ce tribunal; tout vous épouvante : ces gouffres sans
cesse ouverts aux dénonciations; ces prisons af-
freuses où, courbé sous des voûtes de plomb que
le soleil embrase, le coupable expire lentement; le
silence habitant ces vastes corridors où l'on craint
jusqu'à l'écho, qui rediroit un accent imprudent.

Et cependant, autour de cette enceinte, qu'habite l'épouvante et que frappe si souvent le deuil, le peuple, comme un essaim d'abeilles, bourdonne le jour et s'endort sur les marches de ces palais où vivent ses souverains, et, à l'ombre du despotisme, jouit d'une grande liberté, et même d'une coupable indulgence pour ses crimes. Heureux de paresse et d'insouciance, le Vénitien vit de son soleil et de ses coquillages, se baigne dans ses canaux, suit ses processions, chante ses amours sous un ciel calme et propice, et regarde son carnaval comme une des merveilles du monde.

Les arts ont embelli la magnificence des monumens ; le génie du Titien, de Paul Véronèse et du Tintoret, ont illustré Venise ; le Palladio a donné une immortelle splendeur aux palais des Cornaro, des Pisani ; et le goût et l'imagination ont revêtu de beautés ce qui seroit mort sans eux.

Venise est le séjour de la mollesse et de l'oisiveté. On est couché dans des gondoles qui glissent sur les vagues enchaînées ; on est couché dans ces loges où arrivent les sons enchanteurs des plus belles voix de l'Italie. On dort une partie de la journée ; on est, la nuit, ou à l'Opéra, ou dans ce qu'on appelle ici des *casins*. La place de Saint-Marc est la capitale de Venise, le salon de la bonne compagnie la nuit, et le lieu de rassemblement du peuple le jour. Là, des spectacles se succèdent ; les cafés s'ouvrent et se refermen' sans cesse ; les boutiques étalent leur luxe ; l'Ar-

ménien fume silencieusement son cigare; tandis
que, voilée et d'un pas léger, la femme du noble
Vénitien, cachant à moitié sa beauté et la montrant cependant avec art, traverse cette place qui
lui sert de promenade le matin, et le soir la voit,
resplendissante de diamans, parcourir les cafés,
visiter les théâtres, et se réfugier ensuite dans son
casin, pour y attendre le soleil. Ajoute à tout cela,
Ernest, le tumulte du quai qui avoisine Saint-
Marc, ces groupes de Dalmates et d'Esclavons,
ces barques qui jettent sur la rive tous les fruits
des îles, ces édifices où domine la majesté, ces
colonnes où vivent ces chevaux, fiers de leur au-
dace et de leur antique beauté; vois le ciel de
l'Italie fondre ses teintes douces avec le noir antique des monumens; entends le son des cloches
se mêler aux chants des barcarolles; regarde tout
ce monde; en un clin d'œil, tous les genoux sont
ployés, toutes les têtes se baissent religieusement:
c'est une procession qui passe. Observe ce lointain magique, ce sont les Alpes du Tyrol qui for-
ment ce rideau que dore le soleil. Quelle superbe
ceinture embrasse mollement Venise! C'est l'A-
driatique; mais ses vagues resserrées n'en sont
pas moins filles de la mer; et, si elles se jouent
autour de ces belles îles, d'où se détachent de
sombres cyprès, elles grondent aussi, elles se cour-
roucent et menacent de submerger ces délicieuses
retraites.

Je me promène souvent, Ernest, sur ces quais

je me perds dans la foule de ce peuple ; je m'élance au delà de cette mer ; mais je ne me fuis pas moi-même. Je voulois cependant ne pas te parler de moi aujourd'hui. Je cherche à m'étourdir, et je te peins tout ce qui m'environne pour ne pas te parler d'une passion que je ne puis dompter.

Adieu, Ernest ; je sens que je te parlerois de Valérie.

———

LETTRE XXII

Venise, le...

Non, Ernest, non, jamais je ne m'habituerai au monde ; le peu que j'en ai vu ici m'inspire déjà le même éloignement, le même dégoût qui me poursuit toujours dès que je suis obligé de vivre dans la grande société. Tu as beau vouloir que je cherche par ce moyen à oublier Valérie ou à m'en occuper plus foiblement, y parviendrai-je jamais ? et faut-il encore altérer mon caractère, l'aigrir ? dois-je tâcher de recouvrer la tranquillité aux dépens des principes les plus consolans ? Tu le sais, mon ami, j'ai besoin d'aimer les hommes ; je les crois en général estimables, et, si cela n'étoit pas, la société depuis longtemps ne seroit-elle pas détruite ? L'ordre subsiste dans l'univers, la vertu est donc la plus forte. Mais le grand monde, cette classe que l'ambition, les grandeurs et la richesse séparent tant du reste de l'humanité, le grand monde me paroît une arène hérissée de lances, où, à chaque pas, on craint d'être blessé ; la défiance, l'égoïsme et l'amour-propre, ces ennemis nés de tout ce qui est grand et beau, veillent sans cesse à l'entrée de cette arène et y donnent des lois qui étouffent ces mouvemens généreux et aimables par lesquels l'âme s'élève, devient meilleure, et par conséquent plus heureuse. J'ai souvent réfléchi aux causes qui font que tous ceux qui vivent dans le grand monde finissent par se détester les uns les autres et meurent presque toujours en calomniant la vie. Il existe peu de méchans, ceux qui ne sont pas retenus par la conscience le sont par la société ; l'honneur, cette fière et délicate production de la vertu, l'honneur garde les avenues du cœur et repousse les actions viles et basses, comme l'instinct naturel repousse les actions atroces. Chacun de ces hommes séparément n'a-t-il pas presque toujours quelques qualités, quelques vertus ? Qu'est-ce qui produit donc cette foule de vices qui nous blessent sans cesse ? C'est que l'indifférence pour le bien est la plus dangereuse des immoralités ; les grandes fautes seules épouvantent, parce qu'elles effrayent la conscience. Mais on ne daigne pas seulement s'occuper des torts qui reviennent sans cesse, qui attaquent sans cesse le repos, la considération, le bonheur de ceux avec qui l'on vit, et qui troublent par là journellement la société.

Nous parlions de cela hier encore, Valérie et moi, et je lui faisois remarquer dans ces réunions brillantes, au milieu de cette foule de gens de tous les pays qui viennent ici pour s'amuser, je lui faisois remarquer cette teinte monotone de froideur et d'ennui répandue sur tous les visages. « Les petites passions, lui disois-je, commencent par effacer ces traits primitifs de candeur et de bonté que nous aimons à voir dans les enfans; la vanité soumet tout à une convenance générale; il faut que tout prenne ses couleurs; la crainte du ridicule ôte à la voix ses plus aimables inflexions, inspecte jusqu'au regard, préside au langage et soumet toutes les impressions de l'âme à son despotisme. O Valérie! lui disois-je, si vous êtes si aimable, c'est que vous avez été élevée loin de ce monde qui dénature tout; si vous êtes heureuse, c'est que vous avez cherché le bonheur là où le Ciel a permis qu'il puisse être trouvé. C'est en vain qu'on le cherche ailleurs que dans la piété, dans la touchante bonté, dans les affections vives et pures, enfin dans tout ce que le grand monde appelle exaltation ou folie, et qui vous offre sans cesse les plus heureuses émotions. »

Ernest, je sentois que si je l'aimois ainsi, c'étoit parce qu'elle étoit restée près de la nature; j'entendois sa voix qui ne déguise jamais rien; je voyois ses yeux qui s'attendrissent sur le malheur

et qui ne connoissent que les plus célestes expressions ; je l'ai quittée brusquement, Ernest, je l'ai
quittée, j'ai craint de me trahir.

———

LETTRE XXIII

Venise, le...

J'apprends que toutes mes lettres écrites depuis
deux mois sont à Hambourg, chez M. Martin,
banquier. Le courrier expédié par le comte avoit
eu l'ordre de remettre ses dépêches à notre consul,
à Hambourg, et de se rendre lui-même à Berlin.
Malheureusement il a oublié de remettre le paquet
de lettres à ton adresse.

Mais qu'aurois-tu appris ? Je suis toujours le
même ; quelquefois repentant, et toujours le plus
foible des hommes. Mon fatal secret est toujours
caché à Valérie ; mais ma situation envers le comte
est vraiment bien douloureuse. Je l'ai vu quelquefois au moment de m'interroger ; il me disoit qu'il
me trouvoit triste, que jamais je n'aurois de meilleur ami : n'étoit-ce pas me dire qu'il comptoit
sur ma confiance ? Et moi, je le fuyois, j'évitois
ses regards ; je lui paroissois défiant, ingrat peut-
être ! Ernest, combien cette idée me tourmente !
Je ne puis t'en dire davantage, le comte m'attend.

———

LETTRE XXIV

Venise, le...

Je ne sais comment je vis, comment je puis vivre avec les violentes émotions que j'éprouve sans cesse. Étoit-ce à moi d'aimer? Quelle âme ai-je donc reçue! Celles qui sont le plus sensibles, celle du comte même, qu'elle est loin de souffrir comme la mienne! et cependant il l'aime bien cette même femme qui consume ma raison, mon bonheur et ma vie, et qui, sans se douter de son empire, me verra peut-être mourir sans deviner la cause de mon funeste sort. Cruelle pensée! Ah! pardonne, Valérie, ce n'est pas de toi que je me plains, c'est moi que je déteste. La foiblesse seule peut être aussi malheureuse : toujours dépendante, elle a des tourmens qui n'osent aborder qu'elle; je traîne à ma suite mille inquiétudes inconnues aux autres.

Mais j'oublie que tu ne sais encore rien; non, tu ne conçois pas ce que j'ai souffert, Ernest; j'ai si peu de raison, si peu d'empire sur moi-même! Écoute donc, mon ami, s'il m'est possible toutefois de mettre un peu d'ordre dans mon récit. Quoique Valérie ne soit qu'au septième mois de sa grossesse, on a craint qu'elle n'accouchât avant-hier. Son extrême jeunesse la rend si délicate qu'on a toujours présumé qu'elle n'atteindroit pas le

terme prescrit par la nature. Nous avions dîné plus
tard qu'à l'ordinaire, parce que Valérie ne s'étoit
pas trouvée bien ; vers la fin du repas, je l'ai vue
pâlir et rougir successivement ; elle m'a regardé
et m'a fait signe de me taire ; mais, après quelques minutes, elle a été obligée de se lever : nous
l'avons suivie dans le salon, où elle s'est couchée
sur une ottomane ; le comte inquiet a voulu sur-
le-champ faire chercher un médecin. Valérie ayant
passé dans sa chambre, je n'ai point osé l'y accompagner ; mais je suis entré dans une petite bibliothèque attenante, où je pouvois rester sans être
vu. Là, j'entendois Valérie se plaindre, en cherchant à étouffer ses plaintes ; je ne sais plus ce
que j'ai senti, car heureusement les douleurs ont
un trouble qui empêche de les retrouver dans tous
leurs détails, tandis que le bonheur a des repos
où l'âme jouit d'elle-même, note, pour ainsi dire,
ses sensations, et les met en réserve pour l'avenir.

Il ne m'est resté que des idées confuses et douloureuses de ces cruels momens. Quand Valérie
paroissoit souffrir beaucoup, tout mon sang se
portoit à ma tête, et j'en sentois battre les artères
avec violence. J'étois debout, appuyé contre une
porte de communication qui donnoit dans la
chambre de la comtesse ; je l'entendois quelquefois parler tranquillement, et alors le calme revenoit dans mon âme. Mais que devins-je quand
je l'entendis dire qu'elle avoit perdu une sœur en
couches de son premier enfant ! Je frissonnai de

terreur, le sang paroissoit s'arrêter dans mes veines, et je fus obligé de me traîner le long des panneaux pour m'asseoir sur une chaise.

La comtesse appela Marie, et lui dit de me chercher; je sortis de la bibliothèque, j'allai à sa rencontre, et je la suivis chez Valérie. « Je vous envoie chercher, Gustave, me dit-elle en prenant un air presque gai; mais les traces de la souffrance qui étoient encore sur son visage ne m'échappèrent pas; j'ai voulu vous voir un moment, et vous dire que cela ne sera rien; mes douleurs passent. J'ai pensé que vous seriez bien aise d'être rassuré; je sais l'intérêt que vous prenez à vos amis. » Avec quelle bonté elle me dit cela! Mes yeux lui exprimèrent combien j'étois touché qu'elle m'eût deviné. « Vous devriez faire de la musique, Gustave, me dit-elle, mais pas au salon, je ne vous entendrois pas; ici à côté vous trouverez le petit piano, cela me distraira. » Savoit-elle, Ernest, qu'il falloit me distraire moi-même et me tranquilliser? Je trouvai le piano ouvert; il y avoit une romance qu'elle avoit copiée elle-même; ce fut celle-là que je pris, elle m'étoit inconnue, je me mis à la chanter; je te noterai le dernier couplet pour que tu voies comment, par une inconcevable combinaison, cette romance me replongea dans mes tourmens et dans la plus horrible anxiété; elle commence ainsi :

J'aimois une jeune bergère.

L'air et les paroles sont, je crois, de Rousseau ;
il n'y avoit peut-être que moi qui ne connusse
pas cette romance. Il me sembloit que Valérie
recommençoit à se plaindre; je continuai pourtant. J'arrivai au dernier couplet :

> Après neuf mois de mariage,
> Instans trop courts !
> Elle alloit me donner un gage
> De nos amours,
> Quand la Parque, qui tout ravage,
> Trancha ses jours.

Ma voix altérée ne put achever; une sueur
froide me rendit immobile : Valérie jeta un cri; je
voulus me lever, voler à elle, je retombai sur ma
chaise, et je crus que j'allois perdre entièrement
connoissance. Je me remis cependant assez pour
courir à la porte de l'appartement de la comtesse.
L'accoucheur sortit dans ce moment. « Au nom
du Ciel ! dis-je en lui prenant la main et en tremblant de toutes mes forces, dites-moi s'il y a du
danger. » Il leva les épaules, et me dit : « J'espère bien que non; mais elle est si délicate qu'on
ne peut en répondre, et elle souffrira beaucoup. »
Il me sembloit que l'enfer et tous ses tourmens
étoient dans ce mot *j'espère*. Pourquoi ne me disoit-
il pas : « *Non*, il n'y a pas de danger. — Mais,
vous-même, me dit-il, vous ne me paroissez pas
bien. » Dans tout autre moment j'eusse pu être
inquiet de son observation; mais j'étois si mal-

heureux que toute autre considération disparoissoit dans cet instant. Je me mis à courir par toute la maison, mon agitation ne me laissant aucun repos ; je ne sais tout ce qui se passa, mais je me trouvai à la chute du jour dans les rues de Venise, courant sans m'arrêter ; je voulus demander un verre d'eau dans un café ; je vis un homme de ma connoissance qui s'avançoit vers moi ; la crainte qu'il ne m'abordât fit que je me mis à marcher très vite du côté opposé ; mes forces s'épuisoient entièrement. Je passois devant une église ; elle étoit ouverte, j'y entrai pour me reposer. Il n'y avoit personne qu'une femme âgée qui prioit ; elle étoit devant un autel où étoit un christ ; à la foible clarté de quelques cierges, je voyois son visage où étoit répandue une douce sérénité. Ses mains étoient jointes, ses yeux envoyoient au ciel des regards où se peignoit une résignation mêlée d'une joie céleste. Je m'étois appuyé contre un des piliers de l'église, quand mes yeux s'arrêtèrent sur cette femme ; cette vue me calma beaucoup ; il me sembloit que la piété et le silence qui régnoient autour de moi abattoient la tempête de mon âme agitée. La femme se leva doucement, passa devant moi, me fixa un moment avec bienveillance ; puis elle regarda la place où elle avoit prié et reporta ses yeux sur moi ; ensuite elle baissa son voile et sortit. Je m'avançai vers cette place, je tombai à genoux, je voulus prier ; mais l'extrême agitation que je venois d'éprouver ne me permit pas d'assembler mes idées. Cependant je souffrois moins ; il me sembloit qu'en présence de l'Éternel, sans pouvoir même l'invoquer, mes peines étoient adoucies par cela seul que je les déposois dans son sein au milieu de cet asile où tant de mes semblables venoient l'invoquer. Je ne faisois que répéter ces mots : « Dieu de miséricorde !... pitié !.. Valérie !... » puis je me taisois, et je sentois des larmes qui me soulageoient. Je ne sais combien de temps je restai ainsi ; quand je me levai, il me sembla que ma vie étoit renouvelée, je respirois librement, je me trouvois auprès d'un des plus beaux tableaux de Venise, une vierge de Solimène ; plusieurs cierges l'éclairoient, des fleurs fraîches encore et nouvellement offertes à la Madone mêloient leurs douces couleurs et leurs parfums à l'encens qu'on avoit brûlé dans l'église. « C'est peut-être l'amour, me disois-je, qui est venu implorer la Vierge ; ce sont deux cœurs timides et purs qui brûlent de s'unir l'un à l'autre par des nœuds légitimes. » Je soupirois profondément, je regardois la Madone ; il me sembloit qu'un regard céleste, pur comme le ciel, sublime et tendre à la fois, descendoit dans mon cœur ; il me sembloit qu'il y avoit dans ce regard quelque chose de Valérie. Je me sentois calmé. « Elle ne souffre plus, me disois-je, bientôt elle sera remise, ses traits auront repris leur douce expression. Elle me plaindra d'avoir tant souffert pour elle ; elle me plaindra, elle m'aimera peut-être. » Insensiblement ma tête s'exalta ; je tombai à genoux. O honte ! ô turpitude de mon cœur abject ! le croirois-tu, Ernest ? j'osois invoquer le Dieu du ciel et de la vertu, qui ne peut protéger que la vertu, qui la donna à la terre pour qu'elle nous fît penser à lui ; j'osois le prier dans ce lieu saint de me donner le cœur de Valérie. Je ne voyois qu'elle : les fleurs, leur parfum, la mélancolie du silence qui régnoit autour de moi, tout achevoit de jeter mon cœur dans ces coupables pensées. J'en fus tiré par un enfant de chœur ; il m'avoit apparemment appelé plusieurs fois, car il me secoua par le bras. « Signor, me dit-il, on va fermer l'église. » Il tenoit un cierge à la main ; je le regardois d'un air étonné ; absorbé dans mon délire, j'avois oublié le lieu sacré où je me trouvois. Le cierge incliné de l'enfant de chœur me montra la place où j'étois à genoux, c'étoit un tombeau : j'y lus le nom d'Euphrosine, et ce nom paroissoit être là pour citer ma conscience devant le tribunal du juge suprême. Tu le sais, Ernest, c'étoit le nom de ma mère, de ma mère descendue aussi au tombeau, et qui reçut mes sermens pour la vertu. Il me sembloit sentir ses mains glacées, lorsqu'elle les posa pour la dernière fois sur mon front pour me bénir ; il me sembloit les sentir encore, mais pour me repousser. Je me levai d'un air égaré ; je n'osois prier, je n'osois plus invoquer l'Éternel, et je revoyois Valérie mourante ; mon imagination me la montroit pâle et luttant

contre la mort. Je tordis mes mains ; je cachai ma
tête en embrassant un des piliers avec une angoisse
inexprimable. « Oh ! Signor, dit l'enfant effrayé,
qu'avez-vous ? » Je le regardois ; il voulut s'éloigner de moi. « Ne crains rien, lui dis-je, et ma
voix altérée le rappela. Je suis malheureux, mon
ami, ne me fuis pas. » Il se rapprocha de moi.
« Êtes-vous pauvre ? dit-il ; mais vous avez un bel
habit. — Non, je ne suis pas pauvre ; mais je
suis bien malheureux. » Il me tendit sa petite
main et serra la mienne. « Eh bien, dit-il, vous
achèterez des cierges pour la Madone, et je prierai
pour vous. — Non, pas pour moi, dis-je vivement,
mais pour une dame bien bonne, bonne comme
toi. Oh ! viens, lui dis-je en le serrant sur mon
cœur, et laissant couler mes larmes sur son visage ;
viens, être pur et innocent ! toi qui plais à Dieu
et ne l'offenses pas, prie pour Valérie. — Elle
s'appelle Valérie ? — Oui. — Et qu'est-ce qu'il
faut demander à Dieu ? — Qu'il la conserve ; elle
est dans les douleurs ; elle est malade. — Ma mère
est malade aussi, et elle est pauvre. Valérie l'est-
elle aussi ? — Non, mon ami ; voilà ce qu'elle envoie à ta mère. » Je tirai ma bourse, où il y avoit
heureusement de l'or ; il me regarda avec étonnement : « Oh ! comme vous êtes bon ! comme je
prierai Dieu et la sainte Vierge tous les jours pour
vous ! et avant pour... Comment s'appelle-t-elle ?
— Valérie. — Ah ! oui, pour Valérie ! » Ses
mains se joignirent ; il tomba à genoux. Pour

moi, sans oser proférer une parole, j'élevois aussi
mes mains, je baissois mes regards vers la tombe;
mon cœur étoit contrit, déchiré; et il me sembla
que je déposois mon repentir et ses supplices au
pied de la croix sur laquelle le Carrache avoit
essayé d'exprimer la grandeur du Christ mourant;
je voyois devant moi ce superbe tableau, foiblement éclairé par le cierge de l'enfant.

LETTRE XXV

Venise, le...

Toutes mes inquiétudes sont finies; je ne tremble
plus pour celle qui n'a été qu'un moment, il est
vrai, la plus heureuse des mères, mais qui existe,
qui se porte bien. Oui, Ernest, j'ai vu la sensible
Valérie, mille fois plus belle, plus touchante que
jamais, répandre sur son fils les plus douces larmes,
me le montrer éveillé, endormi, me demander si
j'avois remarqué tous ses traits, pressentir qu'il
auroit le sourire de son père, et ne jamais se lasser
de l'admirer et de le caresser.

Hélas! quelque temps après, ces mêmes yeux
ont répandu les larmes du deuil et de la douleur
la plus amère: le jeune Adolphe n'a vécu que
quelques instants, et sa mère le pleure tous les
jours. Cependant elle est résignée; mais elle a

perdu cette douce gaieté qui suivit ses premiers
transports de bonheur; la plus profonde mélancolie
est empreinte dans ses traits; ils ont toujours
quelque chose qui peint la douleur. En vain le
comte cherche à la distraire; ce qui la calme est
justement ce qui la ramène à Adolphe. Elle a
acheté un petit terrain qui appartient à des religieuses; ce terrain est à Lido, île charmante, près
de Venise; c'est là que l'on a enterré le fils de
Valérie. Le comte a été profondément affecté de
la perte qu'il a faite; je ne l'ai pas quitté pendant son chagrin. Ma douleur, si véritable, la
manière dont je l'exprimois, mes soins assidus,
ont touché cet homme excellent. Il m'a témoigné
une tendresse si vive ! Je voyois qu'il me savoit
gré d'avoir quitté mon genre de vie solitaire.
Hélas ! il ne saura jamais combien il m'a fallu de
courage pour la fuir, pour lutter contre ces longues
habitudes de mon cœur, si douces, si chères ! Je
ne serai jamais compris. Toi seul, Ernest, tu
pourras me plaindre, concevoir mes douleurs et
pleurer sur moi.

LETTRE XXVI

Venise, le...

Explique-moi, Ernest, comment on peut n'aimer
Valérie que comme on aimeroit toute autre
femme. Hier je me promenois avec le comte,

nous avons rencontré une femme qui étoit arrêtée devant une boutique du pont de Rialto. « Voilà une bien jolie personne », me dit le comte. Je l'ai regardée, et sa taille et ses cheveux m'ont rappelé Valérie; j'ai eu envie de dire qu'elle ressembloit à la comtesse, mais je craignois que ma voix ne me trahît. Cependant, comme il y avoit beaucoup de bruit sur le pont et qu'il ne m'observoit pas, je le lui ai dit. « Nullement, m'a-t-il répondu, cette femme est extrêmement jolie; Valérie a de la jeunesse, de la physionomie, mais jamais on ne la remarquera. » J'éprouvois quelque chose de douloureux, non pas que j'eusse besoin que d'autres que moi la trouvassent charmante, mais de penser que je l'aime avec une passion si violente, qu'elle est pour moi le modèle de tous les charmes, de toutes les séductions, et que jamais je ne pourrai lui exprimer un seul instant de ma vie ce que j'éprouve; je n'osois dire au comte combien je le trouvois injuste. « Au moins, lui dis-je, on ne peut refuser à la comtesse le prix des vertus et de la beauté de l'âme. — Ah! sans doute, c'est une excellente femme; ce sera une femme bien essentielle, et, quand elle aura été plus dans le monde, elle sera même extrêmement aimable. »

Quoi! Valérie, tu as besoin de plus de développement pour être extrêmement aimable! Ton esprit, ta sensibilité, tes grâces enchanteresses, ne t'assignent-elles pas déjà la première de ces places qu'osent te disputer des femmes légères qui, avec

quelques mines, quelques grâces factices et de
froides imitations de ce charme suprême que la
vraie bonté seule donne, se croient aimables!
Comment peux-tu devenir meilleure, toi qui ne
respires que pour le bonheur des autres; qui, ren-
fermée dans le cercle de tes devoirs, ne comptes
tes plaisirs que par tes vertus; emploies chaque
moment de la vie au lieu de la dissiper; diriges ta
maison et la remplis des félicités les plus pures!
Moi seul serois-je donc destiné à te comprendre, à
t'apprécier, et n'aurois-je eu cette faculté que
pour devenir si malheureux! Ces tristes réflexions
avoient absorbé mon attention; je marchois silencieusement à côté du comte et je me disois :
« L'homme ne saura-t-il donc jamais jouir du
bonheur que le Ciel lui donne? Et cet homme si
distingué, si bien fait pour être heureux par Valérie,
ne se trouveroit-il pas en effet plus à envier et plus
heureux qu'un autre? Mais pourquoi, me disois-je,
faut-il que le bonheur soit un délire? Cette ivresse
même avec laquelle l'amour le juge ne le dégrade-
t-elle pas? et ne vois-je pas le comte rendre chaque
jour le plus beau des hommages à Valérie, lui
confier son avenir, lui dire qu'elle embellit sa vie,
et avoir besoin d'elle comme d'un air pur pour
respirer? » Mais j'avois beau me dire tout cela, je
finissois toujours par penser : « Ah! comme je
l'aimerois mieux! »

LETTRE XXVII

Venise, le...

Le comte, tu le sais déjà, redoute pour Valérie les courses qu'elle fait à Lido ; mais il finit toujours par céder : ses affaires l'occupent, et c'est moi qui l'ai accompagnée, avec Marie, ces jours-ci. Nous y allâmes la semaine passée. Sa douce confiance m'enchante. Elle est si sûre que ce qu'elle désire ne trouvera jamais d'opposition de ma part qu'elle ne demande pas : « Pouvez-vous venir avec moi ? » mais elle me dit : « N'est-ce pas, Gustave, vous viendrez avec moi ? »

J'ai été à Lido en son absence, j'y ai apporté des arbustes enlevés avec soin d'un jardin, et qui ont continué à fleurir ; j'ai planté des saules d'Amérique et des roses blanches auprès du tombeau d'Adolphe. Valérie étoit fort triste le jour que nous devions y aller ensemble. En débarquant à Lido, je la voyois oppressée ; elle paroissoit souffrir beaucoup ; ses yeux étoient mélancoliquement baissés vers la terre. Nous arrivâmes à l'enceinte du couvent ; nous passâmes par une grande cour abandonnée, où l'herbe haute et flétrie par la sécheresse embarrassoit nos pas. La journée étoit encore fort chaude, quoique nous fussions déjà à la fin d'octobre. Une des sœurs du couvent vint nous ouvrir la porte qui donnoit sur le petit ter-

rain que Valérie a acheté; Valérie l'a remerciée;
elle lui a pris la main affectueusement, et lui a dit:
« Ma sœur, vous devriez remettre une clef à un
de mes gondoliers; je vous donnerai trop souvent
la peine d'ouvrir cette porte. Y a-t-il longtemps
que vous êtes dans ce couvent? a-t-elle ajouté. —
Depuis mon enfance. — Vous ne vous y ennuyez
pas? — Oh! jamais; la journée ne me paroît pas
assez longue. Notre ordre n'est pas sévère. Nous
avons de très belles voix dans notre couvent; cela
nous fait rechercher par beaucoup de monde. —
— Mais vous ne voyez pas ce monde? — Je vous
demande pardon : nous avons beaucoup plus de
liberté qu'ailleurs, et, avec la permission de l'ab-
besse, nous pouvons voir les personnes qu'elle
admet. Les jours de fête, nous ornons l'église de
fleurs, nous en cultivons de bien belles; nous
sommes aussi chargées de l'instruction des enfans.
— Aimez-vous les enfans? demanda vivement Valérie. — Beaucoup », répondit la sœur. Dans ce
moment la cloche appela la religieuse. Valérie
étoit restée à la place où elle nous avoit quittés;
ses yeux la suivirent. « Jamais, dit-elle, elle ne
connoîtra la douleur de perdre un fils bien-aimé!
— Ni les peines de l'amour malheureux! ajoutai-
je en soupirant. — Elle paroît si calme! Mais aussi
elle ne connoît pas toutes les félicités attachées au
bonheur d'aimer; et il y en a de si grandes! Et
puis, Gustave, nous reverrons les êtres que nous
avons aimés et perdus ici-bas. L'amour innocent,

l'amitié fidèle, la tendresse maternelle, ne conti-
nueront-ils pas dans cette autre vie? Ne le pensez-vous pas, Gustave? me demanda-t-elle avec
émotion. — Je le crois », lui répondis-je, profondément ému; et, prenant sa main, je la mis sur
ma poitrine. « Peut-être alors, lui dis-je, des
sentimens réprouvés ici-bas oseront-ils se montrer dans toute leur pureté, peut-être des cœurs
séparés sur cette terre se confondront-ils là-bas.
Oui, je crois à ces réunions comme je crois à
l'immortalité. Les récompenses ou les punitions
ne peuvent exister sans souvenirs; rien ne conti-
nueroit de nous-mêmes sans cette faculté. Vous
vous rappellerez le bien que vous fîtes, Valérie,
et vous retrouverez dans votre souvenir ceux
que votre bienfaisance chercha sur cette terre;
vous aimerez toujours ceux que vous aimâtes.
Pourquoi seriez-vous punie par leur absence? O
Valérie, la céleste bonté est si magnifique! » Le
soleil, en cet instant, jeta sur nous ses rayons; la
mer en étoit rougie, ainsi que les Alpes du Tyrol,
et la terre sembloit rajeunie à nos yeux, et belle
comme l'espérance qui nous avoit occupés. Nous
arrivâmes à l'enceinte du tombeau; les arbustes le
cachoient. Valérie, étonnée de ce changement,
se douta que je les avois fait planter; elle me remercia d'une voix attendrie, en me disant que
j'avois réalisé son idée. Nous écartâmes des branches touffues d'ébéniers qui avoient fleuri encore
une fois dans cette automne et quelques branches

de saule et d'acacia. Valérie fixa ses regards sur la
tombe d'Adolphe; ses larmes coulèrent; elle leva
ses yeux au ciel; je vis ses lèvres se remuer doucement, son visage s'embellir de piété: elle prioit
pour son fils. Des voix célestes se mêlèrent à ce
moment d'attendrissement; les religieuses chantoient de saintes strophes qui arrivoient jusqu'à
nous à travers le silence, au moment où le soleil
se retiroit lentement, abandonnant la terre et
s'éteignant au milieu des vagues, comme la vie de
l'homme qui s'éteint, qui paroît tomber dans l'abîme
des ténèbres pour en ressortir plus belle et plus
brillante.

————

LETTRE XXVIII

Venise, le...

Le comte veut distraire Valérie de sa douleur:
il craint pour sa santé, il trouve qu'elle est mai-
grie; il veut, dit-on, hâter son voyage de Rome
et de Naples. Il paroît qu'il n'en a point encore
parlé à sa femme. C'est mon vieux Erich qui a
appris du valet de chambre du comte qu'on faisoit en secret les préparatifs du voyage, afin de
surprendre Valérie plus agréablement. Ernest, j'ai
parlé souvent avec enthousiasme au comte de
cette belle partie de l'Italie, du désir que j'avois de
la voir; eh bien, s'il me proposoit d'être de ce

voyage, je refuserois; je refuserois, j'y suis décidé.
Est-ce à moi à abuser de son inépuisable bonté? Si,
par un miracle, je n'ai pas encore été le plus mépri-
sable des hommes; si mon secret est encore dans
mon sein; si l'extrême innocence de Valérie m'a
mieux servi que ma fragile vertu, l'exposerai-je, ce
funeste secret, au danger d'un nouveau voyage, à
cette présence continuelle, à cette dangereuse
familiarité? Non, non, Ernest, je refuserai; et, si
je pouvois ne pas le faire après avoir si clairement senti mon devoir, il faudroit ne plus m'aimer.
O ma mère! du haut de votre céleste séjour, jetez
un regard sur votre fils! il est bien foible, il s'est
jeté dans bien des douleurs ; mais il aime encore
cette vertu, cette austère et grande beauté du
monde moral que vos leçons et votre exemple
gravèrent dans son cœur.

LETTRE XXIX

Venise, le...

Toi seul tu es assez bon, assez indulgent,
pour lire ce que je t'écris et ne pas sourire de
pitié, comme ceux qui se croient sages, et que je
déteste.

Hier, dans la sombre rêverie qui enveloppe
tous mes jours, et dans laquelle je ne pense qu'à

Valérie et à l'impossibilité d'être jamais heureux,
je suivois le tumulte de la place Saint-Marc; le
jour baissoit. Le vaste canal de la Judeïca étoit
encore rougi des derniers rayons du soir, et les
vagues murmuroient doucement ; je les regardois
fixement, arrêté sur le quai, quand tout à coup
le bruit d'une robe de soie vint me tirer de ma
rêverie. Elle avoit passé si près de moi que mon
attention avoit été éveillée. Je levai les yeux, et
mon cœur battit avec violence; la femme qui
avoit passé près de moi, dont je ne pouvois voir
les traits, mais dont je voyois encore la taille, les
cheveux, je crus... je crus que c'étoit elle; le
trouble qu'elle m'inspire toujours me retint à ma
place, je n'osois la suivre, éclaircir mes doutes.
Elle avoit encore l'habillement du matin : le zendale, le mystérieux zendale, qui tantôt voile et
tantôt cache toute la figure, la grande jupe de
satin noir, le corset de satin lilas, le même que
Valérie porte toujours, et que je lui avois encore
vu la veille; un voile noir enveloppoit sa tête,
et laissoit échapper une boucle de cheveux cen-
drés, de ces cheveux qui ne peuvent être qu'à
Valérie. « Est-ce la comtesse ? me disois-je.
Mais seule, sans aucun de ses gens, traversant ce
quai, à cette heure, c'est impossible ; et si, comme
elle le fait souvent, elle alloit chercher l'indigence,
Marie, sa chère Marie, seroit avec elle.» Tout en
observant cette femme, je la suivois machinalement. Enfin elle s'est arrêtée devant une maison

de bien peu d'apparence. Elle a frappé un grand
coup de marteau; le jour étoit entièrement tombé.
« Qui est là? cria une voix cassée. Ah! c'est toi,
Bianca? » En même temps la porte s'ouvrit, et je
vis disparoître cette femme. Je restai anéanti de
surprise à cette place, où me retenoient encore
l'étonnement, la curiosité et un charme secret. « Il
faut que je revoie cette femme, me disois-je...
Quelle étonnante ressemblance! Il existe donc encore un être qui a le pouvoir de faire battre
mon cœur! » Mille idées confuses s'associoient à
celle-là : si je voyois partir Valérie de Venise, si
je m'éloignois d'elle, comme une loi sévère me
l'ordonne, alors il me resteroit quelque chose qui
rendroit mes souvenirs plus vivans, un être qui
auroit le pouvoir de me retracer l'image de Valérie. Ah! sans doute jamais je ne pourrois un
seul instant lui être infidèle. Mais, comme on
voudroit arrêter l'ombre d'un objet aimé, quand
on ne peut l'arrêter lui-même, ainsi cette femme
me la rappellera. La nuit étoit venue, elle étoit
sombre; je m'étois assis sous les fenêtres du rez-
de-chaussée; je pensois à Valérie, quand j'entendis ouvrir une des jalousies; je levai la tête, et
je vis de la lumière; une femme s'avança, s'assit
sur la fenêtre; je me doutois que c'étoit Bianca,
et toute ma curiosité étoit revenue. Je sentis, après
quelques minutes, quelque chose tomber à mes
pieds : c'étoit des écorces d'orange que Bianca
venoit de jeter. Le croirois-tu, Ernest? l'écorce

d'une orange, le parfum d'un fruit dont l'Italie
entière est couverte, que je vois, que je sens tous
les jours, me fit tressaillir, remplit d'une volupté
inexprimable tous mes sens. Il y avoit quinze jours
qu'assis auprès de Valérie, sur le balcon qui donne
sur le Grand Canal, elle me parla de son voyage
de Naples et du projet du comte de m'emmener
avec lui; je sentis mes joues brûlantes et mon
cœur battre et défaillir tour à tour : tantôt de
ravissantes espérances me transportoient aux bords
de ce rivage enchanté ; Valérie étoit à mes côtés,
et les félicités du ciel m'environnoient; mais bientôt je soupirois, n'osant me livrer à ces images de
bonheur; forcé à plier sous la terrible loi que me
prescrivoit le devoir, décidé à refuser ce voyage
et n'ayant pas la force de prononcer mon propre
arrêt. Valérie avoit engagé les autres à aller
souper, se plaignant d'un léger mal de tête, et ne
voulant manger que quelques oranges qu'elle me
pria de lui apporter : nous étions restés seuls;
j'étois assis à ses pieds, sur un des carreaux de son
ottomane; je me livrois à la volupté d'entendre
sa voix me dépeindre tous les plaisirs qu'elle se
promettoit de ce voyage; mon imagination suivoit vaguement ses pas; et l'instant où je la voyois
s'éloigner de moi jetoit un voile mélancolique sur
toutes ces images. « Bientôt, dit-elle, nous ver-
rons Pausilippe, et ce beau ciel que vous aimez
tant. » Impatientée de ce que je ne partageois
pas assez vivement ce qui l'enchantoit, elle me

jeta quelques écorces d'orange. J'en vis une que ses lèvres avoient touchée, je l'approchai des miennes: un frisson délicieux me fit tressaillir; je recueillis ces écorces; je respirai leur parfum; il me sembloit que l'avenir venoit se mêler à mes présentes délices: la douce familiarité de Valérie, sa bonté, l'idée de ne la quitter que pour peu de temps, tout fit de ce moment un moment ravissant. Je me disois qu'au sein des privations, condamné à un éternel silence, j'étois encore heureux, puisque je pouvois sentir cet amour, dont les moindres faveurs surpassoient toutes les voluptés des autres sentimens.

Voilà, mon ami, voilà le souvenir qui ce soir revint avec tant de charme; et quand, assis sous le même ciel qui nous avoit couverts, Valérie et moi, environné d'obscurité et de l'air tiède et suave de l'Italie, le cœur toujours plein d'elle, je sentis ce même parfum, dis-moi, mon Ernest, quand tout se réunissoit pour favoriser mon illusion et me rappeler ce moment magique, mon délire étoit-il donc si étonnant?

LETTRE XXX

Venise, le...

Elle est partie, je te l'ai déjà dit; je te le répète, parce que cette pensée est toujours là pour appesantir mon existence. Il me semble que je traîne

après moi des siècles dans ces espaces qu'on nomme
des jours. Je ne souffre que de cet ennui qui est un
mal affreux, de cet ennui insurmontable qui place
dans une vaste uniformité tous les instans comme
tous les objets. Rien ne m'émeut, pas même son
idée. Je me dis : « Elle n'est plus là ! » mais à
peine ai-je la force de la regretter; je me sens
mort au dedans de moi, quoique je marche et que
je respire encore. Quelle est donc cette terrible
maladie, cette langueur qui me fait croire que je
ne suis plus susceptible de passion, ni même d'un
intérêt vif; qui me feroit envier les hommes les
plus médiocres seulement parce qu'ils ont l'air
d'attacher du prix aux choses qui n'en ont point ?
Quand la nature, et sa grandeur, et son silence, me
parloient, étoit-elle autre qu'elle n'est aujourd'hui ?
Où sont-elles, les voix de la montagne, des torrens,
des forêts? Sont-elles éteintes? ou bien l'homme
porte-t-il en lui, avec la faculté de mesurer la
grandeur, le pouvoir de rêver aussi d'ineffables
harmonies? Ah! sans doute, il est un langage vivant
au dedans de nous-mêmes qui nous fait entendre
tous ces secrets langages. Les ondes deviennent
pittoresques en réfléchissant de beaux paysages;
mais, pour les réfléchir, il faut qu'elles soient pures.

Il semble qu'un ouragan ait passé au dedans de
moi et y ait tout dévasté ; et cet amour, qui crée
des enchantemens, n'a laissé après lui, pour moi,
qu'un désert.

Je sens que je m'abandonne moi-même. Quand

je la voyois, j'étois souvent malheureux. Forcé de
lui cacher mon amour comme on cache un délit,
je voyois un autre en être aimé, suffire à son bonheur ; et cet autre étoit un bienfaiteur, un père,
que je craignois d'outrager ; et je sentois en moi
un autre empire, une force de passion qui me re-
jetoit dans un coupable vertige. Ainsi, forcé de
les aimer tous deux, ne pouvant échapper à aucun
de ces deux ascendans, ma vie étoit une lutte continuelle ; mais, au milieu des vagues, je m'efforçois
encore d'atteindre l'un ou l'autre rivage. L'un,
escarpé et sévère, m'effrayoit ; mais je voyois la
vertu me tendre la main, et il y avoit quelque
chose en moi qui, dès mes plus jeunes années,
m'animoit pour elle. L'autre rivage étoit comme
une de ces belles îles jetées sur des mers lointaines,
dont les parfums viennent enivrer le voyageur
avant même qu'il l'aperçoive. Je fermois les yeux,
je perdois la respiration, et la volupté m'entraînoit
comme un foible enfant ; mais dans ces courts instans, au moins, j'avois le bonheur de l'ivresse, qui
ne compte pas avec la raison. Sans doute, je me ré-
veillois, et c'étoit pour souffrir ; mais, dans ces jours
de danger, et souvent de douleurs, j'étois soutenu
par une activité, par une fièvre de passion, par des
momens d'orgueil, par des momens plus beaux de
défiance, et que la vertu réclamoit : mon existence
se composoit de grandes émotions ; et le souffle de
Valérie, quelque chose qui arrivât, m'environnoit
et m'empêchoit de m'éteindre comme à présent.

LETTRE XXXI

Venise, le...

Il y a bien longtemps, mon ami, que je ne t'ai écrit; mais qu'avois-je à te dire? Parle-t-on d'un rivage abandonné, où tout attriste, d'où les eaux vives se sont retirées, et sur lequel a passé le vent de la destruction, qui a tout desséché? Mais, actuellement que l'espérance d'être moins malheureux est venue derechef visiter mon âme, je pense à toi; toi, dont l'amitié jeta de si beaux rayons dans ma vie; toi, que j'aimois dans cet âge qui prépare aux longues affections, dans l'enfance, où le cœur n'a été rétréci par rien.

Ernest, je suis moins malheureux : que dis-je? je ne le suis plus. Je vis, je respire librement; je pense, je sens, j'agis pour elle : et si tu savois ce qui a produit cet énorme changement! Une pensée d'elle est venue me toucher, à cent lieues de distance. Il m'a semblé qu'elle reprenoit des rênes abandonnées, qu'elle se chargeoit de ma conduite, et j'ai soulevé ma tête, un sang plus chaud a circulé dans mes veines, une douce fierté a relevé mon regard abaissé vers la terre.

Il y a eu hier deux mois qu'elle est partie. On est venu me demander à l'hôtel pour me dire qu'il y avoit à la douane des caisses de Florence, avec une lettre de la comtesse, qu'on me prioit de réclamer moi-même. A ces mots, je sentis le reste de mon sang se porter à mon cœur en battemens précipités et inégaux ; j'éprouvois une impatience qui contrastoit bien avec mon état ; j'étois si foible qu'à peine pouvois-je m'habiller, et mes yeux voyoient tous les objets doubles. Enfin, j'ai suivi mon conducteur. J'ai trouvé la lettre ; mais je n'ai osé la lire, de peur de me trouver mal, et je la serrois convulsivement dans mes doigts ; et, quand je pus me dérober à la vue des commis, je la portai à mes lèvres. Je pris une gondole ; j'embarquai les caisses ; j'allai tout près de là dans un jardin solitaire, et je m'étendis sous un laurier : déjà sensible aux douces émotions, je laissois venir sur ma tête les rayons du soleil qui alloit se coucher dans la mer, je comptois déjà avec les plaisirs, et, puisque je vivois depuis deux instans, je voulois déjà vivre heureux. Voilà bien l'homme ! Et qu'est-ce qui m'avoit tiré de cet état de stupeur ? Une feuille de papier. Je ne savois encore ce qu'elle contenoit, n'importe : avec elle étoient revenus mes souvenirs, mon imagination ; c'étoit Valérie qui l'avoit touchée, c'étoit elle qui avoit pensé à moi. Longtemps je ne pus lire ; des nuages épais couvroient mes yeux ; quelquefois je frissonnois, et je me disois : « Peut-être le comte a-t-il été rappelé et ne reviendra-t-il pas à Venise. » Quand je pus lire, je cherchai les dernières lignes, pour voir s'il n'y avoit rien d'extraordinaire, si elles ne disoient pas un plus long adieu... Je vis : « Faites suspendre mon portrait dans le petit salon jaune où nous prenons le thé. »

Oh ! quels momens d'enivrante extase ! Valérie, je reverrai tes traits chéris, je pourrai les voir à toute heure ! Le matin, quand l'aube encore douteuse n'aura paru que pour moi, je volerai à ce salon chéri ; ou plutôt, ignoré du reste de la maison, j'y passerai les nuits ; je croirai voir ton regard sur moi, et tu viendras encore, comme un esprit bienfaisant, dans mes songes. Mon ami, malgré moi, il faut que je finisse : je suis trop foible pour écrire de longues lettres.

LETTRE XXXII

Venise, le...

Voilà la copie de la lettre de Valérie ; ne pouvant dormir, je l'ai transcrite pour toi, mon ami. Quelle nuit délicieuse je viens de passer ! Je me suis établi dans le petit salon jaune : j'y avois fait placer le portrait de Valérie ; mais tu ignores encore ce qu'il y a d'enchanteur pour moi dans ce tableau peint par Angelica ; je veux que toi-même tu l'apprennes dans les paroles ingénues et presque tendres de Valérie. Reviens avec moi au salon, Ernest. Au-dessous du tableau, qui occupe une grande place, est une ottomane de toile des Indes :

je m'y suis assis, j'ai fait du feu, j'ai mis auprès
de l'ottomane un grand oranger que Valérie aime
beaucoup ; j'ai arrangé la table à thé ; j'en ai pris
comme j'en prenois avec elle, car elle l'aime passionnément. Le parfum du thé et de l'oranger, la
place où elle étoit assise, et où je n'ai eu garde de
m'asseoir, croyant la voir occupée par elle, tout
m'a rappelé ce temps de ravissans souvenirs... Je
suis resté comme cela jusqu'à deux heures du
matin, et puis j'ai lentement copié sa lettre, m'ar-
rêtant à chaque ligne, comme on s'arrête en revoyant, après une longue absence, son lieu natal,
à chaque place qui vous parle du passé.

COPIE DE LA LETTRE DE VALÉRIE

*Vous n'avez pas cru, bon et aimable Gustave, que
vos amis aient pu vous oublier au milieu de leur
bonheur. Si j'ai tardé si longtemps à vous écrire,
c'est que j'ai voulu vous faire plus d'un plaisir à la
fois ; et je savois que mon portrait vous en feroit,
surtout parce qu'il vous rappelleroit des momens que
vous aimiez. J'ai donc retardé ma lettre, et vous
avez aujourd'hui les traits de Valérie ; vous avez les
souvenirs de Lido, et ces paroles, que je voudrois
rendre touchantes, par l'amitié si vraie que j'ai pour
vous.*

*Que n'ai-je, comme vous ou comme mon mari,
étudié l'histoire et les arts, pour vous parler plus
dignement de tout ce que je vois ! Mais je ne suis*

qu'une ignorante; et si j'ai senti, ce n'est pas parce que je sais penser, c'est parce qu'il y a des choses si belles qu'elles vous transportent et qu'elles semblent éveiller en vous une faculté qui vous avertit que c'est là la beauté. Je vous écris de Florence, qui est, dit-on, la ville des arts. Ah! la nature l'a bien adoptée! Aussi, que de fois j'ai rêvé aux bords de l'Arno et sous les épais ombrages des Caccines! Cela m'a rappelé nos promenades de Sala et près de Vérone. Il n'y a pas de cirque ici; mais que de monumens appellent l'attention! que d'écoles différentes ont envoyé leurs chefs-d'œuvre! c'est ici aussi que vivent la Vénus et le jeune Apollon : on peut réellement dire qu'ils vivent; ils sont si purs, si jeunes, si aimables! Ne sachant rien dire moi-même, il faut que je vous rende ce que disoit mon mari : que la Vénus est belle; et l'on sent pourtant que, s'il y avoit une femme comme celle-là, les autres n'en pourroient être jalouses. Elle a si bien l'air de s'ignorer, d'être étonnée d'elle-même! Sa pudeur la voile; quelque chose de céleste couvre ses formes; et elle intimide en paroissant demander de l'indulgence. J'ai été à la fameuse galerie du grand-duc; j'y ai vu la Madonna della Seggiola, de Raphaël; mes regards se sont pénétrés de sa haute beauté. Quel céleste amour remplit ses traits si purs! Un saint respect, un doux ravissement, sont entrés dans mon cœur.

J'ai vu, non loin d'elle, un tableau d'un maître peu connu : c'étoit un berceau et une jeune femme assise à côté. Soudain je me suis prise à pleurer, et j'ai pensé à mon *fils* et aux douces félicités que j'avois révées si souvent : je me suis retracé ce berceau où je ne l'ai couché que deux fois, ce berceau que je m'étois si délicieusement peint, tantôt éclairé par le premier rayon du soleil, et mon enfant dormant, tantôt moi-même m'arrachant au sommeil, murmurant sur lui de douces paroles pour l'endormir ; et je me disois : « O mon jeune Adolphe ! tu es tombé de mon sein comme une fleur de deux matins, et tu es tombé dans le cercueil ! et mes yeux ne te verront plus sourire ! » Et je me suis retirée dans l'embrasure d'une fenêtre, où j'ai abondamment pleuré, cherchant à cacher mes larmes. Mon mari, qui est survenu, a voulu me consoler. Vous savez combien cet être si aimable, si excellent, a de pouvoir sur moi ; mais ma douleur ne m'en a pas moins aussi ramenée à votre souvenir, à votre infatigable patience. Oh ! comme vous cherchiez toujours à calmer mes peines ! comme vous me parliez toujours de mon Adolphe ! Je n'ai rien oublié, Gustave. Je vous vois encore, à Lido, changer mon aride douleur en larmes mélancoliques, et cueillir auprès du tombeau de mon fils les roses que vous y aviez fait croître : ces fleurs, si souvent destinées au bonheur, me paroissoient mille fois plus belles par le triste contraste même de leur beauté et de la mort ; tant la pensée qui touche l'âme embellit tout !

Ces chers et tristes souvenirs m'ont donné le désir de les arrêter encore, de les fixer, et, si je quitte une fois Venise et la place où dort mon Adolphe, de les

Valérie. 15

emporter *dans une terre où ils me rappelleront vivement Lido.*

Mon mari désiroit depuis longtemps avoir mon
portrait fait par la fameuse Angelica, et j'ai pensé
qu'un tableau tel que j'en avois l'idée pouvoit
réunir nos deux projets. Ma pensée a merveilleuse-
ment réussi ; jugez-en vous-même. N'est-ce pas
Valérie, telle qu'elle étoit assise si souvent à Lido ;
la mer se brisant dans le lointain, comme sur la
côte où je jouois dans mon enfance ; le ciel vapo-
reux ; les nuages roses du soir, dans lesquels je
croyois voir la jeune âme de mon fils ; cette pierre
qui couvre ses formes charmantes, maintenant,
hélas ! décomposées; et ce saule si triste, inclinant sa
tête comme s'il sentoit ma douleur; et ces grappes
de cytise, qui caressent en tombant la pierre de la
mort ; et, dans le fond, cette antique abbaye où vivent
de saintes filles, qui ne seront jamais mères, dont la
voix nous paroissoit la musique des anges ? N'est-
ce pas le tableau fidèle de cette scène d'attendrissante
douleur? Quelque chose y manque encore : c'est
l'ami qui consoloit Valérie et ne l'abandonnoit pas
à sa morne douleur; c'est Gustave. Peut-il la croire
assez ingrate pour l'avoir oublié? Valérie ne pouvoit le placer lui-même dans le tableau ; mais il y est
pourtant, il s'y reconnoîtra. Qu'il se rappelle le
15 novembre, où j'étois allée seule à Lido, où, dans
une sombre tristesse, mes yeux restoient attachés sur
la tombe d'Adolphe : Gustave accourut ; il appor-
toit un jeune arbuste, qu'il vouloit planter près de

cette place; il avoit aussi des lilas noués dans un mouchoir : il savoit combien j'aimois cette fleur hâtive et douce, et ses soins en avoient obtenu quelques-unes de la saison même qui les refuse presque toujours. Leur parfum me réveilla de ma sombre rêverie! je vis Gustave si heureux de m'en apporter que je ne pus m'empêcher de lui sourire pour l'en remercier; et Gustave retrouvera dans le tableau, près de la place où je suis assise, un mouchoir noué d'où s'échappent des lilas, et son nom tracé sur le mouchoir.

Je vous envoie aussi une très belle table de marbre de Carrare, rose comme la jeunesse, et veinée de noir comme la vie; faites-la placer sur le tombeau de mon fils. Elle n'a que cette simple inscription : Ici dort Adolphe de M..., du double sommeil de l'innocence et de la mort.

Je vous envoie aussi de jeunes arbustes que j'ai trouvés dans la Villa-Médicis, qui viennent des îles du sud et fleurissent plus tard que ceux que nous avons déjà : en les couvrant avec précaution l'hiver, ils ne périront pas, et nous aurons encore des fleurs quand les autres seront tombées.

Mon mari vous écrira de Rome; il vous envoie deux vues de Volpato. Faites placer mon portrait dans le petit salon jaune où nous prenons le thé ordinairement.

Eh bien! Ernest, que dis-tu de cette charmante lettre, si enivrante pour moi, et pourtant si pure? Que je serois le plus abject des hommes, si je

pensois à Valérie autrement qu'avec la plus profonde
vénération ! Qu'elle est touchante cette lettre !
qu'elle est belle l'âme de Valérie, de celle qui
daigne être ma sœur, mon amie ! et qu'il seroit
lâche celui dont la passion ne s'arrêteroit respec-
tueusement devant cet ange qui ne semble vivre
que pour la vertu et la tendresse maternelle !

LETTRE XXXIII

Venise, le...

J'ai repris ma santé ; au moins, je suis mieux.
Je m'occupe de mes devoirs, et mes jours ne se
passent pas sans que je ne compte même de grands
plaisirs. Chaque matin je visite le tableau ; je me
remplis de cette douce contemplation ; je retrouve
Valérie : il me semble, dans ces heures d'amour
et de superstition, qu'elle me voit, qu'elle m'ordonne de ne pas me livrer à une honteuse oisiveté,
à un lâche découragement, et je travaille.

Cette maison, qui me paroissoit si triste depuis
qu'elle est partie, est redevenue une habitation
délicieuse depuis que je suis souvent dans le salon
jaune ; la ressemblance du portrait est frappante :
ce sont absolument ses traits, c'est l'expression de
son âme, ce sont ses formes. Il m'arrive quelquefois de lui parler, de lui rendre compte de ce que

j'ai fait. Je retourne souvent à Lido. J'ai planté les arbustes qu'elle m'a envoyés; j'ai fait mettre aussi la pierre sur le tombeau d'Adolphe. Hier, je suis resté fort tard à Lido; j'ai vu la lune se lever. Je me suis assis au bord de la mer; j'ai repassé lentement toute cette époque qui contient ma vie, depuis que je connois Valérie; je me suis retracé ces soirées où, assis ensemble, nous entendions murmurer le jonc flétri autour de nous; où la lune jetoit une douteuse et pâle clarté sur les ondes, sur les nacelles des pêcheurs; où sa timide lueur arrivoit en tremblant entre les feuilles de quelques vieux mûriers, comme mes paroles arrivoient en tremblant sur mes lèvres, et parloient à Valérie d'un autre amour. Alors aussi les filles de sainte Thérèse entonnèrent de saints cantiques; et ces voix réservées pour le Ciel seul, arrivant tranquillement à nous, conjurèrent l'orage de mon sein, comme autrefois le divin législateur des chrétiens conjuroit la tempête de la mer et ordonnoit aux vagues de se calmer. Tout cela m'est revenu dans cette mémoire que nous portons dans notre cœur, et qui n'est jamais sans larmes et sans doux attendrissement.

Peut-être ne devrois-je pas penser ainsi à Valérie, revenir à elle par tous les objets qui me la retracent; je le sens bien : il n'est pas prudent de chercher le calme par ces chemins dangereux.

Mais enfin l'essentiel n'est-il pas de me retrouver moi-même, et, avant de jeter le passé dans

l'abîme de l'oubli, ne faut-il pas chercher à acqué-
rir des forces ? Si je faisois chaque jour seulement
un pas, si je pouvois m'habituer à la chérir tranquillement !... Oui, je te le promets, Ernest, je le
ferai ce pas, qui, en m'éloignant d'elle, m'en rap-
prochera et me rendra digne de son estime et de
la tienne.

LETTRE XXXIV

ERNEST A GUSTAVE

H., le 26 janvier.

Je suis en Scanie, cher Gustave ; j'ai quitté
Stockholm, et, pour retourner chez moi, j'ai passé
par tes domaines. J'ai fait le voyage avec l'extrême
vitesse que permet la saison ; mon traîneau a volé
sur les neiges. Hélas! pourquoi ce mouvement si
rapide ne me rapprochoit-il pas de toi? Depuis
près de deux mois j'ignore ce que tu fais, et cela
ajoute encore aux chagrins de l'absence. Je sais
d'ailleurs combien le départ de Valérie t'a affligé.
Pauvre ami! que fais-tu? Hélas! je le demande en
vain à la nature engourdie autour de moi; mon
cœur même, mon cœur si brûlant d'amitié, ne me
répond pas quand je l'interroge sur ton sort : il

me présage je ne sais quoi de triste, et même de sombre. Gustave, Gustave, tu m'effrayes souvent... Je voudrois partir, te voir, me rassurer sur ta destinée. Cher ami, je le sens, je ne puis plus vivre sans toi... J'irai t'arracher à ces funestes lieux. Tu le sais, sous cette apparence de calme, ton ami porte un cœur sensible, et c'est peut-être cette même sensibilité qui a trouvé dans l'amitié de quoi suffire doucement à mon cœur.

Je continuerai ma lettre demain ; je t'écrirai du château de tes pères, et, ne pouvant être avec toi, je visiterai ces lieux témoins de nos premiers plaisirs.

Je t'écris de ta chambre même, que j'ai fait ouvrir et dans laquelle j'ai encore trouvé mille choses à toi ; j'ai tout regardé, ton fusil, tes livres : il me sembloit que j'étois seul au monde avec tous ces objets. J'ai feuilleté un de tes philosophes favoris : il parloit du courage, il enseignoit à supporter les peines, mais il ne me consoloit pas, je l'ai laissé là ; puis j'ai ouvert la porte qui donne sur la terrasse, je suis sorti. La nuit étoit claire et très froide ; des milliers d'étoiles brilloient au firmament. J'ai pensé combien de fois nous nous étions promenés ensemble, regardant le ciel, oubliant le froid, cherchant parmi les astres la Couronne d'Ariane, dont l'amour et les malheurs te touchoient tant, et l'étoile polaire, et Castor et Pollux, qui s'aimoient comme nous : leur amitié fut éternisée par la Fable ; la nôtre, disions-nous, le sera aussi, parce que rien de ce qui est grand et beau ne périt. Je me rappelois nos conversations, et je sentis mon cœur apaisé. La nature seule unit à sa grandeur ce calme qui se communique toujours, tandis que les plus beaux ouvrages de l'art nous fatiguent quand ils ne nous montrent que l'histoire des hommes.

Je rentrai dans ta chambre ; combien je fus touché, Gustave, en trouvant dans ton bureau ouvert un monument de ta bienfaisance, un fragment de billet : je le copie, afin que ton cœur flétri par le chagrin se repose doucement pendant quelques instants [1].

Gustave, ces lignes achevèrent de m'attendrir ; un besoin inexprimable de te serrer contre mon cœur, qui sait si bien t'aimer, me donnoit une agitation que je ne pouvois calmer, que tout augmentoit dans ce lieu si rempli de ton souvenir. Je descendis dans la grande cour du château ; je traversai ces vastes corridors, jadis si animés par nos jeux et ceux de nos compagnons, maintenant déserts et silencieux ; je passai devant la loge aux renards, et je me rappelai, en voyant ces animaux, le jour où par mon imprudence l'un d'eux te blessa dangereusement. Je saisis les barreaux de la grille, et je les regardai s'agiter et courir çà et là. Hector, ce beau chien danois si fidèle, arriva,

---

1. Ce fragment ne s'est pas retrouvé.

me vit et tourna autour de moi en signe de reconnoissance; je pris ses larges oreilles, je le ca-
ressai, en pensant qu'il t'aimoit, qu'il ne t'avoit
sûrement pas oublié; et soudain une idée, dont
tu riras, me passa par la tête : je courus à ta
chambre, où j'avois encore vu un de tes habits de
chasse; je l'apportai à Hector en le lui faisant
flairer, et je crus voir que ce bon chien le recon-
noissoit. Ce qu'il y a de sûr, c'est qu'il mit ses pattes
sur l'habit, remua la queue, et donna toutes les
démonstrations de la joie auxquelles il mêla quelques sons plaintifs. Ce spectacle m'attendrit tellement que je pressai la tête de cet animal contre
mon sein, et sentis couler mes larmes.

Adieu, Ernest, je pars pour le presbytère de ***,
d'où je t'écrirai dans quelques jours.

J'ai été au presbytère; j'ai revu notre respectable ami, le vieux pasteur, et ses charmantes filles.
Le croirois-tu? Hélène se marie demain, et j'ai
promis d'assister à ses noces. J'arrivai à six heures
du soir à cette paisible maison ; un vaste horizon
de neige m'éclairoit assez pour me conduire, car
il faisoit déjà nuit quand je partis. Mon traîneau
fendoit l'air; les lumières du presbytère me gui-
doient, et je dirigeai ma course par le lac où de
jeunes mélèzes m'indiquoient le chemin que je
devois suivre : car tu sais combien ce lac est dangereux par les sources qui s'y trouvent et qui

l'empêchent de geler également partout. Le silence de la nuit et de ces eaux enchaînées me faisoit entendre chaque pas des chevaux et laissoit arriver jusqu'à moi le bruit des sonnettes d'autres chevaux de paysans qui regagnoient les hameaux et auquel se mêloit de temps en temps la voix rauque et solitaire de quelques loups de la forêt voisine; j'en vis un passer devant mon traîneau, il s'arrêta à quelque distance, mais il n'osa m'attaquer.

Quand j'arrivai au presbytère, je vis une quantité de traîneaux dessous le hangar, près de la maison, avec de larges peaux d'ours qui les couvroient et qui me firent juger qu'ils n'appartenoient pas à des paysans; je trouvai le corridor très éclairé, couvert d'un sable fin et blanc, et jonché de feuilles de mélèze et d'herbes odorantes; j'eus à peine le temps d'ôter mon énorme vitchoura que la porte s'ouvrit et me laissa voir une nombreuse compagnie. Le vieux pasteur me reçut avec une touchante cordialité; il se réjouit beaucoup de me revoir. La jeune sœur d'Hélène vint me présenter des liqueurs faites par elle-même et des fruits séchés; et le vieillard ensuite me fit faire la connoissance d'un jeune homme de bonne mine, en me disant : « Voilà mon gendre futur; demain il épouse Hélène. » A ces mots, je sentis quelques battemens de cœur. Tu sais combien la jeune Hélène me plut. J'avois été bien près de l'aimer; et l'idée que ma mère n'approuveroit jamais une union entre elle et moi me donna la force de combattre tout de suite un

sentiment qui ne demandoit qu'à se développer.
La raison m'avoit ordonné de la quitter; mais,
dans cet instant, tous ces aimables souvenirs re-
vinrent à ma mémoire, et je me rappelai vivement
cet été tout entier passé avec elle. Hélène s'approcha de moi, sur l'ordre de son père; elle me
salua une seconde fois, et avec plus de timidité
que la première. Le vieillard fit apporter du vin de
Malaga, qu'on versa dans une coupe d'argent,
pour me faire boire, selon l'usage, à la santé des
futurs époux. Hélène, pour suivre encore la cou-
tume, porta cette coupe à ses lèvres, puis elle me la
présenta en baissant les yeux. Je rougis, Gustave,
je rougis prodigieusement. Je me rappelai qu'autrefois, quand j'étois à table auprès d'Hélène et
que cette même coupe faisoit la ronde, mes lèvres
cherchoient la trace des siennes; maintenant tout
m'ordonnoit une conduite opposée. Ma jeune
amie s'en aperçut, et je vis ce front si pur se
couvrir aussi de rougeur. Je sortis précipitamment
et fis quelques tours de promenade dans le petit
jardin, où je vis encore des arbres que nous avions
plantés ensemble. La lune s'étoit levée; j'étois
redevenu calme comme elle : je m'applaudis de
n'avoir pas troublé le cœur d'Hélène par une passion
qui auroit pu être douloureusement traversée, de
n'avoir pas aussi affligé ma mère; et je me com-
posai, du bonheur d'Hélène que je voyois déjà
heureuse épouse et mère, une suite d'images qui
me consoloient de ce que j'avois perdu.

Adieu, Gustave. Que n'es-tu ici, au milieu de ces scènes naïves et tranquilles, ou que ne suis-je près de toi pour adoucir tes maux !

———

LETTRE XXXV

Venise, le...

Ce jour est un jour de bonheur pour ton ami.

J'ai reçu ta lettre, cher Ernest, en même temps que j'en recevois une du comte. Il sembloit que l'amitié eût choisi cette journée pour l'embellir de tous ses bienfaits. Et quand ton cœur me ramenoit en Suède, au milieu de tant de tableaux où s'enlaçoient et les souvenirs de la patrie et ceux des affections plus chères encore, le comte me transportoit à son tour au milieu de ces merveilleuses créations du génie, de ces antiques souvenirs d'où l'histoire semble sortir toute vivante, pour nous raconter encore ce que d'autres siècles ont vu. Il faut, Ernest, que tu partages ce que j'ai éprouvé, et je t'envoie des fragmens des endroits qui m'ont le plus intéressé. Je ne veux point toucher au passage qui peint la constante affection du comte ; tu verras comme il me juge et comme j'en suis aimé.

FRAGMENT DE LA LETTRE DU COMTE

A GUSTAVE

Je ne sais par où commencer, Gustave. Au milieu de tant de beautés, mon âme s'arrête indécise; elle voudroit vous conduire partout, vous faire partager ses plaisirs, et offrir du moins à votre imagination quelques esquisses de ces tableaux que vous n'avez pas voulu voir avec moi.

Mais comment vous rendre ce que j'admire? Comment parler de cette terre aimée de la nature, de cette terre toujours jeune, toujours parée, au milieu des antiques débris qui la couvrent? Vous le savez, deux fois mère des arts, la superbe Italie ne reçut pas seulement toutes les magnifiques dépouilles du monde; magnifique à son tour, elle donna aussi de nouvelles merveilles et de nouveaux chefs-d'œuvre à l'univers. Ses monumens ont vu passer les siècles, disparoître les nations, s'éteindre les races, et leur muette grandeur parlera encore longtemps aux races futures.

Le temps a dévoré ces générations qui nous étonnèrent; les fortes pensées, les mâles vertus de l'antique Rome et sa barbare grandeur, tout a disparu; la mémoire seule plane silencieusement sur ces campagnes, tantôt appelle de grands noms, tantôt cite des cendres coupables, dessine ces scènes gigantesques où se mêlent le triomphe et la mort, les fêtes et les douleurs, le pouvoir et l'esclavage ; ces scènes où Rome donna des lois, régna sur l'univers et périt par ses victoires mêmes.

Le voyageur alors aime à rêver sur les ruines du monde ; mais, fatigué d'interroger la poussière des conquérans, sur laquelle il croit voir encore peser tant de calamités, il cherche, dans des bosquets tranquilles, ou près d'un monument consolateur élevé par la religion, il cherche les restes de ces hommes qui, dans le siècle des Médicis, donnèrent à l'Italie une nouvelle splendeur, qui parlèrent à leurs frères un langage simple et céleste. Nous croyons les voir consacrer les arts à élever l'âme, à la rapprocher d'un bonheur plus pur, et essayer en tremblant de rendre les saintes beautés qui les transportent.

La peinture, la poésie et la musique, se tenant par la main comme les Grâces, vinrent une seconde fois charmer les mortels ; mais ce ne fut plus, comme dans la Fable, en s'associant à de folles absurdités. Ces pudiques et charmantes sœurs avoient apporté des traits célestes, et, en souriant à la terre, elles regardoient le ciel ; et les arts alors se vouèrent à une religion épurée, austère, mais consolante, et qui donna aux hommes les vertus qui font leur bonheur.

« Ici s'élevèrent aussi le Dante et Michel-Ange, comme des prophètes qui annoncèrent toute la splendeur de la religion catholique. Le premier chanta ses vers pompeux et mystiques qui nous remplissent de terreur ; l'autre, avec une grâce sauvage qui ne reconnoît de loi que celle qu'elle créa elle-même, conçut ces formes grandes et hardies, qu'il revêtit d'une beauté sévère; il s'abîme dans les secrets de la religion, il épuise l'effroi, il fait fuir le temps, et laisse enfin à l'art étonné son miracle du Jugement dernier.

« Mais que j'aime surtout son génie, quand il se dépose dans cette grande conception, dans ce temple dont la vaste immensité appelle pensée sur pensée, et qu'un siècle entier construisit lentement! Des rochers ont été arrachés à la nature, de froides carrières ont été dévastées, d'innombrables mains ont travaillé à assembler ces pierres, et se sont engourdies elles-mêmes; mais où est-il celui qui donna une pensée à tout cela? qui dit à ces magnifiques colonnes de s'élever? qui fit la loi à cette énorme coupole, et la fit obéir à sa téméraire conception? qui réalisa ainsi cet incroyable rêve par un art pieux et les secours de ces pontifes qui portèrent la triple couronne? Hélas! il a passé aussi l'auteur de ces merveilles; et comme lui les pontifes se sont levés lentement de leurs sièges sacrés; ils ont déposé leur tiare, et ont passé sous tes voûtes, sublime monument, majestueux Saint-Pierre! toi qui, créé par des hommes, as vu s'effacer la race de tes créateurs, et qui verras encore, pendant des siècles, les générations plier religieusement sous tes dômes. »

(TICK.)

Vous voyez, Gustave, combien je me suis laissé

entraîner; et pourtant de combien de choses encore
je voudrois vous parler !

Suivez-moi. Voyez, près de là où dorment d'ambitieux Césars, veiller d'humbles filles qui ont re-
noncé à tout; voyez, sous l'arc du triomphateur,
l'araignée filer silencieusement sa toile. C'est au pied
de ce Capitole, où vinrent expirer tant d'empires, que
j'ai lu Tite-Live; c'est aussi du rivage où je considé-
rois Caprée que j'aimois à lire Tacite, et à voir l'affreux Tibère, par un juste châtiment de la Providence,
forger son propre malheur en forgeant celui des autres,
et écrire au sénat qu'il étoit le plus à plaindre des
hommes.

Mais laissons les crimes des Romains; voyons de
ce même rivage ces verdoyantes îles parées d'une
éternelle jeunesse, et le Vésuve tonnant sur ce même
golfe où nous nous laissons tranquillement aller vers
Pausilippe. Plus loin, que j'aime, sur cette terre my-
thologique, près de l'antre où prophétisoit la Si-
bylle, le couvent d'où sort un pauvre religieux qui
s'en va prêchant la vertu et prophétisant sa récompense !

Que j'aime à m'arrêter dans ces vallons que le ciel
semble regarder avec joie, et où mon pied heurte
souvent contre une pierre funèbre ! Bocages de Tibur,
aimable Tivoli, jardins où méditoit Cicéron, sentiers
que suivoit Pline en observant la nature, qu'avec volupté je me suis vu au milieu de vous ! Ah ! du moins,
vous resterez toujours à l'Italie, et le voyageur cher-
chera vos traces et les retrouvera.

Mais vous, chefs-d'œuvre que mes sens enchantés contemplent souvent, où vivent encore des hommes que nous n'admirons pas assez, vous pouvez quitter ce ciel comme des captifs emmenés loin de leur pays natal; un nouvel Alexandre peut étonner l'univers et enrichir son triomphe de vos superbes dépouilles : heureux alors celui qui vous aura vus ici; ici, où vous fûtes inspirés par la religion, et où la religion vous entoura de ses pompes! Heureux qui vous aura vus dans ces temples où se prosterna devant vous la dévotion humble et errante et la puissance orgueilleuse et superbe!

En ôtant d'ici la Transfiguration, la Sainte Cécile, la Sainte Cène, du Dominiquin, où les placera-t-on? Quel que soit le palais magnifique ou l'édifice qui leur est destiné, leur effet sera détruit. C'est au fond d'une chartreuse, c'est rempli de terreur et d'effroi, qu'il faut voir un saint Bruno, et non auprès d'un front couronné de roses. Et ces vierges si pures, qui ont apporté des traits divins et des âmes qui ne connoissent que le Ciel, les verra-t-on sans tristesse à côté de profanes et d'impudiques amours?

Et vous aussi, enfans de la Grèce, race de demi-dieux, modèles enchanteurs de l'art, vous qui, en quittant la Grèce, n'avez changé que de terre sans changer de ciel, ne quittez jamais cette seconde patrie où les souvenirs de la première sont si vivement empreints! Ici, sous de légers portiques, ou bien sous la voûte plus belle d'un ciel pur, vos regards se tournent

Valérie. 17

encore vers l'Attique ou la fabuleuse Sicile. Irez-vous cacher vos fronts sous d'épaisses murailles et au milieu d'une terre étrangère? Vous, Nymphes, dispersées dans ces bocages, vivrez-vous auprès des ruisseaux enchaînés? Et vous aussi, Grâces, qui n'êtes point vêtues, qui ne pouvez point l'être, que feriez-vous dans des climats rigoureux?

Vous devez me savoir gré, mon ami, d'une aussi longue lettre : car ce n'est pas le pays où il faut écrire, et j'emploie chaque minute à amasser des souvenirs. D'ailleurs, vous m'avez presque donné le droit de vous en vouloir, si je ne trouvois pas bien plus doux de vous aimer comme vous êtes. Il faudra pourtant, Gustave, que je vous parle de vous-même ; ce ne sera pas aujourd'hui, mais au premier moment. Vous m'effrayez quelquefois ; et cela, parce que vous avez dépassé votre âge. Gustave, Gustave, il n'est pas bon de se retirer devant la vie comme devant un ennemi avec lequel nous dédaignons également et de nous battre et de nous réconcilier. Quelles sont ces sombres préventions, cette défiance du bonheur? J'aimerois mieux vous voir faire des fautes ; votre âme me rassureroit sur toutes celles qui peuvent vous être vraiment dangereuses. Vous êtes absolument le contraire de la plupart des jeunes gens, qui comptent la jeunesse pour tout, et croient que ces belles années nous ont été données, avec leurs couleurs vives et leur ivresse, pour nous cacher l'ennui et les dégoûts des années qui suivent ; tandis que, si nous connoissions la vie, nous verrions qu'en nous en rendant dignes elle n'est pas

un don funeste, un fruit amer sous une écorce douce
et brillante; mais je réserve à une autre lettre de plus
longues réflexions. Je voudrois, Gustave, que votre
jeunesse fût comme un beau péristyle qui doit conduire à un plus bel ordre d'architecture. Je voudrois,
Gustave, vous voir, non pas toujours heureux, il est
trop utile de ne pas toujours l'être, mais vous voir
avec le bonheur de votre âge et avec ses beaux défauts.
C'est de nous-mêmes que nous devons tirer notre
bonheur; c'est à nous à tout donner aux autres, même
en croyant recevoir beaucoup d'eux : être riche, c'est
être susceptible de la faculté de jouir, c'est avoir en
soi quelque chose qui vaut mieux que ce que les hommes peuvent donner.

Que le vulgaire se plaigne des illusions détruites; il
existe, pour l'homme supérieur, une réalité constante,
et je ris quand je vois cette multitude dégradée vouloir
des biens qu'elle ne sait pas donner, et dont le poids
seul l'écraseroit.

Quant à vous, Gustave, vous êtes fait pour jouir
de vos douleurs mêmes et pour vous plaire dans votre
force. Je devrois, au lieu de douleurs, dire contra-
riétés, obstacles, auxquels on donne trop de latitude
dans la vie, et que la Providence envoie pour nous
apprendre à lutter, à les vaincre, à les voir sous nos
pieds, tandis que nos regards embrassent un superbe
horizon.

Les grandes douleurs sont rares, et ne les sent pas
qui veut. J'ai promis à votre père mourant d'être
votre ami; je vous pressai contre mon cœur, et mon

*cœur vous adopta ; je mis la main de Valérie dans
la vôtre, comme celle d'une sœur dont la voix et les
regards devoient charmer votre vie ; ou plutôt je mis
à vos côtés les douces vertus, sûr que vous les respec-
teriez, que leur ascendant vous feroit fuir tout ce qui
ne leur ressembleroit pas, et que mon bonheur vous
feroit aimer un bonheur pareil. Vous le dirai-je ? je
vous trouvai sauvage, habitué à une vie austère ; vous
étiez trop loin de ces douces affections qui sont les
grâces de la vie, et qui, en fondant ensemble notre
sensibilité et nos vertus, nous préservent également et
des passions extrêmes et d'une honteuse dégradation.
Gustave, puissé-je ne pas m'être trompé ! puissiez-
vous marcher dans la vie en sentant votre âme s'agran-
dir et en voyant tout ce qu'elle a d'aimable ! puis-
sent vos derniers regards tomber sur mes cendres et
les bénir !*

———

LETTRE XXXVI

Venise, le...

Te rappelles-tu, Ernest, cette singulière aventure à laquelle je ne donnai aucune suite, mais
dont je te parlai il y a six mois ; cette Bianca, qui
m'avoit vivement ému par sa ressemblance pro-
digieuse avec la comtesse ? Je pris quelques in-
formations sur elle : j'appris que c'étoit la fille

d'un pauvre compositeur qui s'étoit ruiné en faisant
de méchans opéras ; qu'il étoit mort, et qu'elle
vivoit avec une vieille tante ; que toutes deux ne
voyoient personne, et que Bianca étoit la filleule
de la duchesse de M..., qui se plaît à relever ses
charmes par une mise élégante. Elle lui a donné
des talens ; et Bianca, disoit-on, étoit très bonne
musicienne. J'en parlai à Valérie dans le temps ;
nous cherchâmes à la voir, mais vainement, et je
l'oubliai.

En revenant, il y a quelques jours, vers les six
heures du soir, de l'île Saint-Georges, je repassai
sur le quai des Esclavons, sous ces mêmes fenêtres
où je m'étois déjà arrêté une fois : mes oreilles furent surprises par une ravissante mélodie. D'abord
je ne comprenois pas ce qui produisoit sur moi
cet effet ; ensuite je me rappelai une romance
que Valérie chantoit souvent. Je m'arrêtai, et li-
vrai mes sens et mon cœur à cette muette extase qui ne peut être connue que des âmes que
l'amour a habitées. Peu à peu me rappelant que
c'étoit là que j'avois vu, il y avoit plusieurs mois,
Bianca, je pensai que ce pouvoit être elle qui
chantoit ainsi, et j'eus une curiosité extrême de la
voir, de me représenter plus vivement Valérie :
car cette singulière Bianca n'a pas seulement beaucoup de ressemblance avec la comtesse, elle a
aussi beaucoup de sa voix.

Après plusieurs tentatives trop longues à détailler, je parvins jusqu'à elle ; je la vis un instant,

et ce ne fut pas sans trouble. Elle a de Valérie presque tout ce qu'on peut séparer de son âme; il ne lui manque que ses grâces, que cette expression qui trahit sans cesse cette âme profonde et élevée, et qui est si dangereuse pour ceux qui savent aimer.

La tante de Bianca me reçut très bien, ainsi qu'elle-même. J'eus occasion de leur rendre quelques services auprès d'un homme que je connoissois beaucoup, et je revins les voir plusieurs fois; je les menai au spectacle à différentes reprises, ce qui leur fit beaucoup de plaisir à toutes deux. J'étois bien aise de m'étourdir, de rapetisser même mon existence, afin de m'éloigner de cette dangereuse solitude qu'habite Valérie. Je sentois bien que son image me suivoit; mais, au milieu de ce cercle de nouvelles habitudes dans lesquelles je cherchois à me jeter; dans ces chambres mesquines, mal éclairées; dans ces loges ténébreuses, où vont s'engloutir les personnes qui ne marquent pas; à la vue de ces manières qui ôtent tout à l'imagination, de ces inquiétudes pour paroître quelque chose, de ces éclats de rire forcés, de ces chuchoteries qui sont la coquetterie de ces sortes de gens, qui par là croient se rapprocher du bon ton; au milieu de tout cela, j'éloigne Valérie autant qu'il est possible : il me semble que j'aurois honte de l'associer à des scènes si peu faites pour elle, et je pense souvent à ces grands contrastes qu'établissent les différentes nuances de la société.

Ce qui marque surtout le rang, ce n'est ni l'or ni le luxe; c'est une certaine élégance dans les manières, quelque chose de calme, de naturellement noble, sans calcul et sans effort, qui met chacun à sa place et reste toujours à la sienne.

Quoi qu'il en soit, Ernest, et quoique mon âme n'en revienne que plus fortement à Valérie par les soins que je me donne pour m'en éloigner, comme une branche qu'on veut écarter avec force du tronc y revient avec plus de violence, quoi qu'il en soit, je sens que Bianca fait quelquefois une vive impression sur mes sens. Ce n'est rien de ce trouble céleste qui mêle ensemble tout mon être et me fait rêver au ciel, comme si la terre ne pouvoit contenir tant de félicités ; c'est une flamme rapide, *qui ne brûle pas,* qui n'a rien de ce qui consume, et que j'appellerois désir, si je ne savois pas si bien ce que c'est que désirer.

Il m'arrive quelquefois de regarder longtemps Bianca; et, quand un de ses traits ou quelque chose de sa taille m'a rappelé Valérie, je cherche alors à l'oublier elle-même et à écarter tout ce qui pourroit troubler mon illusion. Je crois que ces momens, où je suis à cent lieues de Bianca, lui font croire que je l'aime : je souris alors, comme s'il étoit si facile de m'inspirer de l'amour !

Il en est de la voix de Bianca comme de ses traits : elle a des sons de Valérie, mais aucune de ses inflexions. Et où les auroit-elle prises, ces inflexions, ces leçons que donne l'âme, qu'on reçoit sans s'en apercevoir, et qui prouvent l'excellence du maître ?

Hier j'ai été chez Bianca, et, comme il faisoit très beau, j'ai proposé à sa tante et à elle de prendre des glaces, ce que nous avons fait. Bianca et moi, nous nous sommes promenés ; et elle m'a parlé de la duchesse, de son père, de l'envie qu'elle avoit eue d'entrer au théâtre de *la Phénice*, du plaisir que lui faisoient les bals, et combien elle aimoit à voir ces grandes dames bien parées. Pendant tout cela, je n'écoutois pas bien attentivement, jusqu'à ce qu'elle se baissa pour cueillir une violette ; en la prenant, elle fit envoler un grand papillon qui passa près de moi. Tout à coup une multitude d'idées, de souvenirs, qui avoient dormi longtemps, vinrent se réveiller ; je me rappelai vivement notre entrée en Italie, ce cimetière, l'Adige, le sphinx, et quelques traits de l'enfance de Valérie, si différens de ce que je venois d'entendre. Je devins si rêveur que Bianca m'en fit des reproches : alors je m'efforçai de paroître extrêmement gai, et je me permis même quelques petites libertés, bien innocentes, qui ne furent pas repoussées, ce qui me contint, au lieu de m'enhardir. Je ne me comprends pas moi-même ; quelquefois je suis si bizarre, si singulier ! J'aurois honte de te parler de tout cela, Ernest, si au fond je ne me disois pas que je puis abuser de ton amitié comme de ta patience. Cette idée m'est douce ; et puis, je travaille pour un but que tu approuves :

ne faut-il pas tâcher de retrouver ma raison?
Tâcher, que sais-je?... Poursuivons. Voyant que
Bianca ne savoit que penser de tout ce qu'elle
voyoit, et devenant toujours plus embarrassé moi-
même, je lui proposai une promenade sur l'eau:
j'appelai les gondoliers, et nous partîmes avec la
permission de sa tante, qui, pour finir un ouvrage,
voulut rester.

Bianca se plaça dans la gondole; les rames
commencèrent à nous emporter doucement. Il me
sembloit qu'elle me regardoit avec intérêt, mais
sans timidité. Tout à coup elle prit ma main et me
dit: *N'avete mai amato?* Je ne sais pas pourquoi
ces paroles me troublèrent autant: mon sang se
porta à la tête, mon cœur battit; je n'eus la force
ni de parler, ni de prendre légèrement cette
question, et je souris mélancoliquement en même
temps que je sentois mes yeux se remplir de larmes. Je vis Bianca rougir, et son visage exprimer
la joie. Cette singulière méprise me peina, et je
me reprochai d'y donner lieu. Soudain je me levai,
et résolus de ne plus la voir: je me dis aussi que
je devois éviter de produire quelque impression
sur elle, quand même ce ne seroit pas de l'amour,
quand même je la croirois incapable d'en ressentir;
le moindre intérêt, la moindre espérance déjouée
pouvoit lui faire du mal.

Je m'étois avancé à l'extrémité de la gondole;
Bianca me rappela. *Siete matto,* me dit-elle;
perchè non state qui? Je sentis que ma position

alloit redevenir embarrassante, et je cherchai à
m'en tirer. «Bianca, lui dis-je en lui prenant la
main, faites-moi le plaisir de chanter *L'amo più
che la vita.*» C'étoit cette romance de Valérie.
J'appuyai ma tête de manière que mes yeux glissoient sur le vaste horizon et franchissoient dans
le lointain les Alpes du Tyrol que nous avions
franchies ensemble. Bianca, soit qu'elle fût émue,
soit qu'elle me parût telle, chanta d'une manière
passionnée qui me saisit; sa voix entra dans tous
mes sens; j'éprouvois une inquiétude délicieuse,
un besoin d'exhaler l'oppression de ma poitrine...
Dans ce moment, les gondoliers firent un cri pour
saluer une autre gondole. Je levai machinalement
les yeux, je vis Lido de loin; et, comme la voix
des sirènes enchantoit les compagnons d'Ulysse,
de même je me sentis enchanté : Valérie me sembloit être sur le rivage; un désir ardent de sa présence s'empara de mon cœur. Je n'osois étendre
les bras, pour ne pas étonner Bianca; mais je les
étendis dans la pensée; je l'appelois à voix basse;
je languissois, je me mourois; et, sentant toute
mon indigence, je me disois : «Jamais tu ne la
tiendras dans tes bras!» Attendri aussi par les
sons de Bianca, par ces paroles : *Lascia mi morir!*
je me mis à pleurer amèrement.

Elle cessa de chanter; elle se rapprocha de moi;
puis elle me dit : «Je ne puis vous comprendre.
Vous êtes un jeune homme bien mélancolique!
Êtes-vous tous comme cela dans votre pays? En

ce cas-là, je vois bien qu'il vaut mieux rester en
Italie. » Et, comme elle crut que je pouvois être
blessé ne lui répondant pas, elle prit son mouchoir, essuya mes yeux, souffla dessus pour qu'ils
ne parussent pas rouges, et me dit : « C'est pour
que ma tante ne voie pas que vous avez pleuré.
Ah! ne soyez pas triste, je vous prie. » Elle mit
à ces paroles un accent caressant qui me toucha.
« Non, lui dis-je, Bianca, je tâcherai de ne pas
l'être; mais c'est une maladie à laquelle vous ne
comprenez rien. — Êtes-vous malade? me dit-elle
en paroissant m'interroger de son regard. — Mon
âme l'est beaucoup, dis-je. — Oh! en ce cas,
répondit-elle, je vous guérirai bien vite. Nous
irons souvent rire à la comédie; je tâcherai aussi de vous égayer. » Je souris. « Oui, dit-elle,
nous ne penserons qu'à nous amuser, qu'à être
toujours ensemble. » Elle avoit repris ma main.
« Bianca, dis-je tout embarrassé, je vous demanderois un plaisir... » Je ne savois pas encore
ce que je lui demanderois; mais j'avois retiré ma
main, et c'étoit pour dire quelque chose. Nous
approchions du jardin; la tante nous attendoit
déjà sur le rivage; elle n'eut que le temps de me
dire : « Je ferai volontiers ce que vous me demanderez. » Je les ramenai.

J'hésitai le lendemain si je retournerois chez
Bianca : plusieurs raisons me retenoient; une
espèce de charme qui faisoit diversion à l'ennui où
je retombois si souvent, et la crainte de choquer

cette bonne fille, me ramena auprès d'elle. Je la
trouvai seule ; à peine me vit-elle qu'elle me dit,
après m'avoir fait asseoir et m'avoir fait prendre
du café, d'après l'usage des Vénitiens : « Eh bien !
quel est ce plaisir que je dois vous faire ? » Elle
s'étoit rapprochée familièrement de moi ; je fus
très embarrassé ; je n'y avois plus pensé, et n'avois
nullement préparé ma réponse ; je me remis à une
seconde question qui suivit rapidement la première.
« Bianca, dis-je, ne mettez plus de poudre ainsi
sur votre visage, cela vous abîme la peau. —
Comment ! dit-elle en éclatant de rire, c'est pour
me dire cela qu'il vous a fallu vingt-quatre heures ?»
Je sentis tout le ridicule de ma position. « Au
reste, dit-elle, c'est l'usage ici, parmi les femmes
un peu comme il faut, de mettre de la poudre :
ne l'avez-vous pas remarqué ? — Oui, dis-je en
me remettant ; mais vous n'en avez pas besoin :
vous êtes si blanche ! » Elle sourit. « Eh bien !
puisque cela vous fait plaisir, et qu'il ne faut pas
contrarier une âme malade, poursuivit-elle en
riant, je vous promets de n'en plus mettre. Mais
il est impossible, dit-elle en cherchant à me deviner, que vous n'ayez pas voulu me demander autre
chose. » A l'accent qu'elle mit à ces paroles, je
vis bien qu'il falloit me tirer d'affaire moins gau-
chement que la première fois. « Oui, Bianca, lui
dis-je en fixant mes regards sur elle, j'ai encore
une prière à vous faire ; me promettez-vous de
consentir à ce que je vous demanderai ? — Oui,

dit-elle, si ce n'est pas un péché que mon patron me défende. » En même temps elle me montra un petit saint Antoine peint à l'huile, qui étoit suspendu près de la cheminée. « Rassurez-vous », lui dis-je, et je sortis précipitamment. J'allai dans une des plus belles boutiques de la mercerie acheter un châle bleu très beau, comme celui que porte Valérie et qu'elle a presque toujours. Je revins auprès de Bianca, qui étoit encore seule ; on avoit apporté des lumières, fermé les stores ; elle m'attendoit. « Eh bien ! lui dis-je, me voici ; êtes-vous toujours disposée à m'accorder ma prière ? — Oui, dit-elle. — Eh bien ! asseyez-vous là. » Elle le fit. « Permettez que j'ôte cette guirlande ; laissez-moi relever vos cheveux tout simplement : ils sont si beaux ! (et effectivement je touchois de la soie). Ce désordre va si bien ! Heureusement vous n'avez pas de poudre dans vos cheveux comme sur votre visage. — Mais qu'est-ce que cela signifie ? dit Bianca tout étonnée. — Ah ! vous m'avez promis de faire ce que je vous demanderois, tenez parole. — Eh bien ? — Eh bien ! il faut encore ôter ce tablier de couleur ; il faut que votre robe soit toute blanche. » Et j'arrangeai sa robe afin qu'elle coulât doucement en longs replis jusqu'à terre ; puis je tirai le châle bleu, je le jetai négligemment sur ses épaules. « Voilà qui est fait, dis-je ; actuellement, Bianca, permettez que je m'asseye là, vis-à-vis de vous. » Je posai les lumières de manière à projeter son ombre vers moi, et à ne l'éclairer que foiblement ; je travaillois ainsi à construire le plus artistement possible une illusion, mais une illusion pleine de ravissantes délices.

« Actuellement, Bianca, encore une prière ! » Elle sourit et leva les épaules. « Chantez la romance d'hier. » Elle commença. « Diminuez votre voix. » Elle chanta plus bas. O Ernest ! j'eus quelques momens bien enivrans ! Je croyois la voir ; je fermois les yeux à moitié pour voir moins distinctement : alors ces cheveux, cette taille, ce châle, cette tête que je l'avois priée d'incliner un peu, tout me paroissoit Valérie. Mon imagination se monta à un point incroyable ; la réalité étoit disparue, le passé revivoit, m'enveloppoit ; la voix que j'entendois m'envoyoit les accens de l'amour ; j'étois hors de moi ; je frissonnois, je brûlois tour à tour. Je rencontrai un regard de Bianca, qui me parut passionnée ; je m'élançai vers elle pour la saisir dans mes bras ; ma démence alloit jusqu'à l'appeler Valérie. Dans ce moment on frappa à la porte ; je vis entrer un grand homme assez mal mis. « Ah ! c'est toi, Angelo ! » dit Bianca en se levant et courant au-devant de lui. En même temps elle jeta son châle, reprit sa guirlande, la remit sur sa tête, me dit : « C'est mon beau-frère. » Tout cela se suivoit coup sur coup, et me donnoit le temps de me reconnoître. Il me sembloit que je sortois d'un nuage, que je m'éveillois de ces songes légers qui nous font vivre deux fois du même bonheur en nous rappelant ce que nous avons déjà senti, et que je ne voyois plus qu'une froide comédie. Bianca étoit là comme une marionnette, qui ne se doutoit nullement de mon âme, et qui, dans l'atmosphère d'une passion brûlante, n'étoit pas même susceptible de la moindre contagion.

Je me mis à rire d'elle en la voyant sauter par la chambre, et bientôt après de moi-même; je sortis, je courus chez moi le long du quai, et ce ne fut qu'en sentant que j'avois successivement froid et chaud que je me rappelai d'avoir eu la fièvre.

(Plusieurs lettres, et entre autres celles qui annoncent le retour du comte et de Valérie à Venise, ont été perdues.)

—————

LETTRE XXXVII

De la Brenta, le...

Comment peut-il me pousser lui-même dans le précipice, cet homme excellent? N'a-t-il pas aimé Valérie? Ne l'aime-t-il plus? A-t-il oublié les effets de l'amour? Peut-on voir impunément ses charmes, quand elle me laisse avec autant de sécurité auprès d'elle? qu'elle me livre ses dangereux attraits sous le voile de la plus rigide pudeur? Elle ne sait pas que mon imagination se peint ce qu'elle me cache, elle ne sait pas combien elle a de char-

mes : car elle s'ignore. Mais lui, lui aujourd'hui
encore, à peine avoit-il dîné qu'il est allé à Venise,
me disant expressément de ne pas sortir, puisque
la comtesse restoit seule. Elle étoit un peu incommodée; je ne l'ai pas vue, je suis sorti.

De la Brenta, le...

Je suis au désespoir, Ernest; les plus affreux
sentimens m'agitent : je veux cependant t'écrire;
ce sera sans ordre, sans suite; écoute. Hier je
n'avois pas vu Valérie, j'étois content des efforts
que j'avois faits sur moi-même, et ma triste vic-
toire me donnoit quelques instans de repos; j'aimois encore ce bienfaiteur excellent; aujourd'hui
je sens que mon amour me rend le plus vil des
hommes. Le comte a paru mécontent de moi; il
m'a reproché mon humeur sauvage, il m'a expressément ordonné de rester avec Valérie; il est retourné à Venise pour des affaires : j'ai été chez
elle, je lui ai demandé ses ordres, en lui disant
que j'étois envoyé par le comte; elle m'a dit de
revenir dans deux heures, et de lui apporter *Cla-
risse*. Nous en avons lu une vingtaine de pages;
vers le soir elle s'est levée; elle m'a prié de demander sa gondole; se sentant beaucoup mieux, elle
vouloit aller à la rencontre de son mari, qui,
disoit-elle, seroit tout étonné de la trouver au
milieu des vagues, elle qui craignoit tant l'eau;
elle m'a ordonné de l'accompagner, a passé une

robe légère pendant que j'étois allé chercher
Marie ; nous avons trouvé la gondole sur la Brenta,
et nous sommes partis enchantés de la douceur de
l'air. Valérie, heureuse de se mieux porter, se
livroit avec transport aux charmes de cette belle
soirée ; c'étoit un beau jour de printemps qui
étoit venu à la suite de plusieurs jours de froid.
Une quantité d'enfans que nous vîmes sur le rivage
jetèrent dans la gondole des paquets de fleurs,
que la comtesse aime passionnément : elle se ré-
jouissoit comme une enfant. Il me sembloit qu'avec
son innocente joie elle me rendoit quelque chose
du premier bonheur de mon enfance. En attendant, la lune se leva doucement, et de longues
gerbes d'une pâle lumière venoient tomber sur les
joues pâles de Valérie, à travers les glaces de la
gondole ; elle étoit couchée ; Marie tenoit ses
pieds charmans sur ses genoux ; sa tête étoit appuyée contre les glaces de sa gondole ; elle chantoit doucement une romance, et les paroles de
l'amour, murmurées par elle, s'harmonisoient aux
vagues, au bruit des rames et à celui des feuilles
des peupliers. O Ernest ! que devins-je dans ce moment ? Qu'il me fait mal cet air de l'enivrante
Italie ! Il me tue ; il tue jusqu'à la volonté du bien.
Où êtes-vous, brouillards de la Scanie ? Froids
rivages de la mer qui me vit naître, envoyez-moi
des souffles glacés, qu'ils éteignent le feu honteux
qui me dévore. Où êtes-vous, vieux château de
mes vieux pères, où je jurai tant de fois sur les

armures de mes aïeux d'être fidèle à l'honneur ?
où, dans la foible adolescence, mon cœur battoit
pour la vertu, et promettoit à une mère bien-
aimée d'écouter toujours sa voix ? N'est-ce donc
qu'alors que je me sentois né pour cette vertu que
je déserte lâchement aujourd'hui ? Oui, Ernest, il
faut mourir, ou... Je n'ose poursuivre ; je n'ose
sonder cet abîme d'iniquité. Pourquoi, pourquoi
tout me précipite-t-il dans les ténèbres du crime ?
Elle surtout, pourquoi me livre-t-elle au double
supplice de l'amour malheureux et du remords ?
Encore, si un instant de ma vie je pouvois être
heureux ! Mais non, elle ne m'aimera jamais ! Et
je suis criminel, et je mourrai criminel ! Je ne sais
ce que je t'écris ; ma tête s'égare encore davantage : la nuit m'environne ; l'air s'est rafraîchi,
tout est calme : elle dort, et moi seul je veille
avec ma conscience ! Cette soirée d'hier a achevé
de me perdre ; sa voix, sa fatale voix, a complété
mon malheur. Pourquoi chante-t-elle ainsi, si elle
n'aime pas ? Où a-t-elle pris ces sons ? Ce n'est
pas la nature seule qui les enseigne, ce sont les
passions. Elle ne chante jamais, elle n'a point appris à chanter ; mais son âme lui a créé une voix
tendre, quelquefois si mélancoliquement tendre !...
Malheureux ! je lui reproche jusqu'à cette sensibilité sans laquelle elle ne seroit qu'une femme
ordinaire, cette sensibilité qui lui fait deviner des
situations qu'elle est peut-être loin de connoître.
Je veux t'achever mon récit. Nous rencontrâmes

le comte à l'entrée des lagunes : le vent s'étoit levé, et la barque commençoit à avoir un mouvement pénible. Je m'étonnois du calme de Valérie. Le comte avoit été enchanté de la trouver et de la voir mieux portante ; mais il nous dit qu'il avoit eu un courrier désagréable : il paroissoit rêveur. J'avois déjà remarqué qu'alors la comtesse ne lui parloit jamais. Elle étoit assise à côté de moi ; elle s'approcha de mon oreille et me dit : « Comme j'ai peur ! C'est en vain que je tâche de m'aguerrir pour plaire à mon mari ; jamais je ne m'habituerai à l'eau. » Elle prit en même temps ma main, et la mit sur son cœur. « Voyez comme il bat ! » me dit-elle. Hors de moi, défaillant, je ne lui répondis rien, mais je plaçai à mon tour sa main sur mon cœur, qui battoit avec violence. Dans ce moment, une vague souleva fortement la barque ; le vent souffloit avec impétuosité, et Valérie se précipita sur le sein de son mari. Oh ! que je sentis bien alors tout mon néant, et tout ce qui nous séparoit ! Le comte, préoccupé des affaires publiques, ne s'occupa qu'un instant de Valérie : il la rassura, lui dit qu'elle étoit une enfant, et que, de mémoire d'homme, il n'avoit pas péri de barque dans les lagunes. Et cependant elle étoit sur son sein, il respiroit son souffle ; son cœur battoit contre le sien, et il restoit froid, froid comme une pierre ! Cette idée me donna une fureur que je ne puis rendre. « Quoi ! me disois-je, tandis que l'orage qui soulève mon sein menace de

me détruire, qu'une seule de ses caresses, je l'achèterois par tout mon sang, lui ne sent pas son bonheur ! Et toi, Valérie, un lien que tu formas dans
l'imprévoyante enfance, un devoir dicté par tes
parens t'enchaîne et te ferme le ciel que l'amour
sauroit créer pour toi ! Oui, Valérie, tu n'as encore
rien connu, puisque tu ne connois que cet hymen
que j'abhorre, que ce sentiment tiède, languissant,
que ton mari réserve à tout ce qu'il y a de plus
enchanteur sur la terre, et dont il paye ce qu'il
devroit acheter, comme je l'achèterois, si... »
Voilà, Ernest, les funestes pensées qui font de moi
le plus misérable, le plus criminel des hommes.
J'étois si agité, si tourmenté !... Je détestois
l'amour, le comte, et moi-même plus que tout le
reste ; et, quand la barque rentra dans le canal et
se rapprocha du rivage, je saisis un instant où elle
étoit près du bord, je sautai à terre, ne voulant
plus renfermer mes horribles sentimens dans l'espace étroit d'une gondole ; je m'accrochai aux
branches d'un buisson, et je vis avec délices couler
mon sang de mes mains meurtries, que j'enfonçai
dans les épines : une espèce de rage indéfinissable
me poussoit ; il s'y mêloit une sorte de volupté ;
et, tout en détestant les caresses que Valérie faisoit au comte, j'aimois à me les retracer ; j'en
créois de nouvelles ; ma jalousie étoit avide de
nouveaux tourmens : je sentois aussi que je rom-
pois les derniers liens de la vertu en commençant
à haïr le comte. Eh bien ! Ernest, suis-je assez

avili, assez lâche? Est-ce là cet ami que tu adop-
tas, ce compagnon de ta jeunesse? Du moins, je
ne te cache rien : si tu continues à m'aimer, que
ce soit de toi seul que tu tires ta foiblesse; je suis
libre de toute responsabilité. Foible comme l'insecte
qu'on écrase, ingrat, traînant d'inutiles jours, mort
à la vertu, et ayant mis l'enfer dans ce cœur où
vivoit tout ce qui élève l'homme, je suis en horreur
à moi-même.

Adieu, Ernest; je crois que je ne t'écrirai plus.

LETTRE XXXVIII

De la Brenta, le...

J'ai été malade, Ernest, assez malade, et cela
depuis ma dernière lettre. Tu as pu voir combien
ma raison étoit égarée. J'ai erré comme un vaga-
bond qui se fuit encore plus lui-même qu'il ne fuit
les autres; j'ai erré sans projet, sans repos, dans
la campagne, passant les nuits en plein champ, me
cachant le jour, évitant la lumière et consumé de
feux plus dévorans que ceux de ce brûlant soleil.
D'autres fois, quand tout dormoit, je me suis pré-
cipité dans des eaux agitées comme mon âme; je
cherchois les torrens les plus froids, les lieux les
plus sauvages, pour être oublié de tous les hommes; mais tout est riant ici, tout est embelli par la

nature heureuse, tout porte dans mon cœur le sentiment de sa présence : je la vois partout; elle est si près de moi! il faudroit la mer glaciale entre ses charmes si dangereux et ce cœur si foible. Foible! non, non; c'est criminel qu'il faut dire.

———

J'ai été bien malade. La fraîcheur des nuits, le tourment de ma conscience, les insomnies, que sais-je? tout a détruit ma santé déjà si altérée; ma poitrine s'en est ressentie : une fièvre, que les médecins ont appelée inflammatoire, m'a saisi. Comme ils m'ont soigné tous les deux! comme le comte a enfoncé dans mon cœur le poignard du remords! Je veux partir, je veux l'aimer loin d'ici, je veux mourir loin d'elle. Adieu.

———

LETTRE XXXIX

De la Brenta, le...

Aujourd'hui, pour la première fois, je suis sorti de ma chambre; j'ai été dans le cabinet du comte : il étoit à écrire; il ne m'a pas remarqué. Le portrait de mon père, qui est dans cette chambre, s'est présenté à moi; je l'ai regardé longtemps; j'étois très attendri : il me sembloit que ses traits étoient vivans d'amitié; que le sentiment qu'il avoit pour

le comte, quand il se fit peindre, y respiroit; qu'il
me disoit à moi-même ce que je devois à cet ami
généreux qui venoit encore de me témoigner tant
de tendresse. Je me rappelai les heures qu'il avoit
passées auprès de mon lit, ses regards inquiets, sa
sollicitude, son envie de connoître le fond de mon
âme, et la crainte délicate qui ne lui permettoit
pas de me demander mon secret; enfin ses longues
et constantes bontés, qui ne s'étoient jamais fati-
guées; et je pensai que j'allois encore l'affliger en
lui disant que j'étois résolu de partir. Mes yeux se
tournèrent encore vers le portrait. « O mon père !
mon père ! que votre fils est malheureux ! » Ces
mots, qui m'échappèrent, que je croyois avoir dits
à voix basse, avoient été entendus par le comte;
il s'étoit levé précipitamment, et me pressoit dans
ses bras. « O mon fils ! m'a-t-il dit, je n'aurai donc
jamais votre confiance ! Vous souffrez, et me ca-
chez vos maux ! Votre père n'étoit pas ainsi; il
m'aimoit assez pour être sûr de ma tendresse. Mon
cher Gustave ! n'avez-vous point hérité de la faculté de croire à mon amitié ? C'est au nom de ce
père qui vous aima tant que je vous conjure de me
parler. » Je pris ses mains avec impétuosité ; je les
pressai sur mon sein; et ma voix, enchaînée comme
ma langue, ne put produire un seul son; et mes
sombres regards étoient fixés à terre. « Vous
déplaisez-vous dans cette carrière ? » Je secouai la
tête pour dire non. « Est-ce une faute de jeunesse,
dont le souvenir vous poursuit, qui vous donne du

remords? » Je frissonnai, et je laissai aller ses mains que j'avois toujours tenues. Il me fixa avec inquiétude : « Est-ce donc une faute irréparable ? Non, dit-il en se rassurant, non, Gustave s'exagère un tort qui peut-être ne seroit pas aperçu par un autre. Non, dit-il en posant sa main sur mon sein, ce cœur-là est incapable de ce qui dégrade. Votre tête est vive, votre âme est passionnée ; vous avez quelque chose de mélancolique qui vient de votre père, qui est plus dans votre sang que dans votre caractère. Gustave, Gustave, ouvrez-moi votre âme ! J'en atteste l'amitié sainte qui m'unit encore à vos parens ; si le silence de la mort pouvoit se rompre, eux-mêmes ne vous presseroient pas avec plus d'amour de leur dire ce qui vous tourmente, eux-mêmes n'auroient pas plus d'indulgence. » Il me pressoit entre ses bras. Entraîné par tant de bonté, je ne lui résistai plus ; je croyois entendre mon père lui-même ; je me jetai à ses genoux : en vain il voulut me relever, je les serrai avec une espèce d'égarement. J'étois résolu à tout avouer ; je ne cherchois plus que mes premières paroles pour resserrer dans le moins de mots possible cet aveu si effrayant. Ce moment de silence, après mon entraînement, lui montroit apparemment combien il m'en coûtoit de parler. « Mon ami, dit-il d'une voix douce qui cherchoit à me ménager, si vous avez moins de peine à parler à Valérie, faites-le, si vous croyez que vous serez moins agité par sa présence. Peut-être je vous rappelle plus

vivement votre père, et cette idée vous impose
malgré vous : je saurai par elle ce qui vous tourmente. » A ces mots, il me sembla que toutes les
facultés expansives de mon âme se retiroient
au dedans de moi-même; tout me disoit si clairement : « Il ne se doute pas du tout, pas du tout de
la vérité; il ne devinera rien; il faudra passer
par le supplice de ne le voir préparé à rien. » Cette
idée m'écrasa de tout son poids; et, ne sachant
plus ni comment parler, ni comment m'excuser
sur mon silence, je me laissai tomber sur le parquet, avec une espèce de stupeur, comme si je disois au comte : « Abandonnez-moi, c'est tout ce
qu'il me reste à désirer. » Le comte me releva avec
une tranquillité qui me fit mal; elle ne m'échappa
pas au milieu de mon trouble même. « Au nom du
Ciel! dis-je après un moment de silence, ne me
jugez pas; croyez que je sais apprécier votre âme :
vous saurez tout un jour; et peut-être, ajoutai-je
en fixant mes regards sur lui avec plus de courage,
peut-être le jour où j'aurai la force de vous parler
n'est-il pas loin. Il aura quelque chose d'atten-
drissant, dis-je en soupirant involontairement, et
vous me pardonnerez tout. Permettez-moi, en attendant (et je regardai le portrait de mon père
pour m'appuyer de cette intercession), permettez-
moi de vous faire une prière d'où dépend mon
repos : laissez-moi aller à Pise, les médecins me
le conseillent; je vous écrirai de là. — Inconcevable jeune homme! me dit le comte, je ne peux

vous en vouloir; et pourtant, qu'est-ce qui peut
excuser votre silence, vous qui connoissez toute
ma tendresse pour vous? Mais je ne veux pas vous
affliger davantage; partez quand vous aurez repris quelque force, et surtout tâchez de revenir
plus calme. » Il m'embrassa... et nous fûmes interrompus.

———

LETTRE XL

Près de Conegliano, le...

J'ai passé quelques jours seul, entièrement seul,
voulant éviter de me montrer au comte; j'ai fait
une course dans les environs, et je t'écris d'un
petit village qui est près de Conegliano, endroit
charmant, mais dont le site romantique étoit trop
riant pour moi : j'ai cherché les montagnes; leur
solitude me convient mieux.

———

As-tu jamais entendu, Ernest, ces sources sou-
terraines dont le bruit sourd et mélancolique se
perd dans le mouvement de l'activité, et n'est
point remarqué; mais le soir, quand le voyageur
passe, et que, fatigué, il s'assied avant d'entre-
prendre le chemin qui lui reste à faire, et que, se

recueillant, il semble écouter la nature, il en est frappé, il y abandonne sa pensée, et tombe dans des rêveries profondes?

Je suis comme ces sources cachées et ignorées, qui ne désaltéreront personne, et qui ne donneront que de la mélancolie; je porte en moi un principe qui me dévore, et l'on passe à côté de moi sans me comprendre, et je ne suis bon à rien, Ernest.

Où est-il ce temps où mon cœur, plus jeune encore que mon imagination, ressembloit aux poètes qui, dans un petit espace, aperçoivent un monde entier, où un écho au dedans de moi répondoit à chaque voix qui se faisoit entendre, où il y avoit en moi de quoi remplir tant de jours? La vie me paroissoit comme une fleur, d'où sortoit lentement un fruit superbe; et maintenant il me semble que chacun de mes jours tombe derrière moi, comme les feuilles qui tombent vers la fin de l'automne. Tout a pâli autour de moi; et les années de mon avenir s'entassent, comme des rochers, les unes sur les autres, sans que les ailes de l'espérance et de l'imagination m'aident à passer au delà. Quoi! d'une seule émotion, d'une seule secousse, ai-je donc épuisé l'existence? On dit que le cœur de l'homme est si changeant qu'une affection est bannie par une autre, qu'une passion s'élève à peine qu'elle voit déjà sa rivale lui succéder. Suis-je donc meilleur, ou ne suis-je qu'autre? J'ai vu tant de douleurs si passagères que je me suis dit souvent : « Nos douleurs sont écrites sur le sable, et le vent du printemps ne trouve plus les traces de l'automne. » Il est des âmes, dirois-je, plus distinguées, je le croirois presque, des âmes plus susceptibles de se jeter tout entières dans une seule pensée; elles ont le privilège d'être et plus heureuses et plus misérables. Mais admire, Ernest, cette Providence, qui sait leur laisser de longs, d'ineffaçables souvenirs de leur bonheur, et les fait disparaître dans la tempête.

Et moi aussi, Ernest, enfant de l'orage, je disparaîtrai dans l'orage, je le sens; un pressentiment, que j'accueille comme un ami, me le dit; je le sentois hier lorsque, me promenant, je marchois à grands pas le long d'un précipice. Je regardois les arbres déracinés, les pierres qui rouloient, et des eaux qui se précipitoient sans repos au milieu des rochers; je vis un amandier qui paroissoit comme exilé au milieu d'une nature trop forte pour lui; cependant il avoit porté des fleurs que le vent vint chasser les unes après les autres dans le précipice; et je m'arrêtai et contemplai cette image de destruction sans éprouver de tristesse : je tombai dans une morne stupeur; et je vis, en me réveillant, que moi-même j'avois dépouillé plusieurs branches du jeune amandier, et jeté une grande partie de ses fleurs dans le précipice.

Ernest, il n'est pas bon que l'homme soit seul. Sublime vérité, comme mon cœur te sent! comme, dans ma misère et ma triste solitude, je rêve à ces paroles, comme je place là son image, non pas comme ma compagne, ce seroit trop de félicité, mais arrivant à moi quelquefois pour m'aider à vivre et à reprendre avec courage le fardeau de ces jours vides et languissans!

J'ai pensé souvent que les hommes passoient à travers l'amour comme à travers les années de leur jeunesse, qu'ils l'oublioient comme on oublie une fête, et qu'un autre amour, celui de l'ambition, auquel on donne le nom de gloire, occupoit l'âme tout entière. Et moi aussi, j'ai rêvé quelquefois à la gloire, dans ces belles années où mon sommeil n'étoit pas troublé par des jours d'ennui et de douleur, et où mes songes étoient si beaux ; je me figurois la gloire comme l'amour, s'agrandissant de tout ce qui est beau et portant en elle tout ce qui est grand. Celle que je rêvois s'occupoit du bonheur de tous, comme l'amour s'occupe du bonheur d'un seul objet ; elle cherchoit à attendrir sans songer à étonner ; elle étoit vertu pour celui qui la portoit dans son sein, avant que les hommes l'eussent appelée gloire, et que les événemens eussent servi ses beaux projets. Mais qu'a de commun la gloire avec la petite ambition de la foule, avec cette misérable prétention de se croire quelque chose parce qu'on s'agite ? Si peu furent destinés à compter pour l'humanité, à vivre dans les siècles, à marcher avec leur ascendant comme avec leur ombre, et à forcer tous les regards à se baisser ! Il est une gloire cachée, mais

délicieuse, dont personne ne parle; mon cœur a
battu pour elle mille et mille fois; elle s'emparoit
de chacun de mes jours, elle en faisoit une trame
magnifique; je me créois une compagne, j'avois
un ami, j'aimois non seulement la vertu, j'aimois
aussi les hommes. Tout est fini; je ne puis plus
rien, ni pour moi ni pour les autres.

Je le sens, c'est moi-même qui me suis jeté sur
l'écueil contre lequel je me suis brisé. Je me rappelle ces jours où je pressentois ma destinée, et
où l'ami que nous portons tous en nous m'avertis-
soit du danger. C'étoit alors qu'il falloit fuir, et
je restois; je sentois que je ne devois pas l'aimer,
et j'ai voulu essayer l'amour, comme les enfans,
sans mémoire et sans prévoyance, essayent la vie
et ne songent qu'à jouir; je sentois que son regard, que sa voix, que son âme surtout, étoient
du poison pour moi, et je voulois en prendre et
m'arrêter quand il seroit temps. Insensé! il n'a
plus été temps! Et cependant, Ernest, l'amour que
je sens est grand comme la véritable gloire, il en
rendroit capable; une seule de ses extases feroit
renoncer à l'empire du monde, il est la félicité
que les hommes aveugles poursuivent sous mille
formes : il vit avec la vertu; il est beau comme
elle, mais il en est la jeunesse; et ceux qui, dans
un rare concours de circonstances, eurent pour
présent du Ciel des jours coulés dans cet amour,
doivent être les meilleurs des hommes.

Ernest, je crois que tu ne comprendras rien à

cette lettre : je laisse errer mes pensées; je con-
fonds le passé, le présent; mes idées sont là,
comme un ancien héritage qu'il faudroit mettre
en ordre. Mais je n'arrangerai plus rien, je re-
mettrai ma vie à mon Père céleste; je lui dirai :
« Pardonne, ô mon Dieu! si je n'en tirai pas un
meilleur parti; donne-moi la paix que je n'ai pu
trouver sur la terre. Mon Père! toi qui es toute
bonté, tu me donneras une goutte de cette félicité
pure et divine dont tu tiens un océan dans tes
mains; tu retireras de mon cœur le trouble et
l'orage de la passion qui me tourmente, comme tu
retires d'un mot la tempête qui a soulevé la mer.
Mais laisse-moi, mon Dieu! le souvenir de Valérie,
comme on voit à travers la vapeur du soir les arbres
et la fontaine, et le toit auprès duquel on commença
la vie, et desquels nous avoient éloignés nos pas
errans et nos jours chargés d'ennui. »

LETTRE XLI

De la Brenta, le...

Je suis revenu depuis quelques jours; je les ai
revus tous deux. Mon parti est pris, il est irrévo-
cable; je veux partir, je suis trop malheureux. Il
me méjuge, il me croit ingrat; il ne peut descendre
dans mon cœur et y lire mes tourmens; il ne peut

me concevoir, en ne voyant en moi que des contra-
dictions perpétuelles. La douleur dans mes traits,
le dégoût de la vie, qu'il n'a que trop aperçu en
moi, tout lui fait croire que je suis sous la dépen-
dance d'un caractère sombre, peut-être haineux.
C'est en vain qu'il a cherché à me ramener au
bonheur; toutes les apparences sont contre moi;
je repousse chacun des moyens qu'il m'offre pour
me distraire, et jamais je ne réponds à sa tendresse
par ma confiance. Je vois que je donne du chagrin
à Valérie, que ma situation afflige. Il faut donc les
quitter! L'amour et l'amitié me repoussent également; tous deux je les outrage. Ne serai-je donc
jamais justifié? Hélas! je mourrois content, si une
seule fois Valérie se disoit, en versant une larme
de pitié : « Il m'aima trop pour son repos! » Oui,
une fois, n'est-ce pas, Ernest, quand je ne serai
plus, elle le saura? Il saura aussi que je l'aimai;
que l'amitié ne me trouva pas ingrat. Une fois,
tout sera dévoilé, quand je serai descendu dans la
demeure du repos, là d'où l'effroi parle aux autres,
mais où celui qui l'inspire a laissé derrière soi les
passions et les douleurs. Ne t'effraye pas, Ernest, jamais je n'attenterai à ma vie; jamais je n'offenserai
cet Être qui compta mes jours, et me donna pendant si longtemps un bonheur si pur. O mon ami!
je suis bien coupable de m'être livré moi-même à
une passion qui devoit me détruire! Mais au moins
je mourrai en aimant la vertu et la sainte vérité; je
n'accuserai pas le Ciel de mes malheurs, comme font

tant de mes semblables; je souffrirai sans me plaindre la peine dont je fus l'artisan, et que j'aime quoiqu'elle me tue : je souffrirai, mais je dormirai ensuite, je m'avancerai à la voix de l'Éternel, chargé
de bien des fautes, mais non marqué par le suicide. Je ne vous épouvanterai pas, êtres chers et
vertueux, ô mes parens! vous qui versâtes sur mon
berceau des larmes de joie, je ne vous épouvanterai
pas par l'affreuse idée que je rejetai loin de moi
ce beau présent de la vie que Dieu vous permit
de me faire, et que vous avez encore si fidèlement
embelli d'innocens plaisirs, de belles leçons, de
grandes espérances. Je vous bénis d'avoir gravé
dans mon cœur les saints préceptes d'une religion
que le bonheur me fit aimer, que le malheur me
rend encore plus nécessaire, qui me donne le courage de souffrir. Sur le froid rivage de la vie écou-
lée, au bord de ce sombre passage qu'il faut que
chacun franchisse, que reste-t-il à celui qui n'a
rien cru? En vain son regard se tourne vers le
passé, il ne peut plus le recommencer; il n'a pas
aussi ces ailes merveilleuses de l'espérance qui le
portent vers l'avenir. Ainsi, les plus grandes, les
plus consolantes pensées de l'homme, ne le bercent
pas sur le bord de la tombe!

LETTRE XLII

De la Brenta, le...

Je viens de passer une soirée terrible! A peine ai-je la force de respirer. Je ne puis cependant rester tranquille; tout mon sang est en mouvement, il faut que je t'écrive. Je lui ai dit que je partois; elle en a été affectée, très affectée, Ernest. Nous avons dîné seuls, le comte étant parti. Je me sentois plus malade qu'à l'ordinaire; elle l'a remarqué: elle m'a trouvé si pâle! Elle s'est alarmée d'une toux que j'ai depuis quelque temps, et que j'attribue aux suites de ma dernière maladie. J'ai pris de là occasion de lui dire que les bains de Pise me seroient nécessaires; on me les a conseillés en effet. Elle m'a regardé avec intérêt. « Que ferez-vous à Pise? m'a-t-elle dit. Vous y serez seul, tout seul; et vous savez combien vous vous livrez déjà ici à une solitude qui ne peut que vous être dangereuse. » Nous nous étions levés de table, et j'étois passé avec elle dans le salon. « Ne partez pas, Gustave, m'a-t-elle dit; vous êtes trop malade pour pouvoir être seul : vous avez besoin d'amitié; et où en trouverez-vous plus qu'ici? » En disant cela, je voyois des larmes dans ses yeux; je tenois les mains sur mon visage, et je voulois lui cacher le profond attendrissement que me causoient ses paroles. « N'est-ce pas, m'a-t-elle répété, vous ne partirez pas? » Je l'ai regardée. « Si vous saviez combien je suis malheureux, combien je suis coupable! ai-je ajouté à voix basse, vous ne m'engageriez pas à rester! » Pour la première fois j'ai lu de l'embarras dans ses yeux : il m'a semblé la voir rougir. « Partez donc, m'a-t-elle dit d'une voix émue; mais ressaisissez-vous de vous-même; chassez de votre âme la funeste... » Elle s'est arrêtée. « Revenez ensuite, Gustave, jouir du bonheur que tout promet à votre avenir. — Du bonheur! dis-je, il ne peut plus en exister pour moi! » Je me promenois à grands pas; l'agitation que j'éprouvois, l'affreuse idée de la quitter peut-être pour jamais, aliénoit ma raison : j'ai dû l'effrayer. Craignoit-elle un aveu qu'elle pouvoit enfin deviner? Elle s'est levée, elle a sonné : je me suis mis à la fenêtre pour que le valet de chambre qui est entré ne me vît pas. Elle lui a demandé d'une voix altérée : « Où est Marie? Dites-lui de m'apporter son ouvrage et le métier; nous travaillerons ensemble. Vous me lirez quelque chose, Gustave. » Je n'ai rien répondu. « Gustave, a-t-elle répété quand le valet de chambre a été sorti, soyez plus calme. — Je le suis tout à fait », ai-je répondu en contraignant ma voix et en m'avançant vers elle. Elle a jeté un cri. « Qu'avez-vous, Gustave? du sang!... » Et sa frayeur l'a empêchée de parler. Effectivement mon front saignoit. J'avois été si affecté de ce qu'elle appeloit Marie, si peiné de cette espèce de défiance, que, pendant qu'elle donnoit cet ordre, appuyant brusquement ma tête contre la fenêtre, je m'étois blessé. « Votre pâleur, vos regards, votre voix, tout est déchirant. O Gustave! ô mon cher ami! dit-elle en posant son mouchoir sur mon front et prenant mes mains, ne m'effrayez pas ainsi! — Ne me montrez donc plus cette... (je n'osois dire défiance, je n'osois m'avouer qu'elle me devinât) cette froideur, dis-je. Valérie! songez que je vous quitte, et pour jamais! — D'où vous viennent ces funestes idées? — De là, dis-je en montrant mon cœur; elles ne me trompent point : ne me refusez donc pas encore quelques momens. » Et je tombai à genoux devant elle, j'embrassai ses pieds : elle se baissa, et le portrait du comte s'échappa de son sein... Je ne sais plus ce qui m'arriva : l'agitation que j'avois éprouvée avoit fait couler le sang de ma blessure; et la terrible émotion que je ressentois dans cet instant où j'allois peut-être lui dire que je l'aimois me fit trouver mal. Quand je revins à moi, je vis la comtesse et Marie me prodiguer leurs soins; elles me faisoient respirer des sels; elles n'avoient osé appeler personne. Ma tête étoit appuyée contre un fauteuil qu'elles avoient renversé; Valérie, à genoux auprès de moi, tenoit sur mon front son mouchoir imbibé d'eau de Cologne, et une de mes mains étoit dans les siennes. Je la regardai stupidement jusqu'à ce que ses larmes, qui couloient sur moi, me tirèrent de cet état. Je me levai, je voulus lui parler : elle me conjura de me

taire, elle mit sa main sur ma bouche, me fit asseoir
sur un fauteuil, et se plaça à côté de moi. « Valérie... » dis-je, voulant la remercier de ses soins,
que je commençois à comprendre, car je me rappelai alors que je m'étois trouvé mal. Elle me fit
signe de me taire. « Si vous parlez, dit-elle, il faut
que je vous quitte. » Je lui promis d'obéir. Elle
m'a tendu la main avec un regard angélique de
bonté et de compassion, et, voyant que je voulois
parler, elle a ajouté : « J'exige absolument que
vous ne disiez rien, et que vous vous tranquillisiez.»
Elle s'est assise au piano; là elle a chanté un air
d'un opéra de Bianchi, dont voici à peu près les
paroles, traduites de l'italien : *Rendez, rendez le*
repos à son âme; son cœur est pur, mais il est
égaré. J'entendois des larmes dans sa voix, si on
peut parler ainsi. Enfin elle a été entraînée par ses
pleurs et a rejeté sa tête sur son fauteuil. Je m'étois
levé, et, au lieu de lui témoigner avec transport
l'ivresse que j'éprouvois en pensant qu'elle m'avoit
deviné et qu'elle me plaignoit, un saint et religieux
frémissement, que sa douleur me causoit, m'arrêta.
Si elle se reprochoit son excessive sensibilité ; si,
tourmentée par une pitié trop vive, elle souffroit
plus qu'aucune autre femme, irois-je jeter sur sa
vie la douleur et le reproche?... Mais bientôt,
entraîné par la violence de ma passion, oubliant
tout, concentrant le reste de mon avenir dans ce
court et ravissant instant où je lui dirois : « Je
t'aime, Valérie; je meurs pour m'en punir ! » je

m'élançai à ses genoux, que je serrai convulsivement. Elle me regarda d'un air qui me fit frissonner,
d'un air qui arrêta sur mes lèvres mon criminel aveu.
« Levez-vous, me dit-elle, Gustave, ou vous me for-
cerez à vous quitter. — Non, non, m'écriai-je, vous
ne me quitterez pas ! Regardez-moi, Valérie ; voyez
ces yeux éteints, cette pâleur sinistre, cette poitrine oppressée, où est déjà la mort, et repoussez-
moi ensuite sans pitié ; refermez sur moi ce tombeau où je suis déjà à moitié descendu ! Vous
entendrez pourtant mon dernier gémissement ;
partout, Valérie, il vous poursuivra. — Que voulez-
vous que je fasse ? dit-elle en tordant ses mains.
Mon amitié ne peut rien ; ma pitié ne peut pas
vous tranquilliser ; votre délire insensé me trouble,
m'effraye, me déchire... Je sens, oui, je sens que
je ne dois pas être la confidente d'une passion... »
Elle s'arrêta. « Gustave, me dit-elle avec un accent
d'inexprimable bonté, ce n'étoit pas moi qu'il falloit choisir ; c'étoit lui, lui, cet homme estimable,
celui qui tient ici-bas la place de votre père.
Pourquoi m'avez-vous empêchée de lui parler ?
Pouvez-vous le craindre ? » Elle détacha son portrait. « Regardez-le, emportez-le, Gustave ; il est
impossible que ces traits, qui appartiennent à la
vertu, ne calment pas votre âme. » Je repoussai de
la main le portrait. « Je suis indigne, m'écriai-je
avec un sombre désespoir, je suis indigne de sa
pitié ! » Je la regardai ; la mort étoit dans mon
âme ; ma raison n'étoit revenue que pour me

montrer que Valérie ne m'avoit pas compris ou ne vouloit pas me comprendre ; et les plus affreux sentimens étoient en moi et m'agitoient. « Ne me regardez pas ainsi, Gustave, mon frère, mon ami ! » Ces noms si doux me sauvèrent. J'étois toujours à ses genoux ; je cachai ma tête dans sa robe, et je pleurai amèrement. Elle m'appela doucement ; ses yeux étoient remplis de larmes ; ses regards étoient tournés vers le Ciel ; ses longs cheveux s'étoient défaits et tomboient sur ses genoux. « Valérie, lui dis-je, un seul instant encore ! C'est au nom d'Adolphe, d'Adolphe que j'ai tant pleuré avec vous (à ces mots, ses larmes coulèrent), que je vous demande d'exaucer ma prière. » Elle fit un signe comme pour me dire oui. « Eh bien ! figurez-vous un instant que vous êtes la femme que j'aime... que j'aime comme aucune langue ne peut l'exprimer... Elle ne répond pas à mon amour ; vous ne devez donc point avoir de scrupule... Je ne vous dirai rien ; je vous écrirai son nom ; et l'on vous remettra, après ma mort, ce nom, qui ne sortira pas de mon cœur tant que je vivrai. Valérie, promettez-moi, si mon repos éternel vous est cher, de penser quelquefois à ce moment, et de me nommer, quand je ne serai plus, à celle pour qui je meurs, d'obtenir mon pardon, de répandre une larme sur mon tombeau... Un instant encore, Valérie ; c'est pour la dernière fois de ma vie que je vous parle peut-être. » Cette idée affreuse glaça mon sang ; ma tête tomba sur ses genoux. Une

sueur d'angoisse, qui couloit de mon front, se
mêloit à mes pleurs amers; mais j'éprouvois une
volupté secrète en sentant ses cheveux recevoir
mes larmes et les siennes tomber sur ma tête. Elle
la pressa de ses mains, puis la souleva. « Gustave,
me dit-elle d'un ton solennel, je vous promets de
ne jamais oublier ce moment; mais vous, promettez-moi aussi de ne me plus parler de cette
passion, de ne plus me montrer ce délire insensé,
de vous vaincre, de ménager votre santé, de conserver votre vie, qui ne vous appartient pas, et que
vous devez à la vertu et à vos amis. » Sa voix
s'émut; elle me tendit les mains en disant : « Valérie sera toujours votre sœur, votre amie. Oui,
Gustave, vous jouirez longtemps encore du bonheur que la mère d'Adolphe désire si ardemment
pour vous. » Elle souleva mes mains avec les siennes vers le ciel, et y envoya le plus touchant des
regards. « Vous êtes un ange! » lui dis-je, le cœur
déchiré de douleur; et, cédant à son ascendant suprême, qui m'ordonnoit de paroître calme : « Ne
m'abandonnez jamais! » Elle voulut relever ses
cheveux. « Pensez quelquefois, dis-je en joignant
les mains, pensez, quand vous toucherez ces cheveux, aux larmes amères du malheureux Gustave! »
Elle soupira profondément.

Elle s'étoit approchée de la fenêtre; elle l'ouvrit. Le jour baissoit. Nos regards errèrent longtemps, sans nous rien dire, sur les nuages que le
vent chassoit, et qui se succédoient les uns aux

autres, comme les sentimens tumultueux s'étoient
succédé dans mon âme durant cette journée. Il
faisoit froid pour la saison : le vent, qui avoit
passé sur les montagnes couvertes de neige, souffloit avec violence ; il secouoit les arbres qui
étoient devant la fenêtre, et des feuilles tombèrent
près de nous. Je frissonnai ; un mélancolique souvenir me fit penser aux fleurs du cimetière qui couvrirent Valérie, et à ces feuilles qui annonçoient
l'automne, et tomboient au soir de ma vie. Cette
journée étoit la dernière que je passois auprès
d'elle ; j'étois résolu à partir, je le sentois ; j'avois
pris à jamais congé d'elle... et du bonheur ! Je
m'étonnois d'être aussi calme ; rien ne m'agitoit
plus ; la vie et ses espérances étoient derrière moi ;
tout étoit fini ; mais j'emportois avec moi, dans la
nouvelle patrie que bientôt j'allois habiter, la tendre affection de Valérie ; elle étoit ma sœur, ma
meilleure amie ici-bas ; j'en étois sûr. Pardonne,
Ernest, pardonne ! Le Ciel, pour dédommager les
femmes des injustices des hommes, leur donna la
faculté d'aimer mieux. Je n'avois pas blessé sa délicatesse ; je n'avois même jamais désiré qu'elle fût
à moi. Si, entraîné par une passion fougueuse,
j'avois été au moment de la lui avouer, étoit-ce
avec la moindre idée qu'elle pût y répondre ?
N'avois-je pas aussi, à quelques instans près d'un
délire involontaire, toujours senti que le comte la
méritoit mieux ? L'avois-je jamais enviée à cet
ami ? Voilà quelles étoient mes réflexions ; et si,

22

avant cette soirée, je n'avois pas si bien senti la
nécessité de m'éloigner d'elle, si ma résolution
n'avoit pas été commandée par un devoir aussi
sacré, je crois que je serois resté, tant j'étois calme
et résigné, tant j'étois loin de ces mouvemens orageux qui m'avoient rendu si malheureux !

Valérie rompit enfin le silence : « Vous nous
écrirez; nous saurons ce que vous ferez; vous aurez bien soin aussi de votre santé, n'est-ce pas,
Gustave? » Et elle posa sa main sur mon bras.
Marie passa devant la fenêtre, et elle dit à sa maîtresse : « Il fait bien froid, Madame; vous êtes
vêtue trop légèrement. » En même temps elle lui
donna un bouquet de fleurs d'oranger : Valérie le
partagea; elle m'en donna la moitié et soupira. « Personne, dit-elle, désormais n'aura soin comme vous
des fleurs de Lido; cela m'attristera bien d'y aller
seule. » Sa voix s'altéra; elle se leva précipitamment, et gagna la porte de sa chambre : je la suivis; elle me tendit la main : j'y portai mes lèvres.
« Adieu, Valérie! adieu, pour bien longtemps!...
O Valérie! encore un regard, un seul, ou je croirai
que je ne vous retrouverai plus nulle part! » Effectivement, une angoisse superstitieuse me poursui-
voit. Elle me regarda, et je vis les pleurs qu'elle
avoit voulu me cacher; elle tâcha de sourire.
« Adieu, Gustave, adieu; je ne prends pas congé
de vous, j'ai encore mille choses à vous dire. »

Elle tira la porte, et je tombai dans un fauteuil,
terrassé par ce bruit comme si l'univers se fût

anéanti. Je ne sais combien de temps je restai dans cet état : ce ne fut qu'aux coups réitérés d'une pendule qui m'annonçoit qu'il étoit tard que je me levai; l'obscurité la plus profonde m'environnoit. Je n'avois souffert qu'au premier moment où la porte se ferma. Je me réveillai comme d'un songe : je me sentois fatigué; je descendis dans la cour pour gagner ma chambre. J'aperçus en passant de la lumière dans la remise, et je vis un des garçons de la maison nettoyer une voiture; il siffloit tranquillement en travaillant. Je m'arrêtai, je le regardai. C'étoit ma voiture qu'on avoit amenée. Le cœur me battit; mon calme et ma stupeur disparurent également : je n'étois plus soutenu par la vue de Valérie. L'amour le plus infortuné, en présence de l'objet aimé, est bien moins malheureux : il s'enveloppe de cette magie de la présence; ses souffrances ont du charme, elles sont remarquées. Mais alors toute la douleur de la séparation vint me saisir; je me sentois défaillir en regardant cette voiture qui m'entraîneroit loin d'elle! il n'y avoit pas jusqu'à cet homme qui siffloit si tranquillement qui ne me fît mal : j'enviois son repos, il me sembloit qu'il insultoit à l'horrible tourment qui m'agitoit. Je courus à ma chambre; je me jetai à terre, frappant ma tête contre le plancher, et répétant en gémissant le nom de Valérie. «Hélas! me disois-je, elle ne m'entendra donc plus jamais! » Erich, le vieux Erich entra. Ce n'étoit pas la première fois qu'il m'avoit

vu dans cet état violent : il me gronda. Je feignis
de me jeter sur mon lit, pour le renvoyer ; je passai plusieurs heures dans la plus violente agitation,
et je résolus de t'écrire. Je retrouvai dans ma tête
toutes les situations douloureuses de cette journée ;
cela me calmoit : il est si doux de donner au moins
une idée du trouble qui nous détruit ! Et quand je
pense que mon Ernest, le meilleur des amis, le
plus sensible des hommes, me plaindra, je prie le
Ciel de le récompenser du charme que cette idée
verse dans mon cœur flétri.

                        A cinq heures du matin.

Je l'ai revue, Ernest, je l'ai revue encore une
fois, par une des combinaisons les plus singulières,
cette nuit même. Tu ne le conçois point, n'est-ce
pas ? Après t'avoir écrit, j'ai mis en ordre tout ce
qui me restoit à arranger. J'avois destiné un petit
cadeau à Marie et à quelques personnes de la maison ; j'avois cacheté une lettre pour le comte, une
lettre bien touchante, dans laquelle je lui deman-
dois pardon de tous les torts que j'avois pu avoir
envers lui ; je le priois de me pardonner mon
prompt départ ; je lui disois que j'espérois me justifier un jour à ses yeux de toutes mes apparentes
bizarreries, je le conjurois de m'aimer toujours, en
lui disant que sans cette amitié je serois bien misérable. Enfin, après avoir tout arrangé, je m'étois

assis sur une chaise, tout habillé, attendant et re-
doutant l'heure où je devois partir, mais déterminé
à ce départ, que je regardois comme l'unique fin à
mes tourmens. J'étois dans cet état horrible d'angoisse et d'anxiété, trop difficile à dépeindre, quand
je vis une des fenêtres en face de moi trop vivement éclairée pour qu'il n'y eût pas à cela quelque
chose d'extraordinaire : c'étoit une chambre habitée par une jeune Italienne, depuis peu dans la
maison, et qui y couchoit pour être à portée de
Valérie, dont la chambre à coucher n'étoit séparée
de celle-là que par un cabinet. Je vole, je traverse
la cour, je monte l'escalier, tout dormoit encore :
je pousse la porte, je vois la jeune Giovanna,
tout habillée, endormie sur une table, et auprès
d'elle son lit, dont les rideaux étoient tout en
flammes. Elle ne se réveille pas ; elle avoit le sommeil qu'on a à seize ans, lorsqu'on n'a pas encore
passé par quelque passion malheureuse. J'ouvre
les fenêtres pour faire sortir la fumée ; j'arrache
les rideaux : par bonheur, Valérie s'étoit baignée
dans cette chambre ; j'éteins le feu avec l'eau de
la baignoire, en faisant le moins de bruit possible.
Je craignois que Giovanna ne s'éveillât et ne jetât
un cri qui pouvoit être entendu par la comtesse :
je l'éveille donc doucement, et lui montre les
suites de son imprudence. Elle se met à pleurer,
en disant qu'elle ne faisoit que de s'endormir ;
qu'elle avoit écrit à sa mère et posé ensuite la lumière près du lit pour se coucher, et qu'elle ne

comprenoit pas encore comment elle s'étoit endormie sur cette table. Pendant qu'elle parloit,
j'achève d'éteindre le feu, qui avoit déjà gagné
les matelas ; je passe dans le petit corridor pour
m'assurer si la fumée n'y avoit pas pénétré. A
peine avois-je mis les pieds dans ce corridor qu'un
désir insurmontable de voir encore un instant Valérie s'empara de mon âme : j'avois vu sa porte
entr'ouverte. « Elle dort, me dis-je ; personne ne
le saura jamais, si Giovanna l'ignore. Je la verrai
encore une fois ; je resterai à la porte du sanctuaire
que je respecte comme l'âme de Valérie. » Il ne
falloit qu'un moyen pour éloigner pour quelques
instans la jeune Italienne ; j'y parviens. Je m'approche en tremblant du corridor ; je m'arrête, effrayé de l'horrible idée que Valérie pouvoit se réveiller. Je veux retourner sur mes pas... mais mon
désir de la voir était si violent !... Je la quitte peut-
être pour jamais ! Ah ! je veux lui dire encore une
fois que c'est elle que j'aime ! Si Valérie me voit,
je ne supporterai pas son courroux, j'enfoncerai
un poignard dans mon cœur. Ma tête égarée me
présentoit confusément et ce crime et son image.
Je me glisse dans la chambre ; elle étoit éclairée
par une veilleuse, assez pour me faire voir Valérie
endormie : la pudeur veilloit encore auprès d'elle ;
elle étoit chastement enveloppée d'une couverture
blanche et pure comme elle. Je contemplai avec
ravissement ses traits charmans : son visage étoit
tourné de mon côté ; mais je ne le voyois que peu

distinctement. Je lui demandai pardon de mon délit ; je lui adressai les paroles de l'amour le plus passionné. Un songe paroissoit l'agiter. Que devins-je ! ô moment enchanteur ! quelle ivresse tu me donnas !... Elle prononça... *Gustave !*... Je m'élançai vers son lit ; le tapis recéloit mes pas mal assurés. J'allois couvrir de mes baisers ses pieds charmans, tomber à genoux devant ce lit qui égaroit ma raison, quand tout à coup elle prononça cet autre mot qui doit finir ma destinée... elle dit d'une voix sinistre... *la mort !*... et se retourna de l'autre côté. « La mort ! répétai-je ; hélas ! oui, la mort seule me reste ! Tu rêves à mon sort, ô Valérie ! » dis-je à voix basse, et, me mettant doucement à genoux : « Reçois mon dernier adieu ; pense à moi ; songe quelquefois au malheureux Gustave, et dans tes rêves, au moins, dis-lui qu'il ne t'est pas indifférent ! » Je ne voyois pas ses traits ; une de ses mains étoit hors de son lit ; je la touchai légèrement de mes lèvres, et je sentis encore son anneau. « Et toi aussi, toi qui me sépares d'elle à jamais, je te donne le baiser de paix, je te bénis, quoique tu m'ouvres la tombe... » Et mes larmes couvroient sa main. « Tu l'unis à l'homme que je ne cesserai d'aimer, qui la rend heureuse ; je te bénis ! dis-je. » Et je me levai, calmé par cet effort. Encore un regard, Valérie, un regard sur toi, que j'imprime encore une fois tes traits dans mon cœur ! Que j'emporte cette douce image de ton repos, de ton sommeil inno-

cent, pour m'encourager à la vertu quand je serai
loin de toi ! »

J'allai prendre la veilleuse ; je m'approchai du
lit. O douce et céleste image de virginité, de candeur ! Sa main étoit toujours hors du lit ; l'autre
étoit sous une de ses joues, ainsi que dorment les
enfans : cette joue étoit rouge, tandis que celle
qui étoit de mon côté étoit pâle, emblème du
songe dont la moitié me parut si douce, tandis
que l'autre étoit si sinistre. Ses draps l'envelop-
poient jusqu'à son cou ; et ses formes pures comme
son âme ne se trahissoient que comme elle, légèrement, en se voilant de modestie. O Valérie !
que l'amour s'accroît de ces magiques liens dont
l'enlacent la pudeur et la pureté morale ! Jamais
le plus séduisant désordre ne m'eût ainsi troublé !...
jamais il n'eût rempli tout mon être d'une aussi
douce volupté ! Comme je t'idolâtrois ! comme je
serois mort pour un seul des plus chastes baisers
pris sur tes lèvres qui sembloient languir ! Oui, tu
paroissois triste, ma Valérie, et je n'en étois que
plus ivre... J'ai pu m'éloigner de toi !... Je t'ai
respectée, ô Valérie ! tiens-moi compte de ce sublime courage, il anéantit toutes mes fautes !

Bientôt il me sembla entendre les pas de la jeune
Italienne : j'allai à sa rencontre ; je me précipitai
dans la cour, dans le jardin, cherchant à respirer,
à me calmer ; le jour commençoit à poindre, le
vent frais du matin s'étoit levé ; une lisière d'or
couroit le long de l'horizon, à l'orient, et annon-

çoit l'aurore. Les feuilles de l'acacia, fermées pendant la nuit, commençoient à s'ouvrir ; des aigles privés et nourris dans la maison sortoient de leurs creux ; les oiseaux s'élevoient dans les airs, et de jeunes mères quittoient leurs nids. Toutes ces images m'environnoient ; toutes me peignoient la vie qui recommençoit partout et qui s'éteignoit en moi. Je m'assis sur les marches de l'escalier qui donne sur le jardin ; les alouettes papillonnoient sur ma tête, et leur chant si gai, si joyeux, m'arracha des larmes : j'étois si foible, si oppressé ! ma poitrine sembloit être allumée, tandis que mon corps frissonnoit et que mes lèvres trembloient. J'essayai de reposer un moment, ce fut en vain. Je restai quelque temps couché sur ces marches que nous avions descendues si souvent ensemble. Enfin je me levai, et, passant près du salon où nous avions été la veille, je voulus emporter l'air qu'avoit chanté Valérie. Le jour étoit entièrement venu, et le duo si touchant de Roméo et Juliette tomba sous ma main. Tout devoit donc se réunir pour enfoncer dans mon cœur ces scènes de douleur et de regret ! Et ce morceau de musique me ramena tout entier à la séparation qui m'étoit si affreuse. Il n'y avoit pas jusqu'au chant des alouettes qui ne me fît penser à ce moment déchirant où Roméo et Juliette se quittent. Je restai accablé d'une sombre douleur, et je me traînai chez moi, d'où je t'écris encore. Je n'ose te dire l'espoir caché de mon cœur ! Ignorera-t-elle

Valérie. 2 3

toujours ce que je souffre! Il me seroit si affreux qu'il ne restât sur la terre aucune trace de
ces douleurs! Au moins, en t'écrivant, je laisse un
monument qui vivra plus que moi. Tu garderas
mes lettres : qui sait si une circonstance, qu'aucun
de nous ne peut prévoir, ne les lui fera pas une
fois connoître? Mon ami, cette idée, quelque
invraisemblable qu'elle me paroisse, m'anime en
t'écrivant, et m'empêche de succomber sous le
poids de la fatigue et du chagrin qui me consume.

LETTRE XLIII

De la chartreuse de B., le...

C'est ici, c'est près d'une austère retraite, d'où
sont bannies les passions, les folles agitations de
ce monde, que j'ai voulu essayer de me reposer.
J'ai obtenu une chambre dans une maison d'où
l'on a la vue du couvent.

Je me sens plus calme, Ernest, depuis que j'ai
pris la résolution d'écarter de moi tout ce qui a
rapport à cet amour insensé. Je veux, s'il est possible, sauver les derniers jours de cette existence
si agitée; et, ne pouvant les passer dans le calme,
les remplir au moins de résignation.

Comme je me parois petit à moi-même, au milieu de cette enceinte consacrée aux plus sublimes

vertus ! Les pensées de l'amour me paroissent un délit, ici où tous les sens sont enchaînés ; où les plaisirs les plus permis dans le monde n'osent se montrer ; où l'âme, détachée des liens les plus naturels, ne se permet d'aimer que les plus austères devoirs.

Je viens de lire la vie d'un saint que j'ai trouvée dans une des armoires de ma chambre. Ce saint avoit été homme, il étoit resté homme : il avoit souffert ; il avoit jeté loin de lui les désirs de ce monde, après les avoir combattus avec courage. Il s'étoit fait dans son cœur une solitude où il vivoit avec Dieu. Il n'aimoit pas la vie, mais il n'appeloit pas la mort. Il avoit exilé de ses pensées toutes les images de sa jeunesse et élevé le repentir entre elles et ses années de solitude. Il croyoit entendre quelquefois les anges l'appeler, quand il marchoit, les nuits, les pieds nus dans les vastes cloîtres de son couvent. S'il eût osé, il eût désiré mourir. Il travailloit tous les jours à son tombeau, en pensant avec joie qu'il ne légueroit à la terre que sa poussière ; et il espéroit, mais en tremblant, que son âme iroit dans le Ciel. Il vivoit dans cette chartreuse en 1715 ; il mourut, ou plutôt il disparut, tant sa mort fut douce. On arrosa de larmes sa dépouille mortelle ; et chacun crut voir son existence attristée, parce que la douce sérénité, les regards consolans, la bienveillante bonté du père Jérôme, étoient enlevés à la terre.

Après cela, Ernest, n'avons-nous pas honte de parler de nos douleurs, de nos combats, de nos vertus?

Depuis longtemps je désirois voir cette chartreuse, cette pensée sévère de saint Bruno, confiée au mystère et au silence, qui est cachée comme un profond secret sur ces hauteurs. Là vivent des hommes qu'on nomme exaltés, mais qui font du bien tous les jours à d'autres hommes; qui changèrent un terrain inculte, le couvrirent d'industrie, d'ateliers utiles, et remplirent le silence des bénédictions du pauvre. Quelle idée sublime et touchante que celle des trois cents chartreux vivant de la vie la plus sainte, remplissant ces cloîtres si vastes, ne levant leurs mélancoliques regards que pour bénir ceux qu'ils rencontrent, peignant dans tous leurs mouvemens le calme le plus profond, disant avec leurs traits, avec leurs voix, que l'agitation ne frappe jamais, qu'ils ne vivent que pour ce Dieu si grand, oublié dans le monde, adoré dans leur désert! Oh! comme l'âme est émue! comme elle est pénétrante, la voix de la religion qui s'est réfugiée là, qui descend dans les torrens et frémit dans les cimes de la forêt; qui parle du haut de la roche escarpée, où l'on croit voir saint Bruno lui-même fondant sa chapelle et méditant sa sévère législation! Oh! qu'il connut bien le cœur de l'homme, qui se fatigue de délices et s'attache par les douleurs; qui veut plus que du plaisir, et cherche ces grandes, ces profondes

émotions qui émanent du sein de Dieu, et ra-
mènent l'homme tout entier dans les pensées de
l'éternité !

Il est impossible de décrire ce que j'éprouvois :
j'étois heureux de larmes, de profond recueille-
ment et d'humilité ; je me prosternai devant cet
être si grand qui appela ces scènes magnifiques de
la nature, imprima tour à tour aux formes du
monde la majesté et la riante douceur ; appela
aussi l'homme pour qu'il sentît et qu'il désirât
sentir davantage ; forma ces âmes ardentes et
tendres, et leur confia tous ces secrets ignorés des
hommes légers. « Que de voix, me disois-je, se sont
éteintes dans ces déserts ! Que de soupirs ont été
envoyés au delà de cet horizon borné ! là où
habite l'infini ! » Je voyois ces traits où siégeoit la
mélancolie, où l'espérance avoit survécu aux orages
pour répandre la sérénité ; je les voyois garder leur
tranquille expression au milieu des changemens
des saisons et de la nature ; ces mains flétries se
joignoient au pied de ces croix saintement placées dans la solitude. Là fléchissoient péniblement
des genoux affaissés par l'âge ; là couloient des
larmes que séchoit quelquefois le vent âpre du
sombre hiver ; ici un écho religieux murmuroit
les douleurs et les espérances du chrétien ; et plus
loin, sur ce rocher stérile, abandonné de la nature,
où tout est mort, où tout est froid comme le cœur
de l'incrédule, à travers ces ronces suspendues sur
le torrent, au milieu de ces hauteurs inanimées qui

ne voient rouler que de noirs orages ; là, peut-être,
le long, l'ineffaçable remords appeloit sa victime :
marquée par lui, elle ne pouvoit lui échapper ; elle
venoit, le front baissé, l'œil ombragé, le visage
sillonné, elle venoit, et son sein déchiré se brisoit
sur la pierre, et sa voix expirante disoit sourde-
ment à cette froide pierre quelques forfaits in-
connus.

Que j'ai vécu ici, Ernest ! combien j'y ai pensé !
J'ai vu hier un orage : le tonnerre, avec sa terrible
voix, parcourut toutes ces montagnes, se répéta,
gronda, éclata avec fureur ; les voûtes silencieuses
tremblèrent : je voyois le cimetière couvert de
noires ténèbres ; le ciel obscurci laissoit à peine
entrevoir tous ces tombeaux où dormoient tant de
morts. Je passai devant la chapelle où on les dé-
posoit avant de les enterrer, où se fermoit sur eux
le cercueil creusé par eux-mêmes : il me sembloit
que j'entendois ce chant mélancolique des religieux, ces saintes strophes qui les conduisoient à
la terre de l'oubli. J'aimois à tressaillir, et j'en-
voyois ma pensée en arrière. Au milieu de ces
scènes terribles et attendrissantes, le ciel se déga-
gea de ses sombres nuages ; le soleil reparut, et
visita, à travers les vitres antiques, cette chapelle
de la mort : les inscriptions du cimetière reparu-
rent à sa clarté, et les hautes herbes, affaissées par
la pluie, se relevèrent.

Un oiseau, fatigué par les vents, qui l'avoient
apparemment chassé jusque sur ces hauteurs, vint

s'abattre sur le cimetière. « Ainsi, pensai-je, peut-
être, dans la saison des fleurs, vient s'égarer quelquefois un rossignol : il cherche en vain une rose
jeune comme lui ou l'arbuste qui la porte; mais la
fleur de l'amour est exilée de ces lieux comme
l'amour lui-même : le chantre de la volupté vient
s'asseoir sur une tombe, et soupire sa tendresse sur
le territoire de la mort. Hélas! peut-être cette
pierre couvre-t-elle un cœur qui eut aussi un printemps; peut-être, avant d'avoir servi ce Dieu qui
remplit son âme du saint effroi du monde, l'adora-
t-il comme le Dieu qui créa l'amour et le donna à
la terre; mais bientôt, comme l'oiseau battu par
les vents, battu par l'orage des passions, il est venu
se réfugier sur ces hauteurs; et, fatigué de la vie,
il a voulu commencer l'éternité en oubliant tout
ce qui tenoit au monde. »

Ernest, Ernest! il n'est aucun endroit sur la terre
inaccessible à cette funeste passion; ici, ici même,
où tout la réprouve, où tout devroit l'épouvanter,
elle sait encore trouver ses victimes et les traîner à
travers tous ses supplices. En vain la nature sévère
veut-elle effrayer l'amour et le repousser par sa
sauvage âpreté; en vain la religion menaçante
élève-t-elle partout de saintes barrières, appelle-
t-elle la pénitence, le jeûne, les images du trépas,
les tourmens de l'enfer; en vain les tombeaux par-
lent et s'ouvrent de tous côtés; en vain la pierre
insensible est-elle animée du pieux verset qui montre
à l'homme la longue récompense de la vertu : ce

passager d'un moment ne sait pas triompher de lui ;
il est encore atteint ici même par ce terrible ascendant ; il partage ici même sa fugitive existence
entre d'inutiles remords et de vaines résolutions ;
il dispute à la mort, à la sombre nature, à son corps
flétri d'abstinences, à la menaçante éternité, il dispute un sentiment à la fois délice et fléau de sa vie ;
il jette un long et douloureux regard sur de funestes
erreurs ; il tressaille, se trouble et garde de son souvenir une coupable volupté qu'il aime encore, qu'il
nourrit dans son sein.

Écoute, Ernest, et frémis. Hier je me promenois, ou plutôt je parcourois d'un pas inégal les
environs de la chartreuse : la lune enveloppoit
d'un crêpe mélancolique et le couvent, et les arbres, et le cimetière ; l'orfraie seule interrompoit de
son cri sinistre la tranquillité de la nuit. Une croix
s'est présentée à ma vue ; elle étoit sur une hau-
teur que j'ai gravie. Je me suis assis ; j'ai regardé
longtemps le ciel et l'étoile du soir, que j'avois vue
si souvent de la maison que j'habitois avec Valérie.

Des gémissemens m'ont frappé ; je me suis levé ;
j'ai vu près de la croix, et à moitié caché par un
arbre, un religieux le visage couché contre terre.
Sa voix plaintive, ses accens déchirans, n'osoient
peut-être monter vers le séjour de la paix ; la terre
les engloutissoit. Mon cœur a tressailli ; j'ai cru
reconnoître des maux trop bien connus. Je n'ai osé
l'interrompre, mais j'ai pleuré sur lui en m'oubliant
moi-même.

Son long silence m'a effrayé. J'ai osé l'approcher; je l'ai soulevé. La lune éclairoit son visage pâle, ses traits flétris étoient encore jeunes, sa voix l'étoit aussi. Il m'a d'abord considéré comme s'il sortoit d'un rêve; puis il m'a dit : « Qui es-tu? souffres-tu aussi? » Je l'ai pressé contre mon sein, et mes larmes sont tombées sur ses joues arides. « Tu pleures, a-t-il dit, tu es sensible. Je te remercie », a-t-il ajouté d'une voix tranquille. Son regard m'a effrayé; ses gestes, son agitation, me frappoient, et contrastoient avec sa voix, qui paroissoit étrangère à son âme, et qui sembloit s'être séparée de sa douleur.

Je lui ai demandé qui il étoit. « Qui je suis?... » a-t-il dit, en paroissant vouloir se rappeler quelque chose. Puis il m'a montré son habit : « Je suis un infortuné! mon histoire est courte. Je suis Félix. On m'avoit donné ce nom, on se plaisoit à croire que je serois heureux : c'étoit en Espagne qu'on croyoit cela; mais, dit-il en secouant la tête et respirant péniblement, on s'est trompé. Le bonheur n'a pu demeurer là; les méchans m'ont tué là! » Et il frappa son cœur d'une manière qui me déchira. « Quel mal, dis-je, vous a-t-on donc fait?— Oh! dit-il, il ne faut pas en parler; il faut oublier ici, me dit-il en regardant la croix et joignant ses mains, il faut tout oublier ici, car il faut pardonner. » Il a voulu s'en aller, je l'ai retenu. « Que veux-tu de moi? a-t-il dit. Il est tard, et, quand le matin viendra, il faut que j'aille au chœur, et avant ne

faut-il pas que je dorme? Tu ne sais pas qu'alors
je suis quelquefois heureux, oh! bien heureux! Je
vois alors les plaines de Valence, des haies de
fleurs de grenades... Mais ce n'est pas tout, me
dit-il, ce n'est pas mon plus grand bonheur (et il
se pencha vers mon oreille). Je n'ose te parler de
Laure... (il frissonna). Elle n'est pas morte dans
mes rêves, mais quand je veille elle est morte!...»
Il jeta un cri déchirant et se tut.

O Ernest! je ne me plaignis plus; ma douleur
s'arrêta devant une douleur mille fois plus terrible.
« Tu vis! m'écriai-je; tu vis, Valérie! O Ciel!
conserve-la; conserve aussi ma raison pour te bénir! » Et puis, me retournant vers le malheureux
Félix, je le serrai dans mes bras; muet par l'excès
de la pitié, je ne trouvai aucun son, aucune parole
digne de son malheur. « Ne dis à personne, je t'en
prie, que je t'ai parlé de Laure, ici c'est un grand
péché; j'ai voulu l'expier tous les jours, mais j'aime
malgré moi; et, quand je veux penser au Ciel, au
paradis, je pense que Laure y est; et, quand je
viens ici la nuit, car depuis que je suis... tu sais
bien comment, dit-il en montrant sa tête, on me
permet tout. Je sors du couvent par cette petite
porte, j'ai une clef : car je crains de troubler les
frères dans leur sommeil; je pleure, c'est un scan-
dale... Eh bien! qu'est-ce que je voulois te dire?
— Quand vous veniez ici la nuit, Félix, disiez-
vous... — Eh bien! oui, la nuit; le vent, les arbres, cette eau qui roule, tout semble me dire

son nom. Il me semble que tout seroit beau si elle
étoit là : je la presserois contre mon sein qui brûle ;
elle n'auroit pas froid, et le feuillage nous cache-
roit le couvent : car je n'oserois l'aimer au milieu
du couvent, j'ai tant promis au pied des autels
de l'oublier ! Mais, dit-il en soupirant longuement,
je ne peux pas. — Tu ne peux pas ! » répétai-je,
et je soupirai.

Une sueur froide inondoit mon corps ; j'ajoutai
son malheur au mien : j'étois anéanti. « Écoute,
me dit-il, ne te fais pas chartreux, va-t'en bien
loin, va en Espagne ; mais n'aime pas. La religion
a raison de défendre d'aimer ainsi un seul objet
plus que le Ciel, plus que la vie, plus que tout.
Adieu, me dit-il, n'aime pas : si tu savois comme
on est malheureux ! On me l'avoit bien dit quand
il en étoit temps, et je n'ai rien écouté. »

Je ne sais plus ce qu'il me dit, ma tête se troubla ;
je sais qu'il rentra dans son couvent, que le matin
me trouva encore au pied de la croix, que mon
hôte me dit que le frère Félix étoit aimé de tout le
couvent, qu'il ne faisoit du mal à personne, que
le supérieur, homme doux et excellent, lui permet
de se promener la nuit depuis qu'il a perdu la
raison, et qu'il l'a perdue parce qu'une jeune Es-
pagnole qu'il aimoit est morte. Sa mélancolie
l'avoit jeté dans cette retraite, ne pouvant obtenir
Laure que ses parens forcèrent à se faire religieuse ;
il a appris qu'elle n'existoit plus, et sa raison s'est
entièrement égarée

Je pars, Ernest, ce séjour ne me convient plus :
le malheureux Félix se montre partout à moi.

––––––

LETTRE XLIV

De la Pietra-Mala, le...

Je t'écris, quoique je sois si foible, mon ami,
que je puis à peine me soutenir. Je viens de passer
dix heures au lit, mais sans que cela m'ait donné
plus de force ; la fièvre m'a repris, je souffre beaucoup de la poitrine. J'arrivai ici au milieu des Apen-
nins, hier dans la journée. Le site de Pietra-Mala
est presque sauvage. Ce bourg est caché dans des
gorges de montagnes ; mais j'aime ce lieu, qui paroît oublié du monde entier. J'y suis depuis peu
de temps, et déjà j'y ai vu de bonnes gens. Ernest,
je resterai ici quelques jours, peut-être quelques
semaines. Eh ! n'est-il pas indifférent en quels lieux
je traîne des jours que Valérie ne voit plus, pourvu
que je sois loin d'elle, et que je n'outrage plus le
comte par cet amour que je dois cacher ? Ici, du
moins, je serai libre ; mes regards, ma voix, ma
solitude, tout sera à moi ; personne ne m'obser-
vera... Malheureux ! quel triste privilège tu ré-
clames ! quel triste bonheur te reste ! O Valérie ! je
ne verrai donc plus ta pitié ? Elle étoit si tendre !
si bonne !

A six heures du soir.

J'ai été quelques heures sans fièvre; je me suis promené lentement; je respirois avec plus de liberté : l'air est si pur dans ces montagnes! J'ai été voir une petite maison qui appartient à mon hôte, et qui me plaît beaucoup. Un torrent, destructeur comme la passion qui me dévore, a renversé près de la maison de hauts pins et de vieux érables; ces arbres déracinés du rivage opposé se rencontrent dans leur chute, et semblent se rapprocher pour former sur le torrent un pont, sous lequel passe une écume blanche qui s'élève au-dessus de ses eaux tourmentées. Je me suis arrêté au bord de ce torrent, et j'ai regardé quelques corneilles qui passoient les unes après les autres sur ces arbres renversés, et dont les cris lugubres convenoient à l'état de mon âme.

JOURNAL DE GUSTAVE

De la Pietra-Mala, le...

Ernest, je commence pour toi ce journal ; mais, quand je souffre, je ne peux t'écrire que quelques lignes. Cette maison que j'habite actuellement me convient beaucoup. Je m'applaudis bien de m'être arrêté ici ; j'y resterai jusqu'à ce que je sois mieux... Mieux ! ah ! ne t'abuse pas... Mais que ferois-je à Pise ? Pourrois-je échapper à ces regards d'une multitude oisive, qui, toujours occupée de ses plaisirs, est encore avide de pénétrer chaque secret, et ne pardonne pas qu'on se sépare d'elle ?

Ici, la nature semble me plaindre et s'attendrir sur moi. Elle me recevra dans son sein ; et, fidèle amie, elle gardera mes tristes secrets. Pourquoi donc tant me tourmenter du lieu où je passerai

quelques jours ! Errant comme Œdipe, je ne cherche comme lui qu'un tombeau : il faut si peu de
place pour cela !

––––––

Mon séjour ici convient à mon funeste état ; ce
lieu mélancolique et sauvage est fait pour l'amour
malheureux. Je reste des heures entières au bord
de ce torrent ; je gravis péniblement une montagne d'où la vue se porte sur la Lombardie ; et,
quand je crois avoir aperçu dans le lointain cet
horizon qui couvre Venise, il me semble alors que
j'ai obtenu une faveur du Ciel.

––––––

J'ai avec moi quelques auteurs favoris ; j'ai les
odes de Klopstock, Gray, Racine ; je lis peu, mais
ils me font rêver au delà de la vie, et ils m'en-
lèvent ainsi à cette terre où il me manque Valérie.

––––––

Il y a ici un jeune homme, parent de mon hôte,
qui joue bien du piano. Aujourd'hui, j'ai entendu
cet air que sa voix a gravé dans mon cœur, cet air
qui la fit pleurer sur le malheureux Gustave. Ne
me plains pas, Ernest ; la douleur sans remords
porte en soi une mélancolie qui a pour elle des
larmes qui ne sont pas sans volupté.

––––––

J'ai passé le bourg, et j'ai été me promener sur le grand chemin. J'ai rencontré un pauvre matelot en habit de pèlerin. Cet homme, pour apaiser sa conscience, avoit fait vœu d'aller à Lorette. Il avoit eu, dans sa jeunesse, la passion de la mer, et, comme Robinson, il avoit quitté ses parens malgré leur défense. Il me fit un tableau touchant de ses chagrins, et cela avec une vérité qu'on ne pouvoit méconnoître. Il me dit comment, après avoir obtenu une place sur un vaisseau qui alloit aux Indes, au milieu des délices que lui faisoit éprouver son voyage, il s'étoit réveillé la nuit, croyant voir sa mère en rêve, qui lui reprochoit son départ; qu'alors il avoit couru sur le tillac, et qu'il lui avoit semblé que les vagues se plaignoient, comme si la voix de sa mère arrivoit à lui; et, quand il s'élevoit une tempête, il ne pouvoit travailler, tremblant de toutes ses forces, et pensant qu'il périroit peut-être chargé de la malédiction de ses parens. C'est alors qu'il avoit promis au Ciel que, s'il pouvoit revoir sa mère, obtenir son pardon, il feroit un pèlerinage à Lorette. Puis il poursuivit, et me dit que pendant dix ans il n'avoit pu revenir dans sa patrie; qu'enfin il avoit vu la rade de Gênes, qu'il avoit cru mourir de joie en revoyant cette terre qu'il avoit brûlé de quitter. Ernest, comme voilà bien tout l'homme! ses désirs, ses inquiétudes, ses fautes, et puis cette inévitable douleur appelée remords, qui le ramène à la vérité. Voilà comment il faut qu'il achète l'expérience; il n'en voudroit pas autrement; il faut qu'elle soit payée pour qu'elle lui appartienne bien.

Ce pauvre matelot! pendant qu'il me parloit, je l'avois plaint sincèrement; mais j'avois souri de pitié en le voyant mettre son pèlerinage au rang de ses meilleures actions. Et puis je me repris moi-même de mon orgueil, et je me dis : « Les hommes sont si petits, et pourtant ils rejettent tant de choses comme au-dessous d'eux! Dieu est si grand, et rien ne se perd devant lui! Chaque mouvement, chaque pensée vertueuse même vient s'épanouir devant ses regards; il a compté chaque intention, chaque sentiment louable de sa créature, comme chaque battement de son cœur; il dit à la vie de s'arrêter, et au bien de croître et de prospérer dans les siècles. O Dieu de miséricorde! pensois-je, tu comptes aussi les pas du pauvre matelot, que la piété filiale fait cheminer à travers les ronces de l'Apennin et sous le ciel brûlant de sa patrie. »

––––––

Quand je regarde dans le vallon solitaire une timide fleur qui meurt avec ses parfums et qui n'a point été vue; quand j'entends le chant rare de l'oiseau solitaire qui meurt et ne laisse point de traces; que je pense que je puis mourir comme eux, c'est alors que je suis bien malheureux! Une

Valérie. 25

douloureuse inquiétude, un besoin d'être pleuré par elle vient me saisir. J'entends quelquefois le cri des pâtres qui rassemblent les chèvres sur les montagnes, et les comptent; j'en entendis un l'autre jour se lamenter, parce que sa chèvre favorite lui manquait et qu'il craignait qu'elle ne fût tombée dans le précipice, et je pensois que bientôt ceux qui m'aimoient, en comptant les félicités de leur vie, diroient avec un soupir : « Ce pauvre Gustave! il nous manque, il est tombé dans la profonde nuit de la mort! »

Je ne suis pas toujours aussi malheureux que tu pourrois le croire; j'ai besoin de te consoler, mon Ernest; il me semble sentir les larmes que je te fais verser. Chaque moment ne tombe pas tristement sur mon cœur; souvent il y a des repos, des intervalles, où une espèce d'attendrissement, une vague rêverie, qui n'est pas sans charme, vient me bercer...

Quel est donc ce fonds intarissable de bonheur qui se trouve dans l'homme dont le cœur est resté près de la nature? Quel est ce souffle incompréhensible et ravissant qui, sublimement confondu avec l'instinct moral et les mystères de nos grandes destinées, nous donne ces vagues et douces inquiétudes; ce besoin du bonheur qui, dans la jeunesse, en tient quelquefois lieu; enfin, cet inconcevable enchantement qui ne tient à rien de positif, et qui ne peut être banni par le malheur même?

———

Je me promène dans ces montagnes parfumées par la lavande et le chèvrefeuille, et je me dis : « Dans ses retraites les plus cachées, dans ses asiles les plus inabordables, la nature, encore élégante, toujours belle, se pare pour le bonheur et pour l'amour; des millions de créatures ont vécu et vivent encore sur ces feuilles tendres et veloutées, et sentiront les innombrables voluptés que donnent la vie et l'amour réunis; et si l'homme, superbe favori de la puissance qui l'appela à la lumière; si l'homme fier et sensible pénètre ici, beau de jeunesse, heureux d'amour, dans la pompe des espérances, dans l'ivresse des désirs permis, oh! quel paradis il rencontre! son cœur battra à la fois de toutes les émotions; ses regards s'élèveront avec une douce fierté vers le firmament, et s'abaisseront avec extase sur sa compagne. Puissance du Ciel! que réservez-vous donc à vos élus? »

———

Je suis retourné dans ces mêmes lieux, Ernest; j'y suis retourné : j'ai vu un jeune homme qui me paroissoit transporté de bonheur. Près de lui étoit une jeune personne svelte, jolie; une de ses mains

étoit sur l'épaule du jeune homme; tous deux
étoient simplement, mais élégamment vêtus. Je les
regardois, placé derrière un buisson; j'étois descendu par un sentier qui m'est connu, et il me
sembloit que je faisois le songe de mes pensées
d'hier. Ils parloient, mais je ne les entendois pas.
Ils se sont promenés, ils se sont assis; il sembloit
qu'ils venoient annoncer une époque de félicité à
ces lieux, qu'ils doivent connoître et aimer beaucoup. Ils ont élevé ensemble leurs mains vers le
ciel, ils ont essuyé des larmes, ils se sont embrassés.
Ah! l'innocence seule aime ainsi! Il y avoit du
calme des anges au milieu de leurs transports.
Jamais je n'embrasserai ainsi la beauté idolâtrée,
la femme choisie pour moi par la passion et le
malheur; je le pensois. O Valérie! si mes lèvres,
flétries par une consumante ardeur, osoient approcher des tiennes; si ces larmes rares, passionnées, qui contiennent mes longues douleurs,
étoient changées en larmes voluptueuses et tomboient sur tes paupières; si nos cœurs, l'un sur
l'autre, se répondoient tumultueusement, je le
sens, en expirant de félicité, le cri du désespoir
se mêleroit à la voix des délices, et la hideuse
figure du crime se placeroit auprès de la vision des
anges!

Il n'est donc pas possible, il n'est aucun moyen
d'arriver à cette félicité révélée à mon imagination
seule, à la félicité innocente!... « Hélas! un moment, un seul moment, Dieu tout-puissant! disois-

je, toi auquel rien n'est impossible, et je rendrois
ensuite goutte à goutte ce sang qui menace de
briser mes veines, où les flammes du désir courent
et me consument ! »

Ernest, j'étois tombé à genoux; mes cheveux
étoient trempés de sueur, une oppression affreuse
fatiguoit mon sein; un froid mortel roidissoit mes
bras. J'ai voulu me lever; mais, accablé de foiblesse,
je suis retombé, et je me suis couché le visage contre
terre, cherchant à me calmer. Je te l'avoue, un
instant j'avois espéré que j'allois expirer : je hu-
mois l'humidité de la terre, qu'une pluie légère
venoit de rafraîchir; et cette odeur, si délicieuse
ordinairement, n'excitoit en moi que de sinistres
pressentimens. Cependant, mes lèvres et ma poitrine desséchées cherchoient à se rafraîchir; et
l'instinct de la vie agissoit, sans que je m'en aper-
çusse, au moment même où j'appelois, où je désirois
la mort. Dans cet instant, les amans mêloient leurs
voix et chantoient un de ces airs tendres qui sont
si facilement répétés en Italie. Je les écoutois en
fermant les yeux, et en voulant me livrer à cette
espèce de distraction qui s'offroit au milieu de mes
tourmens. Cette musique, chantée par des voix
heureuses, me soulagea; je pus me lever. Je les
vis s'avancer vers moi; j'en fus frappé, quoique je
désirasse les voir de plus près. « Non, non, me
dis-je, le bonheur aussi est une chose sacrée : il
est si beau ce moment fugitif, ce ravissant éclair de
la vie, où tout est enchantement ! Je ne mêlerai

pas l'image de la mort, le deuil de mes traits flétris, à leur innocente et vive joie; ils reculeroient devant moi comme devant un pressentiment funeste; ils liroient le malheur de ma vie sur mon visage; et ma jeunesse, altérée, décomposée par la souffrance, leur diroit : « Voilà ce que fait l'amour! »

Je me cachai dans d'épaisses broussailles, ils passèrent. J'allai lentement sur la place où ils avoient été assis; et, mêlant ma mélancolie aux scènes de leur bonheur, je regardai longtemps cette place abandonnée maintenant à la méditation, et je pensai à ce tableau du Poussin, où de jeunes amans, dans l'ivresse du bonheur, foulent aux pieds des tombeaux qui bientôt les engloutiront eux-mêmes.

———

J'ai appris que les jeunes gens que j'avois vus si heureux s'étoient mariés hier. Ernest, je te l'avois bien dit, c'étoit de cet amour qui fait vivre.

———

Aujourd'hui, je me suis levé avec le jour. J'avois éprouvé une si forte oppression que j'ai cru que l'air du matin m'aideroit à respirer. Il y a ici une colline couverte de hauts pins, au milieu desquels se trouve une fontaine : plusieurs enfans s'y étoient rassemblés. Je cherchois à ne pas troubler leurs jeux. L'insomnie de la nuit m'avoit fatigué, je me suis endormi. Il m'a semblé voir un sentier dans ce même bois, et Valérie s'avancer vers moi. Mon âme étoit ravie; mais je me sentois retenu à cette place. Les vents frais et légers se disputoient son voile blanc; le lierre paroissoit vouloir enlacer son pied délicat. Déjà elle étoit près de la fontaine : elle a soulevé un des enfans, elle l'a embrassé. J'ai fait un effort pour voler à elle; je me suis éveillé, et j'ai vu que ce n'étoit qu'un songe ; mais mon sang étoit rafraîchi, des larmes de bonheur étoient encore sur mes paupières humides. J'ai été prendre le plus jeune des enfans, et, ne pouvant respirer le souffle de Valérie, j'aurois voulu respirer quelque chose de la tranquillité de cet enfant. Qu'ils sont beaux, ces êtres qui n'ont rien deviné! Que j'aime ces yeux où dort encore l'avenir avec ses tristes inquiétudes; ces yeux qui vous regardent sans vous comprendre, et qui vous disent pourtant qu'ils vous veulent du bien !

Il faut que je revienne souvent à cette colline, que j'habitue ces enfans à y revenir, que j'obtienne une place qui sera à moi, et près de laquelle ils viendront jouer en disant : « Notre ami étoit là ; comme nous aimions à le voir avant qu'il soit disparu ! »

Je me suis regardé dans la fontaine, je ne sais comment, et j'ai été saisi de ma pâleur, de mon air de souffrance. Il est bizarre que la maladie ne m'effraye pas, et que ses effets me fassent reculer d'effroi. Je tousse beaucoup; ma dernière crise a épuisé le reste de mes forces. Je n'ai qu'un regret, bon Ernest, c'est de ne pouvoir te dire, avec ces regards qui sont des paroles, avec ces accens qui n'appartiennent qu'à la plus tendre amitié, que tu m'es bien cher! Cher!... que cette expression est foible pour tant de dettes!

Adieu, Ernest. Que ce mot me frappe! Il me semble que je quitte la vie par ce mot!... J'avois pensé si souvent à la mort, et le repos m'avoit paru bien doux! Nous nous reverrons, ami bien-aimé, ami digne de ce nom, premier bonheur de ma vie, avant que je connusse celle pour qui je ne puis vivre, pour qui je meurs!

Erich te fera parvenir ce journal avec d'autres papiers. J'y joins une lettre pour Valérie; je n'ose la lui envoyer. Tu la liras, Ernest; et, si un jour tu crois qu'elle puisse la voir, je te devrai plus que tout ce que tu fis déjà pour moi. Cette idée adoucit ma mort. Vis heureux, mon Ernest!

LETTRE XLV

GUSTAVE A VALÉRIE

E vais donc encore une fois vous parler, Valérie! mais ce n'est plus d'un autre amour; je ne puis plus vous tromper. Vous ne me refuserez pas votre pitié; vous me lirez sans colère. Songez que, déjà étendu dans le cercueil par la douleur qui me tue, je me relève encore une fois pour vous dire un long adieu. Est-ce en quittant la vie, est-ce blessé d'un trait mortel, qu'on peut songer à altérer la vérité, à faire mentir le dernier accent de la voix? Cette voix vous dit enfin que c'est vous que j'aimai... Ah! ne détournez pas de moi ces yeux auxquels fut confiée l'expression de toutes les vertus; plai-gnez-moi! J'ai souffert tous les tourmens, j'ai épuisé toutes les douleurs, pour expier mon cruel égarement; j'ai combattu jusqu'à la mort cette passion que tout réprouve; et maintenant encore elle est là pour me suivre dans cette lugubre demeure qui épouvante l'amour ordinaire. O Va-lérie! vous ne pouvez plus me la défendre!

Ne me plaignez pas. Vous pleurerez sur moi,

26

n'est-ce pas, femme généreuse, angélique bonté,
vous pleurerez sur moi? Non, je ne voudrois pas
ne pas vous avoir aimée. Ah! pardonne, Valérie,
pardonne! ton innocence me fut toujours sacrée,
je l'aimois comme ta vie. Si j'ai osé rêver quelquefois à une félicité trop grande pour la terre, c'étoit
en pensant à ce temps où vous étiez libre, où vos
regards auroient pu tomber sur moi; mais jamais,
non, jamais je ne désirerai un bonheur qui eût été
enlevé au plus généreux des hommes. Valérie, je
l'ai vu aimé de vous, j'ai vu votre bonheur, et j'ai
éprouvé tous les remords du crime. Valérie, ai-je
assez souffert?...

Mais je ne suis pas indigne de toi, beauté angélique! Non, non; cette passion pouvoit m'être
défendue et m'élever pourtant. Que de fois, forcé
de paroître au milieu d'un monde que je fuyois,
j'ai vu tomber sur moi les regards d'une insultante
pitié! On me plaignoit comme un insensé indigne
des plaisirs de la terre, puisqu'il ne les recherchoit
pas. Ces hommes, qui regardent comme chiméri-
que le bonheur composé de sentimens purs, me
vôyoient comme un triste reproche qui importune :
ils m'auroient pardonné des vices, ils ne me par-
donnoient pas de ne point attacher de prix à ce
qu'ils apprécioient tant. La fortune, la naissance,
ces dons si splendides selon eux, leur paroissoient
tout. O Valérie! que j'eusse été indigent avec
tous ces biens, sans ce cœur créé pour d'inépui-
sables félicités, et que l'amour a détruit! Que de

fois, solitaire et rentrant dans ce cœur, je me trouvois plus heureux, au sein de la souffrance, que ceux qui ne savoient rien se défendre et ne jouissoient de rien, qui poursuivoient chaque plaisir, et le voyoient s'évanouir en l'atteignant! O Valérie! je sentois alors avec orgueil les battemens de ce cœur qui savoit si bien t'aimer!

Valérie, j'eusse dû te fuir; je me suis préparé moi-même ces maux sous lesquels je succombe maintenant. Mais, si je n'ai pu t'arracher ces jours que l'amour a dévorés, si j'ai offensé ce Dieu qui te créa à son image, prie pour moi; prononce quelquefois au pied des autels, ou dans la vaste enceinte de cette nature que tu aimes, prononce le nom de Gustave, dont la raison fut égarée par tes charmes et tes vertus.

Surtout, femme céleste! ne te reproche rien; ne crois pas que tu eusses pu me faire éviter cette passion funeste. Je connois ton âme si délicate et si sensible, qui se crée des tourmens qui prouvent sa perfection; ne te reproche rien. Je t'aimois comme je respirois, sans me rendre compte de ce que je faisois. Tu étois la vie de mon âme : longtemps elle avoit langui après toi; et, en te voyant, je ne vis que ta ressemblance, je ne vis que cette image que j'avois portée dans mon cœur, vue dans mes rêves, aperçue dans toutes les scènes de la nature, dans toutes les créations de ma jeune et brûlante imagination. Je t'aimai *sans mesure*, Valérie, tes attraits me consumèrent, et l'amour me sépara des jours de l'adolescence, comme un violent orage sépare quelquefois les saisons.

Adieu, Valérie, adieu! *Mes derniers regards se tourneront vers la Lombardie.* Peut-être tressailliras-tu; peut-être tes pieds fouleront-ils un jour la terre qui couvrira ce sein si agité. Il n'y aura pas de fleurs comme sur le tombeau d'Adolphe, elles sont pour l'innocence; mais, dans la cime des hauts pins, le vent murmurera comme les vagues de la mer près de Lido, et de mélancoliques accens descendront des montagnes, se mêleront aux souvenirs de Lido, et ta voix confondra le nom de Gustave et celui de ton Adolphe, et tu croiras le voir près de moi, et tes bras s'étendront vers nous. Oh! laisse-moi la touchante volupté de tes regrets! Adieu, ma Valérie! tu es mienne par la toute-puissance de ce *sentiment* qu'aucun être n'a pu éprouver comme moi. Adieu : mon cœur bat et s'arrête tour à tour. Vivez heureux tous deux : je meurs en vous aimant.

LETTRE XLVI

ERNEST AU COMTE DE M...

Dans la terrible anxiété que j'éprouve, la seule idée qui me calme, c'est de penser que ma lettre pourra encore vous parvenir à temps, et que la même amitié qui embellit les jours du père de Gustave veillera sur cet infortuné, et l'arrachera à l'abîme creusé par lui-même, et qui doit infailliblement l'engloutir. Oh! Monsieur le comte, ce que je souffre est inexprimable en pensant aux maux de Gustave, du premier et du plus cher de mes amis! Je tremble quelquefois qu'il ne soit trop tard pour le sauver; je tombe alors dans un égarement de douleur qui me trouble et m'ôte la faculté de penser. Ma lettre ne se ressent que trop du désordre de mes idées! Je viens d'en recevoir plusieurs à la fois de Gustave; elles avoient été retardées par le Sund. Je n'y vois que trop le funeste état de mon ami! Il a quitté Venise. Je ne m'aveugle ni sur sa douleur ni sur sa santé, et je suis bien malheureux. Pourquoi ne vous ai-je pas écrit plus tôt? pourquoi, connoissant votre âme généreuse, ai-je craint de manquer à la délicatesse, à l'amitié, et ai-je exposé les jours du meilleur, du plus aimable des hommes? Je ne sais ce que j'écris. Lisez, lisez les lettres de Gustave. Je vous expédie un de mes parens sur lequel je puis compter; il va sans s'arrêter à Venise : il vous remettra plusieurs de ces lettres; elles vous peindront son funeste état ; elles vous montreront cette âme sublime et tendre, qu'une passion terrible frappa malgré tous ses efforts et tous ses combats. Quand vous les aurez lues, je serai plus tranquille. Eh! que pourrois-je vous demander que votre cœur ne vous ait déjà conseillé? Qui veillera avec

plus de tendresse sur cet infortuné que vous, qui
fûtes toujours pour lui un père tendre? Qui saura
mieux trouver ce qui lui convient que vous, dont
l'âme est aussi sensible qu'éclairée? Vous verrez
qu'une de ses peines les plus déchirantes vient de
vous avoir paru ingrat. Sa tête malade s'exagère
ses torts. Son affreuse situation le forçoit au
silence. Il souffre d'avoir eu contre lui toutes les
apparences de la méfiance, et d'avoir paru insensible à votre amitié ; il souffre de vous avoir offensé
par cet amour involontaire pour cet objet si
doux, si pur, si respecté, pour cette femme charmante, la récompense de vos vertus. Oh! Monsieur le comte, je voudrois vous montrer à la fois
tout ce qui peut rendre Gustave et plus excusable
et plus intéressant. J'oublie que vous l'aimez autant que moi. Que ne puis-je voler vers lui, vers
vous, homme généreux! Mais je suis retenu auprès
d'une mère trop malade pour que je songe à m'en
éloigner dans ce moment. Dès que son état ne
souffrira pas de mon absence, et j'espère que ce
sera bientôt, je partirai pour l'Italie. Puissé-je
retrouver Gustave! Je ne sais pourquoi de si noirs
pressentimens m'agitent quelquefois : rien alors ne
peut rendre ce que j'éprouve. Ah! je ne serai
tranquille que lorsque je l'aurai ramené ici; ici, où
tout lui rendra encore les souvenirs de l'enfance,
et où il respirera peut-être quelque chose du
calme de ses premières années!

Je finis ma lettre. Je n'ai pas besoin de vous

prier d'accueillir avec bonté le baron de Boysse, mon parent; c'est un jeune homme sûr et estimable.

Agréez, Monsieur le comte, les assurances de mon respect. Daignez excuser le désordre de ma lettre; c'est à votre âme que je l'adresse, et je n'y ai point observé les formes que me prescrivoient les convenances. Daignez me mettre aux pieds de Mme de M..., et me permettre de joindre au respect que je vous dois l'attachement le plus vrai.

J'ai l'honneur d'être, Monsieur le comte,

Votre très humble et obéissant serviteur,

ERNEST DE G.....

LETTRE XLVII

LE COMTE A ERNEST

Je ne perds pas un moment à vous répondre. Le baron de Boysse est arrivé, il m'a remis votre lettre et le paquet qui contient le récit des malheurs et des vertus de Gustave. L'infortuné! combien il a souffert! Mon cœur a été déchiré en lisant ces tristes lignes, en repassant tous ses jours de douleur. Oh! combien je me suis reproché ma fatale imprudence! Depuis que je connois la source de ses peines, mon affection semble s'être accrue

de mes injustices mêmes, et je tremble des dangers auxquels il est livré : car je connois mainte-
mant toute l'influence que doit avoir sur son
cœur une passion si violente. Je pars pour Pietra-
Mala. Nous avons appris indirectement que
Gustave s'y étoit arrêté. Il ne nous a point écrit
lui-même, et son silence commençoit à nous inquiéter. Nous fîmes la semaine passée, Valérie et
moi, une promenade à Lido. Vous connoissez le
mélancolique intérêt qui nous attache à ce lieu.
Le souvenir de notre jeune ami vint se mêler à nos
entretiens, et je vis Valérie extraordinairement
affectée. Quelques mots qui lui sont échappés ont
excité ma curiosité, et bientôt tout mon intérêt :
j'ai insisté pour qu'elle continuât de parler. Alors,
avec douleur et timidité, Valérie m'a peint le
funeste état de Gustave ; elle m'a dit qu'il étoit
causé par une passion terrible... « Une passion ! »
ai-je dit ; et la plus tendre pitié s'est emparée de
moi. « Et qui, qui, Valérie, a troublé la vie de
Gustave ? » Elle s'est jetée sur mon sein ; j'ai senti
ses larmes, j'ai tremblé ; un muet effroi a glacé
ma langue. « O mon ami ! il m'a toujours dit que
c'étoit en Suède qu'il aimoit. — Eh bien ! ai-je
dit, si c'est en Suède... » Elle ne m'a pas laissé
achever, et, avec un regard qui contenoit toute la
douleur d'une âme aussi bonne, elle a ajouté :
« Le silence est criminel, quand il peut être aussi
dangereux. Mon ami, je crains d'être la cause
innocente et malheureuse de l'état de Gustave. Je

n'en ai pas de certitude; mais j'ai des soupçons, j'en ai beaucoup. » Elle m'a embrassé. « O mon ami! qu'il a dû souffrir!..... lui qui est si sensible! De quels tourmens il a dû être déchiré, lui qui se reprochoit les moindres fautes! » Alors il m'a semblé qu'un voile épais tomboit de dessus mes yeux. Valérie m'a rendu compte de tout ce qui lui avoit donné ces soupçons, et, au nom de notre bonheur, elle m'a conjuré d'aller rejoindre cet infortuné et de m'occuper de lui.

Valérie m'a dit avec quelle vertueuse adresse Gustave avoit su lui faire accroire qu'il aimoit une femme en Suède, et que ce n'étoit qu'à la fin de son séjour qu'elle avoit cru s'apercevoir qu'elle étoit elle-même l'objet de cette passion, sans cependant en avoir une entière certitude; qu'elle avoit voulu dès lors m'en parler, persuadée que mon amitié pour Gustave m'auroit fait prendre de mon cœur les conseils qui convenoient à sa situation; mais qu'une extrême timidité l'avoit retenue. Il lui paroissoit si extraordinaire, ajouta-t-elle, d'avoir pu inspirer une passion, qu'elle n'avoit jamais osé me dire qu'elle le pensoit. Cette âme douce et modeste ignore tout son pouvoir, comme vous voyez, et se reproche actuellement d'avoir immolé son devoir à la crainte de paroître ridicule; cependant elle sent bien qu'il falloit laisser partir Gustave, et que l'absence est le véritable remède à ses maux.

Je voulois vous donner tous ces détails, à vous,

Valérie. 27

l'ami de Gustave, et le nôtre par conséquent. Ah !
pourquoi, en vous développant le caractère de
Valérie, en vous la montrant faisant mon bonheur,
et me découvrant à moi-même de nouvelles vertus,
pourquoi suis-je ramené à ces terribles circonstances qui me peignent le malheur de l'être que
j'aime le plus après elle !

Je pars dans deux jours. Je vous écrirai dès que
je serai à Pietra-Mala. Mon cœur s'agite dans de
sombres idées ; je ne sais pourquoi elles m'assail-
lent ainsi à présent. J'ai vu Gustave malade et
changé ; mais à vingt-deux ans, avec une constitution forte, on ne s'alarme point.

Qu'il me tarde de vous voir et de voir Gustave
avec vous, qui reçûtes les premiers élans de ce
cœur si bien fait pour l'amitié !

Agréez, Monsieur, les expressions de tous les
sentimens que vous inspirez ; et, si ma lettre
n'exprime pas tout ce que je voudrois vous dire,
dites-vous que, pour vous parler ainsi et de Gustave,
et de Valérie, et de moi-même, il falloit vous apprécier beaucoup, et, je puis dire, vous aimer.

J'ai l'honneur d'être, etc.

LETTRE XLVIII

LE COMTE DE M... A ERNEST

Pietra-Mala, le 28 novembre.

Nos cruels pressentimens n'étoient que trop fondés! le silence de Gustave tenoit à son funeste état. Depuis quinze jours une fièvre dévorante le consume; elle est accompagnée d'un délire qui vient tous les soirs à la même heure, et qui empêche le malade de prendre le moindre repos. Erich nous a écrit, et malheureusement cette lettre ne nous est pas parvenue.

Je suis arrivé le soir avant-hier, et je suis descendu à une petite auberge de ce bourg; de là je me suis rendu chez Gustave, où Erich m'a vu arriver avec bien de la joie. J'ai trouvé ce vieillard si changé que cela seul me peignoit déjà tout ce que notre ami avoit souffert. Mon cœur battoit avec violence en lui demandant où étoit Gustave. Il a haussé les épaules, et m'a dit : « Vous n'avez donc pas reçu ma lettre? — Non, répondis-je d'une voix altérée. Il est donc bien malade? ajoutai-je en me troublant de plus en plus. — Hélas! depuis quinze jours il est très mal, a-t-il répondu; et, dans ce moment, le délire est revenu comme tous les soirs. » J'ai craint qu'il ne me reconnût, et que cette surprise ne l'émût trop; mais le médecin, qui étoit présent, me dit que je pouvois entrer, et qu'il ne me reconnoîtroit pas. Comment vous rendre ce que j'ai éprouvé en m'avançant vers ce lit de douleur, en voyant cette physionomie si touchante décomposée par la souffrance? L'agitation la plus violente étoit dans ses traits, sa poitrine oppressée étoit découverte, et je frémis en voyant sa maigreur. Ses mains se plaçoient alternativement sur sa tête, où il paroissoit souffrir, et retomboient sur le lit. Il me regarda avec des yeux égarés, mais sans témoigner la moindre surprise. Je m'assis près de son lit et me laissai aller à ma douleur; elle fut extrême. Il est inutile de vous dire tout ce que j'éprouvai; vous devez le concevoir.

Le médecin m'a demandé lui-même de faire venir un de ses confrères de Bologne, qui n'est pas éloigné d'ici; il m'a indiqué un homme qui a de la réputation et qu'il connoît beaucoup. J'ai expédié sur-le-champ un exprès pour l'engager à se rendre auprès de nous.

Je vous quitte pour prendre un peu de repos. Je vous ai écrit de la chambre de Gustave. Je me suis entretenu longtemps avec Erich de son genre de vie ici; il m'a dit qu'il vous écrivoit tous les jours.

———

24 novembre.

Plaignez-moi, je souffre plus que jamais d'un accident qui augmente encore les reproches que je me fais et la douleur que j'éprouve. Je n'avois pas vu Gustave de toute la journée qui suivit la soirée de mon arrivée, et où son délire l'empêchoit de me reconnoître. Le médecin, craignant qu'il ne ressentît une émotion trop vive, m'avoit conseillé de laisser passer cette journée, où il étoit plus accablé qu'à l'ordinaire. Je passois tristement les heures à parcourir les environs de la demeure de Gustave ; je me disois : « Ici il a souffert, tandis que je m'occupois si foiblement de lui que je ne le croyois pas en danger, que je l'accusois de s'abandonner à une humeur sauvage et bizarre. O triste vérité, qu'on ne sauroit assez redire ! nous ne savons nous inquiéter que pour ce qui ne mérite pas nos soucis. Et moi, qui quelquefois osois me croire plus sage, n'ai-je pas cent fois songé à l'avancement de Gustave, à lui faire avoir une place plus importante ? Je pensois à son avenir, et je négligeois le moment d'où dépendoit peut-être toute sa destinée ! »

Voilà les tristes réflexions que je faisois en parcourant ces lieux solitaires, témoins des douleurs de Gustave. Je savois qu'il les avoit souvent visités ; je m'arrêtois aux lieux dont les sites me frappoient

le plus, et je me disois : « Ici il se sera arrêté
aussi ; ici peut-être cette âme si sensible aux beautés
de la nature aura-t-elle éprouvé un moment l'oubli
de sa fatigante douleur. »

Je rentrai vers le soir, et je profitai des momens
qui me restoient à passer loin de Gustave pour
écrire à Valérie avec tous les ménagemens possi-
bles pour ne pas trop l'effrayer sur la situation du
malade, et la préparer pourtant au danger dans
lequel il se trouve.

Le délire ne vint point comme à l'ordinaire ; à
sa place, il y eut un assoupissement qui procura
un repos qu'on pouvoit croire favorable au malade.
Il étoit dix heures du soir. Je m'assis derrière un
paravent d'où je pouvois l'observer sans en être vu.
Le médecin dit qu'il reviendroit à minuit pour le
veiller le reste de la nuit. Le pauvre Erich étant
très fatigué, je l'engageai à aller se reposer un
moment ; pour moi, je restai abîmé dans mes
tristes pensées. Le malade paroissoit dormir profondément. Fatigué de l'air vif des montagnes et
de ma course, je m'assoupis un moment. Je fus
tiré de ce léger sommeil par un bruit qui me réveilla : c'étoit une des portes de la chambre qu'on
avoit fermée avec violence. Je me lève : jugez de
mon étonnement en voyant que Gustave n'étoit
pas dans son lit. Épouvanté et convaincu que
c'étoit lui qui avoit jeté ainsi cette porte, et qui,
dans son délire, s'étoit échappé, je cours aussitôt
comme un insensé, le cherchant dans le corridor

voisin. Erich, réveillé comme moi par le bruit, me suit. Notre frayeur augmente en ne le trouvant pas. Enfin je vois une petite porte entr'ouverte qui donnoit sur le jardin ; je m'élance, appelant Gustave à grands cris. La lune éclairoit foiblement le jardin. J'entends quelques gémissemens ; je tressaille d'horreur et d'effroi : je m'avance vers une fontaine placée près d'un monument ; je trouve Gustave plongeant sa tête dans les eaux du bassin et se plaignant douloureusement. A peine l'eus-je pris dans mes bras qu'il s'évanouit. Moment affreux ! je crus qu'il étoit expiré. Le drap, qu'il avoit entraîné après lui, l'enveloppoit comme un linceul ; l'eau froide et presque glacée qui découloit de ses cheveux inondoit ma poitrine, sur laquelle sa tête étoit penchée ; l'horloge frappoit lentement minuit ; la lune, froide et silencieuse comme la mort, projetoit de longues ombres qui ressembloient à des fantômes ; et le chien, enchaîné dans sa loge, poussoit d'affreux hurlemens qui augmentoient encore l'effroi dont mon âme étoit saisie... Je rapporte ou plutôt je traîne Gustave, pouvant à peine me soutenir moi-même ; nous le mettons sur son lit. Le médecin arrive. Saisi d'un tremblement universel, ma main sur le cœur de l'infortuné, j'attendois l'espérance, je n'en avois plus ; j'invoquois un seul battement de son cœur pour en demander au Ciel un autre. « Que je puisse, me disois-je, que je puisse le serrer encore une fois dans mes bras, lui dire combien il m'est cher! » Enfin, des momens plus calmes succédèrent à ces momens de terreur, pendant lesquels je me reprochois jusqu'à ce sommeil involontaire qui avoit permis à Gustave de sortir de son lit. Le pouls s'établit, ses yeux s'ouvrirent. D'abord il ne me reconnut pas. Il étoit appuyé sur mon sein; je soutenois sa tête. Il demanda ce qui s'étoit passé : le médecin lui dit que, dans un accès de délire, il s'étoit échappé de sa chambre. Il ne se rappeloit rien. Il demanda du thé.

Pendant qu'on lui en préparoit, le médecin me dit à l'oreille de m'éloigner. Je voulus poser sa tête sur l'oreiller; mais, sans rien dire, il me retint par la main pour ne pas changer de position : je restai. On avoit éloigné les lumières; le plus profond silence régnoit autour de nous. Il soupira profondément; je le pressai contre mon cœur, et soupirai aussi : il ne parut pas s'en apercevoir, et prononça à voix basse le nom de Valérie. « Valérie! » répétai-je avec émotion, et des larmes tombèrent de mes yeux sur son visage. Alors il se tourna vers moi, et, pressant foiblement ma main : « Qui êtes-vous, dit-il, vous qui me plaignez? — O mon fils! mon ami! lui dis-je, ne me reconnoissez-vous pas? Est-il sur la terre quelqu'un qui vous aime davantage? »

A ces mots, aux accens de ma voix, que je ne contraignois plus, il me reconnoît, il se dégage de mes bras avec une vivacité incroyable; et, laissant tomber sa tête sur l'oreiller, il couvre son

visage de ses mains, et dit : « Malheureux Gustave ! »

Je l'embrasse en l'inondant de mes larmes.
« Vous m'aimez donc encore? dit-il. Ah! ne
m'est-il rien échappé? N'ai-je pas eu un long
délire? Comment êtes-vous ici, vous, me dit-il
d'un accent déchirant, vous, époux de Valérie?
— Cher Gustave! calmez-vous. Je sais tout, je
vous plains, je vous aime, je donnerois ma vie
pour vous. »

Alors, s'abandonnant à la tendresse et à la joie
même, il me dit qu'il mourroit content si je l'aimois encore; il me demanda ce que je voulois
dire en l'assurant que je savois tout. En vain je
voulus retarder une explication qui devoit trop
l'affecter; il fallut céder à ses instances, lui dire
que vous m'aviez écrit. Oh! comme il sut gré à
son cher Ernest de cette idée bienheureuse! Je
lui cachai que Valérie fût instruite; je lui dis
qu'elle le savoit malade, et qu'elle m'envoyoit. Il
leva les mains au ciel, mais sans parler. « Est-ce
un rêve? disoit-il, est-ce un rêve? Quoi! vous me
pardonnez! Vous savez mon funeste amour, et
vous me pardonnez! » Alors il voulut continuer et
me peindre ses combats, ses souffrances; je lui
prouvai que ses lettres mêmes m'avoient tout appris. Il se jeta sur mon sein. « Je meurs content,
répétoit-il, vous me pardonnez! » Cette explication, qui auroit dû alarmer par les émotions qu'elle
produisoit, ne lui fit que du bien; il parut soulagé

d'un poids terrible. Il prit avec plaisir le thé qu'on lui apporta.

Lorsque le délire fut entièrement passé, sa tête moins souffrante, sa poitrine moins oppressée, tout nous fit espérer un mieux considérable ; mais, hélas ! cette espérance s'évanouit bientôt : la fièvre reparut avec un affreux redoublement. L'impression de cette eau froide et de l'air de la nuit ne se manifesta que trop ; la toux devint si alarmante que nous craignions qu'il ne succombât dans les crises.

Voilà le récit de cette affreuse nuit d'hier. Il est si accablé aujourd'hui qu'il ne peut proférer une parole ; mais il me regarde souvent avec tendresse ; il met la main sur son cœur pour me montrer sa reconnoissance, et essaye de sourire. Oh ! qu'il me fait mal ! que je souffre !

―――

25 novembre.

Ce matin, je suis entré chez lui ; il avoit dormi une heure ; il étoit un peu mieux. Je me suis assis tristement sur son lit ; il a vu des larmes dans mes yeux. Je ne disois rien, je le regardois douloureusement. « Ne pleurez pas sur moi, a-t-il dit, mon digne ami ! Pourquoi ceux qui m'aiment s'affligeroient-ils ? N'ont-ils pas comme moi ces grandes idées qui s'attachent à un avenir immense ? Cette vie est-elle donc tout pour eux comme pour l'incrédule? Je sens que j'emporte avec moi ce qui fait vivre, même quand ces yeux seront fermés. (Et il ouvrit ses grands yeux noirs abattus par la douleur, et regarda le ciel.) Je meurs jeune, je l'ai toujours désiré; je meurs jeune, et j'ai beaucoup vécu. Mon père ! mon cher maître ! ajouta-t-il en me regardant avec un charme de mélancolie inexprimable, ne m'avez-vous pas souvent appris à user de la vie, et ne croyez-vous pas que, dans cet espace de vingt-deux années, j'ai eu des jours, des heures, qui valoient une longue existence ?» Il s'étoit recouché comme pour prendre haleine ; je l'entendois respirer avec peine, mais il cherchoit à me cacher son oppression. Erich avoit emporté la bougie qui blessoit la vue affoiblie de Gustave ; il restoit une petite lampe. « Elle va s'éteindre, dit-il vivement, empêchez-le ; il ne faut pas encore qu'elle s'éteigne.» Il soupira. Oh ! comme ce soupir me déchira ! « Le jour est encore loin, me dit-il, pour cacher apparemment ce qu'il avoit éprouvé; quelle heure est-il ? (Je fis sonner ma montre.) Cinq heures ? Je voudrois un peu dormir ; mais je sens que je ne le pourrai pas. O mon ami ! ajouta-t-il en s'appuyant sur son bras, que de biens dans la vie dont nous n'apprécions pas la valeur, ou si foiblement !... Combien de fois j'ai dormi neuf heures de suite !

« Elle dort à présent, ne le pensez-vous pas ? me dit-il. Elle a le sommeil de la santé et du

bonheur ; et peut-être rêve-t-elle à vous, digne
ami. Oh ! puisse-t-elle longtemps dormir tranquille,
et vous aussi ! (Et il serra ma main.) — Non,
répondis-je, elle ne peut être tranquille ; elle sait
que l'ami de son bonheur, l'ami de son cœur pur
et sensible, souffre. —Ah ! mon ami, je ne voudrois
troubler ni son sommeil ni son cœur. Non, non,
quelques larmes seulement, et un de ces longs
souvenirs qui durent toute la vie, mais sans la dé-
chirer, qui honorent ceux qui sont capables de les
avoir. » Il pleura doucement.

Je passai mes bras autour de son cou, je l'embrassai ; il se coucha sur mon sein : j'étois assis
sur son lit. Il resta longtemps sans parler, et je
m'aperçus, à un certain mouvement de respiration
plus calme et plus égal, qu'il s'étoit assoupi.
J'éprouvai du charme en voyant cet infortuné
jouir de quelques momens de repos ; je retenois
ma respiration. Il sommeilla ainsi pendant une
demi-heure.

———

Le ... novembre.

J'ai passé quelques jours sans vous écrire. Dé-
couragé, abattu et passant de la plus terrible crainte
à des momens d'espoir, j'ai besoin de m'y livrer
pour ne pas succomber moi-même. Il va mieux ;
il tousse moins. Le médecin dit que sa constitution

doit être des plus fortes, puisque, après quinze
jours de fièvre et de délire, il peut être ainsi.

On voit que sa poitrine seule le détruit; sa
jeunesse même est un danger de plus; son sang
est si vif! il a voulu qu'on le portât au jardin;
nous n'y avons pas consenti; il faisoit trop froid
aujourd'hui.

———

Le ... novembre, 7 heures du matin.

Je continue mon triste récit. Il me semble que
c'est un devoir d'arracher à l'oubli chaque instant
qui nous parlera seul, hélas! à l'avenir, de notre
ami commun, et je trace scrupuleusement chaque
mot, chaque circonstance de ces tristes scènes.

Qu'il est difficile de manier les douleurs de
l'âme! Par combien de chemins on y arrive, quand
on croit être loin de la blesser! Quand je suis
entré chez Gustave aujourd'hui, on avoit ouvert
les fenêtres pour renouveler l'air de sa chambre;
il paroissoit assez bien; je voyois qu'il prendroit
ce moment pour me parler, et je craignois sa toux,
qui revient à la moindre irritation. Voyant des
livres sur une table, je lui proposai de lire quelque
chose en lui demandant s'il y avoit une lecture
qu'il aimât de préférence. Il me répondit qu'il
voudroit entendre quelque chose en anglois; et,
les *Saisons* de Thomson tombant sous ma main,

j'ouvris le livre et commençai sans y songer ces beaux vers :

> Oh happy they! the happiest of their kind
> Whom gentler stars unite.

Un cri étouffé de Gustave me fit frémir. « Qu'avez-vous ? » m'écriai-je, et le livre me tomba des mains. « J'ai mal, bien mal là », dit-il en montrant sa poitrine. Et il ferma les yeux, cacha sa tête dans l'oreiller pour éviter de me parler. Un secret instinct m'avertit que je lui avois fait mal. Je m'approchai de la fenêtre, et ce tableau si fidèle d'une heureuse union, que Thomson a peint si délicieusement, revint à ma mémoire et m'affecta vivement.

———

Le ... novembre.

Il a voulu que nous le portassions dans le jardin pour voir coucher le soleil et respirer l'air, qui le calme toujours. On l'a placé dans un fauteuil. Il a paru jouir de ces momens où la nature sembloit jeter mélancoliquement autour de nous les dernières teintes du jour qui alloit finir. Ce jour avoit été beau comme la jeunesse de Gustave. Mes yeux suivoient les dégradations de la lumière et se portoient involontairement tantôt sur l'horizon, tantôt sur lui. Il parut me deviner; il prit ma main : « Que la nature est belle ! quel calme elle répand dans tout mon être ! Jamais je ne l'eusse aimée ainsi si je n'avois connu le malheur. (Il me regarda avec une sérénité touchante.) Comme elle m'a consolé, cette nature si sublime ! Semblable à la religion, elle a des secrets qu'elle ne dit qu'aux grandes douleurs. Mon digne ami ! continua-t-il, voyant que j'étois très affecté, il est doux de se reposer dans son sein ; ne me plaignez pas. »

Dans ce moment, on me remit un paquet de lettres que le courrier venoit d'apporter. Gustave reconnut l'écriture de Valérie; il se leva avec agitation, puis il retomba aussitôt, affoibli par cet effort; il sourit tristement. « Imaginez ma démence, dit-il; je croyois que le courrier pouvoit m'avoir apporté quelque chose aussi, et j'allois pour le demander. — Sûrement, Valérie m'aura parlé de vous; rentrons, lui dis-je. — Ah ! lisez, lisez. — Non pas, si vous vous livrez à cette violente émotion. » Il ne me dit rien; mais, posant la main sur son cœur, il me montra qu'il en arrêtoit les battemens.

Nous rentrâmes. Il ne voulut pas se coucher; il s'assit sur son lit, s'appuya contre un des piliers, et joignit les mains pour me prier de lire. Valérie me parloit en effet de notre ami infortuné; elle disoit qu'elle languissoit dans une douleur qu'elle ne pouvoit confier à personne, qui agitoit ses jours par de noirs pressentimens; elle se plaignoit

d'être séparée de moi ; elle demandoit mille détails
sur Gustave, et s'attendrissoit sur cette malheureuse
victime d'un amour si funeste.

Je n'osois lire cette lettre à notre ami ; je craignois de lui montrer que Valérie connoissoit son
triste secret. « Que fait-elle ? me demanda-t-il avec
anxiété. — Elle souffre et fait des vœux pour
vous. — Elle souffre ! répéta-t-il. Oh ! si elle savoit
tout ! » Il s'arrêta, leva timidement ses yeux sur
moi ; je baissai les miens. « Mon père ! dit-il avec
un accent déchirant, en étendant vers moi ses
mains suppliantes, mon père ! promettez-moi qu'un
jour elle saura que je meurs pour elle ! » Sa voix
m'émut tellement, me rappela tellement celle de
mon ami, qu'entraîné par la plus tendre pitié, je
lui dis : « Elle sait tout. — Elle sait tout ! » répéta-t-il avec ivresse ; et il se précipita à mes pieds.
En vain je voulus le relever ; il serroit mes genoux,
il répétoit : « Elle sait tout ! Je meurs content. Elle
pleurera ma mort. O mon digne ami ! permettez-
lui ces larmes religieuses... Ami de mon père ! mon
bienfaiteur ! encore, encore une prière ! Valérie
vous donnera des fils ; le Ciel vous rendra encore
père pour vous payer de tout ce que vous fîtes pour
moi : qu'un de ses fils s'appelle Gustave ; qu'il
porte mon nom ; que Valérie prononce souvent ce
nom ; que le doux sentiment de la maternité se
mêle à mon souvenir, et qu'ainsi se confondent
le bonheur et les regrets ! — Calmez-vous, cher
Gustave, dis-je en le relevant et l'embrassant avec

tendresse ; tout ce que je pourrai faire pour mon
fils d'adoption, pour le fils de mon meilleur ami,
je le ferai. » Il s'étoit rejeté à mes genoux ; son
exaltation lui donnoit une force extraordinaire ;
ses joues, si pâles, s'étoient colorées ; ses yeux
éteints brilloient encore une fois comme aux jours
de la santé, et la passion luttoit avec la mort sur
ce visage enchanteur que la nature doua de ses
plus célestes expressions. « Je suis heureux, me
dit-il en ôtant de dessus mes yeux mes mains qui
cachoient les larmes douloureuses que je cherchois
à retenir ; je suis heureux, ne pleurez pas. Repassez
avec moi tous les biens que j'ai connus et tous
ceux qui me restent encore. La nature jette quelquefois sur la terre ces âmes qu'elle se plaît à
rendre plus ardentes et plus tendres ; elle leur
associe l'imagination, et leur fait engloutir, dans
un court espace de temps, toutes les félicités, tous
les bienfaits de l'existence. N'est-ce donc pas un
bonheur de mourir jeune, doué de toutes les puissances du cœur, de rapporter tout à l'éternité
avant que tout se soit flétri ? Sont-ils plus heureux,
ces hommes devant lesquels la vie se retire comme
un débiteur insolvable qui n'a rien acquitté ? Elle
m'a tout donné. J'entends encore la voix de cette
mère bien-aimée, de ma sœur, de mon Ernest ;
ces magiques accens qui me reçurent à l'entrée
de la vie résonnent encore à mes oreilles ; aucun
ne m'a déçu dans ces premiers et derniers jours.
Ainsi la nature et l'amitié se chargèrent du bon-

Valérie.

heur de ma jeunesse ; ainsi j'arrivai... Pardonnez,
mon père, dit-il avec un long soupir ; puisque je
vous ouvre mon cœur, il faut bien que vous l'y
trouviez, elle... Ainsi j'arrivai à ce sentiment,
continua-t-il d'une voix plus basse, dont les douleurs valent mieux que les enchantements de ce
que les hommes appellent amour. Éclair d'un autre
monde, il m'a consumé, mais il ne m'a pas flétri. »
Ici il s'arrêta, cacha son visage dans mon sein,
puis il dit : « J'ai vu le rêve de ma jeunesse passer
devant moi, revêtu d'une forme angélique ; il m'a
souri, j'ai étendu les bras : la vertu s'est mise
entre Valérie et moi et m'a montré le ciel, où il
n'y a point d'orage. » Ici il est tombé dans la
rêverie, puis il a ajouté avec transport : « Mais
les regrets de Valérie perceront ma tombe ; la voix
de l'amitié m'appellera dans de mélancoliques
nuits et son génie portera jusqu'à moi ses touchans accens. Ne suis-je donc pas heureux, moi
qui emporte un cœur pur, des larmes qui me bé-
nissent ? Ah ! mon père, les hommes appellent
romanesques ces âmes plus richement douées, qui
ne veulent vivre que de ce qui honore la vie, et
l'exaltation ne leur paroît qu'une fièvre dangereuse,
tandis qu'elle n'est qu'une révélation faite aux
âmes plus distinguées, une étincelle divine qui
éclaire ce qui est obscur et caché pour le vulgaire,
un sentiment exquis de plus hautes beautés, qui
rend l'âme plus heureuse en la rendant meilleure.
C'est moi, c'est moi qui emporte tout ce qu'il y a

de grand et de consolant : ce ne sont pas eux, qui passent devant les félicités de la vie comme devant une énigme qu'ils ne comprennent pas, qui s'arrêtent avec leur égoïsme et leurs petites idées devant les petites passions. Insensés! ils n'osent demander au Ciel du bonheur, ils demandent à la terre des plaisirs, et le Ciel et la terre les déshéritent tous deux.

Effrayé de la véhémence avec laquelle Gustave m'avoit parlé, craignant qu'il n'eût épuisé entièrement le peu de force qui lui restoit, j'avois vainement tenté de l'arrêter. Entraîné moi-même par son enthousiasme, par ce sublime développement d'une de ces âmes si rares, si distinguées, je m'étois laissé aller à cette admiration si touchante qui nous ravit et nous élève : je le sentois sur mon cœur ; sa poitrine s'agitoit, sa respiration devenoit pénible, ses joues étoient brûlantes, sa tête tomba sur mon sein. Je crus qu'il cherchoit à se reposer, il s'étoit évanoui, et ce long évanouissement me jeta dans la plus affreuse terreur ; ce moment fut un des plus déchirans de ma vie. Mon effroi s'augmenta d'une circonstance qui devoit le rendre terrible. Pendant que je cherchois à faire revenir Gustave à lui-même, la cloche des agonisans se fit entendre dans un couvent voisin ; c'étoit apparemment un des religieux qui luttoit aussi avec la mort. Ce triste et lugubre tintement enfonçoit l'agonie de la douleur dans mon âme, et mon front étoit inondé d'une sueur froide. Enfin, Gustave revint à la vie. On avoit été chercher le médecin : le pouls s'effaçoit sous sa main, la pâleur la plus sinistre couvroit ses traits ; il ne put rien prendre. Combien je me reprochois de l'avoir laissé parler ! Mais, dans ces terribles maladies, la vie se mêle tellement à la mort qu'on a constamment les illusions de l'espérance. Je l'avois cru bien plus fort qu'il ne pouvoit l'être. Je ne le quittai pas ; il s'endormit enfin à cinq heures du matin, et je le laissai alors. Je vous écris ces détails après avoir pris quelques heures de repos.

Cette nuit, voyant qu'il ne pouvoit dormir et voulant l'arracher à ses profondes rêveries, je lui ai proposé de lui lire un journal de sa mère que j'ai trouvé dans ses papiers, espérant ramener ses sombres pensées vers un temps plus doux. Un morceau que j'en avois lu m'avoit montré une bonne action de Gustave ; c'étoit un souvenir doublement consolant dans cette triste époque. Il m'a dit qu'il vouloit que ce journal vous fût remis ; je le joins donc ici. Combien il aime cette mère si aimable ! combien son idée a adouci ses souffrances ! Je voyois qu'il s'élançoit vers elle dans ces régions du repos où il aspire à aller.

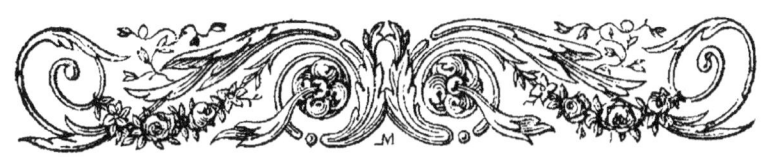

FRAGMENS DU JOURNAL

DE LA MÈRE DE GUSTAVE

Tu es sur mon sein, tu existes, mon fils, toi que rêvèrent mes orgueilleuses espérances; toute mon âme suffit à peine à ce bonheur de la maternité! Et ces jours si purs, si beaux, d'une heureuse union, sont devenus encore plus purs, encore plus beaux. O femmes! que votre destinée est belle! L'univers entier n'est pas assez vaste pour les hommes; ils y portent leurs désirs inquiets; ils veulent le remplir de leur nom; ils fatiguent leurs jours; ils prodiguent la vie; elle est toujours hors d'eux-mêmes. Et nous, qu'elle est belle notre destinée ignorée, qui ne cherche que les regards du Ciel! Comme il a doué nos cœurs à la fois courageux et sensibles! ce cœur qui brave la douleur et la mort, et se rend à un sourire. Puissance divine! tu nous laissas l'amour; et l'amour, sous mille formes, enchante nos jours! Nous aimons en ouvrant les yeux à la lumière, et nous donnons toute notre

âme d'abord à une mère, ensuite à une amie, toujours aux malheureux : ainsi de plaisirs en plaisirs
nous arrivons à l'enchantement d'un autre amour ;
et tout cela n'a fait que nous apprendre mieux le
devoir pour lequel nous fûmes créées. Délice de
ma vie, cher Gustave, je suis donc aussi mère !
mes yeux ne peuvent se lasser de te regarder ;
mille espérances se succèdent, et occupent toute
ma journée et mes rêves mêmes. J'attends ton
premier regard ; quand tu t'éveilles, j'épie ton premier sourire.

Je rêve déjà à ce temps où tu me connoîtras,
où, mêlant ensemble toutes tes petites idées, tes
besoins, tes affections, ton choix, tout te portera
vers moi...

Je t'ai porté à l'église, Gustave ; j'ai remercié
le Dieu de l'univers, qui te donna à moi ; j'ai juré,
non, j'ai promis, et jamais promesse ne fut faite
avec cette chaleur, j'ai promis de remplir mes devoirs envers toi. Je te tenois dans mes bras ; j'étois
fière et humble, j'étois mère. J'étois si riche !
Comment ne pas sentir ce cœur qui s'enorgueil-
lissoit de toi, mon Gustave. Mais j'étois humble
aussi. Qu'avois-je fait pour mériter ce bonheur
si grand? Je t'ai déposé sur cet autel où l'Église
bénit mon union avec ton père. Je suis revenue
au château, environnée de nos vassaux ; leurs regards te bénissoient, car ils aiment ton père, et je
promis pour toi que tu les aimerois un jour.

Et, quand j'ai été seule, je suis allée avec toi
dans la longue galerie où sont les portraits de tes
aïeux, et, foible encore, car il n'y a que quelques
semaines depuis ce jour où je souffris et où j'oubliai si délicieusement mes douleurs, je m'assis
près d'un faisceau d'armes : ton noble grand-père
les avoit illustrées dans des guerres pour la patrie.
Autrefois elles me faisoient peur, mais aujourd'hui
je pensois que le jour viendroit où tes jeunes mains
les soulèveroient aussi et où un ardent et sublime
courage t'animeroit. Puis je parcourus cette galerie, te montrant avec ivresse à tes ancêtres,
comme s'ils me voyoient ; et je m'arrêtois devant
celui dont tu es aussi le descendant, qui servit si
bien son Dieu et ses rois ; et, te soulevant avec fierté,
je dis au héros : « Regarde mon Gustave ; il tâchera
de te ressembler. »

Aujourd'hui, tu as eu deux ans, cher Gustave.
Ton père, absent depuis plusieurs mois, est revenu
hier de Stockholm ; avec quel bonheur nous nous
sommes revus ! Il a demandé à te voir ; je lui ai dit
que tu dormois, et je l'ai entraîné dans le salon.
J'ai cherché à l'occuper un instant ; mais je ne
pouvois cacher mon inquiète joie et mon attente ;
je regardois vingt fois la porte. Nous étions assis
près du grand poêle dont tu aimes à voir les antiques peintures. Enfin la porte s'est ouverte, et tu
es entré, habillé pour la première fois des habits
de ton sexe ; et ce çostume de notre nation, qui

est si beau, t'alloit à ravir. Tu as hésité, en entrant, si tu avancerois; tu croyois qu'il y avoit un étranger. J'ai eu peur pour toi; puis tu as fait quelques pas, et la joie m'est revenue. Cette distance à parcourir, qui devoit montrer à ton père que tu savois marcher, je la mesurois avec des battemens de cœur, comme si c'étoit toute la carrière de la vie; je tremblois pour toi; j'avois tout fait ôter sous tes pas; je t'encourageois de mon sourire; je t'appelois. J'avois caché à moitié, derrière ma robe, de nouveaux joujoux; tu les as vus, tu as redoublé d'efforts. Ton père ne se contenoit qu'avec peine; il vouloit toujours s'élancer vers toi; je le retenois. Enfin tu as presque couru, et, près de nous, tu l'as regardé du haut en bas, et tu t'es jeté dans mes bras. O moment ravissant! tous trois, toi, ton père et moi, une seule étreinte nous confondoit, et ses larmes couloient, et tu passois de l'un à l'autre comme une aimable promesse de nous aimer toujours. O mon fils! que j'ai eu de bonheur à sentir, à l'écrire! Je le relirai souvent, et je te le ferai relire.

———

Aujourd'hui, à dîner, on a parlé d'un trait touchant arrivé pendant je ne sais quelle guerre d'Allemagne. Le magistrat d'une ville assiégée, et sur le point d'être livrée au pillage, fait assembler toutes les mères à l'hôtel de ville et leur ordonne d'amener tous leurs enfans, depuis l'âge de sept jusqu'à douze ans, et de les revêtir d'habits de deuil. Cette touchante cohorte de jeunes citoyens, et peut-être de victimes, devoit aller implorer l'ennemi.

Le désespoir de ces mères, le tumulte des armes, les cris des ennemis, tout se peignoit sur tes traits, Gustave, ta jeune imagination te montroit tout. Enfin tu te lèves de table, tu cours dans mes bras, et, me regardant avec fierté et tendresse, tu me dis : « Maman, j'ai sept ans ; j'aurois été aussi à l'ennemi, et je l'aurois prié pour toi. » Gustave, est-il une plus heureuse mère ?

———

Gustave, tu as fait aujourd'hui une action héroïque, et tu n'as que douze ans !

Un pauvre enfant du village, en jouant près de la rivière, a été entraîné par le courant. Gustave se promenoit dans les environs ; il venoit d'être malade ; il étoit foible, et savoit à peine nager. Il accourt, s'élance, et saisit l'enfant au moment où il reparoissoit sur l'eau ; mais, manquant de force et ne voulant pas l'abandonner, il appeloit du secours... Heureusement on l'avoit vu. O mon Dieu ! que serois-je devenue sans cela ? On les a ramenés tous deux ; Gustave a eu un long évanouissement. En ouvrant les yeux, son premier cri a été pour l'enfant; il a pleuré de joie, il l'a embrassé, il lui a donné ce qu'il avoit pour le porter à sa mère : il n'y est pas allé lui-même, il avoit la pudeur de son bienfait.

———

Qu'elle est intéressante l'amitié qui unit Gustave à Ernest! Les belles âmes seules aiment ainsi. Nous étions assis au bord du grand étang; les deux amis étoient sous un arbre, ils lisoient ensemble Homère; leurs jeunes cœurs s'enflammoient; il y avoit un charme inspirant dans cette scène. Ces riches tableaux d'une imagination si forte, ces sentimens qui sont de tous les âges et de tous les temps et qui frappoient sur ces cœurs si purs, les transportoient tour à tour sous le ciel de l'Orient et les ramenoient dans le cercle enchanté de leurs affections.

———

Ernest et Gustave se livrent à la botanique avec ardeur. Je crois que, si Linnée n'avoit pas été Suédois, ils aimeroient moins cette étude. Qu'ils sont heureux! Qu'il est beau cet âge poétique de la vie, où l'on fait des appels de bonheur à tout ce qui existe, et où tout vous répond! Cependant il y a quelque chose de passionné dans le caractère de Gustave qui m'alarme quelquefois.

———

Gustave a quinze ans. Je le regardois avec la tendresse qui devine tout, et j'ai éprouvé une espèce de frayeur; je ne sais sur quoi elle se fonde. Gustave, doué par le Ciel de toutes les vertus généreuses; Gustave, aimé de tous; Gustave enfin, qui reçut en partage les biens de la nature et ceux de l'opinion, n'avoit-il pas tout ce qui promet le bonheur? Et pourtant je sens que son âme est une de celles qui ne passent pas sur la terre sans y connoître ces grands orages qui ne laissent trop souvent que des débris. Quelque chose de si tendre, de si mélancolique, semble errer autour de ses grands yeux noirs, de ses longs cils abattus quelquefois! Il n'a plus cette inquiète mobilité de l'enfance; il a abandonné ses chevaux, les fleurs de son herbier; il se promène souvent seul, beaucoup avec Ossian, qu'il sait presque par cœur. Un mélange singulier d'exaltation guerrière et d'une indolence abandonnée aux longues rêveries le fait passer tour à tour d'une vivacité extrême à une tristesse qui lui fait répandre des larmes.

Hier il revenoit d'une de ses promenades solitaires; je l'ai appelé. « Gustave, lui ai-je dit, tu es trop souvent seul à présent. — Non, ma mère, jamais je n'ai été moins seul. » Et il a rougi.

« Avec qui es-tu donc, mon fils, dans tes courses solitaires ? » Il a tiré Ossian, et, d'un air passionné, il a dit : « Avec les héros, la nature et... — Et qui, mon fils ? » Il a hésité ; je l'ai embrassé. « Ai-je perdu ta confiance ? » Il m'a embrassée avec transport. « Non, non ! » Puis il a ajouté en baissant la voix : « J'ai été avec un être idéal, charmant ; je ne l'ai jamais vu, et je le vois pourtant ; mon cœur bat, mes joues brûlent ; je l'appelle ; elle est timide et jeune comme moi, mais elle est bien meilleure. — Mon fils, ai-je dit avec une inflexion tendre et grave, il ne faut pas t'abandonner ainsi à ces rêves qui préparent à l'amour et ôtent la force de le combattre. Pense combien il se passera de temps avant que tu puisses te permettre d'aimer, de choisir une compagne ; et qui sait si jamais tu vivras pour l'amour heureux ! — Eh bien ! ma mère, ne m'avez-vous pas appris à aimer la vertu ? » J'ai souri et j'ai secoué la tête comme pour lui dire : Cela n'est pas aussi facile que tu penses !

« Oui, ma belle maman, la vertu ne m'effraye plus depuis qu'elle a pris vos traits. Vous réalisez pour moi l'idée de Platon, qui pensoit que, si la vertu se rendoit visible, on ne pourroit plus lui résister. Il faudra que la femme qui sera ma compagne vous ressemble, pour qu'elle ait toute mon âme. » J'ai encore souri. « Oh ! comme je saurois aimer ! bien, bien au delà de la vie ! et je la forcerois à m'aimer de même ; on ne résiste pas à ce que j'ai là dans le cœur ; quelque chose de si passionné ! » a-t-il dit en soupirant et frémissant ; puis, après un moment de silence, il a ajouté : « Un de nos hommes les plus étonnans, les plus excellens, Swedenborg, croyoit que des êtres qui s'étoient bien, bien aimés ici-bas, se confondoient après leur mort et ne formoient ensemble qu'un ange : c'est une belle idée, n'est-ce pas, maman ? »

LETTRE XLVIII

(SUITE)

ICI finissoit le journal, et vous seul pouvez imaginer ce qu'il me fit souffrir par les terribles rapprochemens que je faisois. Ces brillantes espérances qui venoient se briser contre un cercueil; cette mère si aimable, qui sembloit pressentir le malheur que nous avons sous les yeux, et ce caractère si pur, si noble, si sensible, qui a tenu toutes les promesses de l'enfance : il n'est pas d'expression pour tout ce que j'éprouvois. Pour lui, il m'écoutoit avec un calme que j'aurois cru impossible. Vingt fois je voulus m'arrêter, me repentant de n'avoir pas assez prévu ce qu'il y avoit de trop douloureux dans cet écrit; il me conjuroit, mais avec calme, de continuer.

Quelquefois il sembloit qu'il cherchoit à se rappeler ces scènes de son jeune âge; il écartoit, en rêvant, de dessus son front ses cheveux, qui paroissoient l'embarrasser, et la pâleur de son front alors *me faisoit si mal!* Quand je lui lus ce passage où il est parlé d'Homère, il s'est soulevé, il a joint ses mains sans rien dire ; une joie encore belle, malgré ses traits flétris, étoit sur son visage ; il a prononcé longuement votre nom ; puis il a ajouté : « Oh ! comme je me rappelle bien cela ! O doux plaisirs de mon enfance ! vous venez donc encore vous asseoir sur ma tombe ! »

Au moment où il est parlé de la botanique, que vous aimiez tous deux, il a dit tranquillement et en soupirant : « Les goûts charment la vie, et les passions la détruisent. »

Mais, quand il en est venu au souvenir de ce jour où sa mère l'embrassa, où il lui promit d'aimer la vertu, il pleura amèrement ; il tendoit les bras comme s'il pouvoit encore l'atteindre ; et, couvrant son front de ses mains, il dit d'une voix étouffée : « Pardonne-moi, ombre chérie ! ombre sacrée ! de n'avoir pas assez écouté ta prophétique voix ; j'ai bien souffert ! »

Il est bien mal, le médecin n'espère rien ; mon âme découragée se livre à une mortelle douleur. Si vous pouviez arriver, s'il pouvoit encore voir cet Ernest qu'il aime tant ! Hélas ! vos larmes ne tomberont que sur la terre qui couvrira bientôt le plus vertueux, le plus aimable des hommes.

J'ai trouvé Erich avec lui aujourd'hui. Ce vieillard ne dit rien, il ne pleure pas, il a perdu jusqu'aux larmes : il en a beaucoup répandu ; vous

savez comme il aime Gustave, dont la jeunesse
s'éleva sous ses yeux. Que la douleur à cet âge-là
fait mal ! Les larmes de la jeunesse sont une rosée
du printemps qui s'évapore et embellit la fleur
qu'elle a visitée; mais les chagrins de la vieillesse
sont comme la sombre tempête de l'automne, qui
abat les feuilles et dévaste l'arbre lui-même. Erich,
les joues sillonnées par les années et les souffrances,
étoit assis sur le lit de Gustave; ses cheveux gris
se mêloient aux rides de son front; ses mains
trembloient; ses yeux mornes interrogeoient les
traits de Gustave; il tenoit une cassette ouverte;
il y avoit quelques lettres; j'en vis une pour sa
sœur, une autre adressée à Valérie; il rougit en
voyant mes yeux tomber dessus : je l'embrassai.
« Lisez-la, me dit-il : c'est la première que je lui
écris, et c'est de ma tombe que je la date. —
Non, non, dis-je avec la plus vive douleur, vous
ne mourrez point; vous vivrez, vous guérirez; le
temps effacera les traces d'une passion orageuse :
Valérie a une sœur qui lui ressemble beaucoup;
vous l'obtiendrez, et nous serons tous heureux. »
Il secoua tristement la tête; il me confia un paquet
qui contenoit ses dernières dispositions. Il sortit
le portrait de sa mère, le porta à ses lèvres et
le plaça sur son cœur. « Il faut qu'il y reste »,
dit-il.

Il me remit une croix de Malte pour la rendre
à l'ordre de Saint-Jean, dont le prince Ferdinand
est le chef. Il l'avoit regardée un moment. « Mon

père l'a portée longtemps, me dit-il; et à sa mort le roi la demanda pour moi, afin que cette distinction restât dans la maison des Linar. »

Un vieillard, un ecclésiastique déporté de France, qui a trouvé un asile dans un couvent près de cette maison, est venu voir Gustave. Il l'avoit rencontré souvent, et avoit lu dans son âme la douleur qui le consumoit. Il lui avoit parlé quelquefois, l'avoit plaint sans vouloir lui arracher son secret, et l'avoit entretenu aussi de sa patrie. Ainsi s'étoit formé entre eux un lien cher à tous deux. Il s'approcha du lit de Gustave, et je remarquai l'altération de ses traits en voyant l'extrême pâleur et l'oppression du malade. Gustave lui présenta sa main et de l'autre il montra sa poitrine, pour lui indiquer qu'il ne pouvoit pas lui parler; il essaya de sourire pour le remercier. Le vieillard posa silencieusement deux œillets sur le lit de Gustave, en lui disant : « Ce sont les derniers de mon jardin, je les ai cultivés moi-même. » Puis il joignit ses tremblantes mains, les mit sur sa poitrine et regarda longtemps Gustave sans parler; seulement je vis deux larmes se détacher lentement de ses paupières; il sembloit que la nature, qui ne veut rien perdre à cet âge, les retenoit malgré lui. Gustave avoit remarqué aussi ces larmes : car un rayon de soleil venoit éclairer la tête auguste du pasteur. « Ne vous affligez pas sur moi, lui dit Gustave à voix basse, je crois à un bonheur plus grand que tout ce que la terre peut donner. » Il regarda le ciel et ajouta : « Priez pour moi, apôtre de Jésus-Christ, vous qui l'avez servi et ne l'avez pas offensé. » Le vieillard lui répondit : « Je ne suis qu'un pauvre pécheur. »

Il prit un crucifix qu'il avoit posé sur la table à côté du lit et le présenta à Gustave, qui, de ses languissantes mains, le saisit et le porta à ses lèvres en inclinant la tête; puis il le remit en levant pieusement ses yeux au ciel; et, joignant ses mains, il dit : « O sauveur et bienfaiteur des hommes ! il est plusieurs demeures dans la maison de ton père, ainsi tu l'as dit : donne-moi aussi une place, ô toi qui fus tout amour ! Ne regarde pas ma vie, regarde ce cœur qui aima beaucoup et souffrit. » Le saint homme s'étoit mis à genoux près du lit de Gustave, et, absorbé dans une fervente prière, il oublioit la terre des hommes : il étoit dans le ciel.

La grande cloche du couvent commença à sonner; elle annonçoit que l'office alloit commencer. C'étoit une grande fête; toutes les cloches des environs se mêlèrent à celle-là ; et deux enfans de chœur, entrant dans la chambre, vinrent avertir le vieillard qu'on le demandoit. Il s'étoit déjà levé et avoit posé ses vénérables mains sur la tête de notre ami; il se retourna vers moi, qui, muet témoin de toute cette scène, laissois couler des larmes, et me demanda si l'on ne songeoit pas à faire administrer les sacremens au malade. « J'attends à tout moment, dis-je, notre aumônier, qui doit venir de Venise : le jeune comte de Linar, ajoutai-je, n'est pas catholique. — Il n'est pas catholique ! » s'écria le vieillard avec un accent douloureux; et, laissant échapper un soupir que je voyois lui être pénible : « Mais je l'ai vu à la messe, je l'ai vu prier Dieu avec ferveur? — Nous pensons, dis-je, que le père de tous les hommes peut être invoqué partout; et là où nous trouvons nos semblables, nous mêlons nos prières, notre reconnoissance : la même miséricorde n'existe-t-elle pas pour tous ceux qui ont les mêmes misères? » Il soupira : sa religion et la bonté de son âme luttoient ensemble. « Homme excellent, qui ne voulez que bénir, dis-je, je vois combien il en coûteroit à ce cœur pour nous rejeter. Celui que vous cherchez à imiter, celui qui dit : *Venez tous à moi, vous qui souffrez,* est encore mille et mille fois meilleur pour les hommes. » Il regarda Gustave; Erich essuyoit son visage pâle, sur lequel étoient des gouttes de sueur.

Le pasteur leva ses mains au ciel et dit : « La miséricorde de Dieu est plus grande que le sable de la mer. » Et puis il sortit lentement, retourna la tête, et à la porte il bénit le malade.

A deux heures de la nuit.

Il m'a demandé si je connoissois la place où il vouloit être enterré; je n'ai pu lui répondre que

par un signe de tête négatif. Je souffrois horriblement, il s'en est aperçu. Il a toute sa raison. Il
m'a fait approcher, et m'a prié d'une voix foible
de prendre les arrangemens nécessaires pour qu'il
pût être enterré sur une colline voisine, d'où la
vue porte sur la Lombardie ; elle est couverte de
hauts pins. Il a légué une somme pour secourir
toutes les mères pauvres de ce bourg, pour les
aider à élever leurs enfans. Il a voulu que chaque
année, au jour de son enterrement, ces enfans
vinssent sur sa tombe ; qu'on leur fît aimer ce lieu
solitaire, où coule une·fontaine d'une eau pure. Il
se plaît à penser que ces innocentes créatures ai-
meront cette place où il trouvera le repos. Je lui
ai promis de remplir ses volontés.

Le médecin de Bologne est arrivé ; il le trouve
bien mal ; il ne croit pas qu'il puisse vivre encore
quatre jours. Oh ! quelle affreuse nuit j'ai passée !
J'ai été visiter la colline comme je le lui avois
promis. Il souffloit un vent impétueux ; une nuée
d'oiseaux de passage s'est abattue sur les arbres :
ces oiseaux, dans leurs cris monotones, sembloient
répéter leurs adieux en commençant leur nouvelle
migration. Ils se sont élevés dans les airs, ont tour-
billonné, se sont abattus encore, et ont disparu.
J'ai vu une place ; c'étoit celle qu'il a choisie ; il
y a travaillé : il y avoit un arbre dont les rameaux
étoient dépouillés, mais il vivoit toujours et s'élan-

çoit vers le ciel. La bêche qui avoit servi à Gustave étoit appuyée contre cet arbre ; sur sa rude et antique écorce étoit cette inscription : *Le voyageur qui dormira à tes pieds n'aura plus besoin de ton ombre ; mais tes feuilles tomberont sur la place où il reposera, et diront au passant que tout périt.*

Quand je suis revenu près de Gustave, il achevoit d'écrire, avec beaucoup de peine, quelques lignes ; il me les remit. Je ne pus les déchiffrer, il l'avoit prévu, et me les dicta.

J'ai passé la nuit près de lui : il a prononcé souvent votre nom ; il vous appeloit ; il a aussi prononcé le nom de sa sœur, m'a donné un paquet pour elle, écrit avant qu'il fût si mal. Il m'a bien recommandé de vous remettre tout ce qui étoit à votre adresse et de vous dire combien il vous aimoit. Un moment il a fermé les yeux, puis il les a rouverts, m'a tendu les mains et m'a dit en soupirant : « J'ai cherché à rassembler les traits de Valérie, je n'ai pu y réussir : ils sont si bien là ! (Il a montré son cœur.) Mais déjà mon imagination est morte, je n'ai pu avoir une idée distincte de ses traits ; je voulois prendre congé d'elle. Dites-lui, dites-lui combien je l'aimai. » Il a pris ma main ; il a fixé les yeux dessus, et a dit : « Elle conduira Valérie par une route fleurie et douce ; *elle sera toujours dans la sienne.* » Il est tombé dans une longue rêverie ; puis il m'a demandé à quelle heure son père étoit expiré.

Il s'est endormi. Au bout d'une heure, il m'a

demandé de lui lire quelques chapitres de l'Évangile; ce que je fais tous les matins.

Le médecin est venu lui apporter une potion calmante; il l'a éloignée doucement de la main, en disant : « Je suis assez calme pour mourir; c'est tout ce qu'il faut. » Il s'est retourné vers Erich et lui a dit : « Je vous remercie de tous vos soins; je vous attendrai là-bas, où nous ne nous séparerons plus. » Ce bon Erich pressoit en sanglotant les mains de Gustave contre ses lèvres, et celui-ci pressoit sa tête blanchie contre son cœur.

*

Le 4 décembre.

Ce matin il m'a fait appeler; il m'a demandé si je n'avois pas de réponse de l'aumônier, et m'a dit qu'il désiroit bien le voir arriver. « Il sera trop tard, a-t-il ajouté. — Je l'attends d'une minute à l'autre, dis-je. — Je suis bien foible, mon digne ami », a-t-il continué. Puis j'ai vu qu'il vouloit me parler de Valérie; il a hésité. « Avez-vous quelque chose à me dire ? lui ai-je demandé. — Non, non, je dois m'interdire ce sujet de conversation... Tout est réglé d'ailleurs; tout est fini, et je suis trop heureux, puisqu'elle sait que je meurs pour elle. Pardonnez-moi, homme excellent et respectable ! N'est-ce pas, vous m'avez pardonné ? Donnez-moi votre main, serrez la mienne; hélas ! il ne me reste plus de force pour exprimer mes sentimens ! »

Il avoit pris des mesures pour que les vassaux de sa terre fussent aussi heureux qu'il étoit en son pouvoir de les rendre. Cette terre, qui revient à sa sœur, est en Scanie, et c'est celle où vous passâtes ensemble une partie de votre enfance. Il vous a nommé, ainsi que moi, pour surveiller ses volontés. Avec quelle touchante inquiétude il s'est assuré si ses dispositions étoient entre mes mains ! Il a absolument voulu ouvrir encore une fois le paquet cacheté, pour se convaincre qu'il ne les avoit pas oubliées. Souvent il vous appelle ; il dit : « Mon Ernest ! mon Ernest ! où es-tu ? » Je lui ai lu votre lettre : calmez-vous ; il sait que le devoir seul pouvoit vous retenir. D'autres fois il appelle Valérie ; il dit : « Ma sœur ! ma tendre sœur ! tu me promis de m'aimer comme un frère. »

Il a voulu vous écrire encore, il n'en a pas eu la force. Les deux premières lignes sont de lui ; j'ai écrit le reste sous sa dictée. Voilà ces lignes : je ne vous les envoie pas, car je vous attends.

Mon Ernest, je viens te parler encore une fois avant de disparoître de la terre. J'ai tenu ma parole ; j'ai tenu les promesses de l'enfance, les sermens d'un âge plus mûr, je t'ai aimé jusqu'à la mort. Ne t'effraye pas de ce mot : la mort elle-même n'est qu'une illusion ; c'est une nouvelle vie cachée sous la destruction. L'amitié ne meurt pas ; la mienne attend celle d'Ernest dans les demeures inébranlables du repos. O mon Ernest ! si tu avois pu fermer mes

*yeux, garder mon dernier regard dans ton cœur !
pour te consoler dans ces momens où tu te diras :
« Je ne le reverrai plus ! » il me semble que ce dernier
regard t'eût peint un sentiment indestructible qui doit
consoler de ce qui est passager.*

*Ernest, je te dois un bien grand bonheur ; tu m'as
sauvé une douleur horrible, celle de croire que je
mourrois sans être connu de lui, de cet ami incom-
parable. Ah ! les âmes sublimes ont seules des inspirations sublimes ! Telle étoit la tienne en lui
envoyant mes lettres, en mettant sous les regards de
son âme si supérieure les combats, les douleurs, les
fautes et les regrets d'un cœur qu'il peut encore
plaindre et que sa bonté sait environner d'une indulgence paternelle. Et elle aussi, l'ange de ma vie ! elle
sait que je l'aimai d'un amour pur comme elle. Je
meurs heureux ; c'est aux accens touchans des regrets
que je m'endors ; j'entends ceux de ta voix, j'ose y
mêler ceux de Valérie.*

*Adieu, mon Ernest ; vis heureux. Non, ce n'est pas
le bonheur que je désire le plus pour toi ; garde ton
âme : c'est un si grand bien que, dusses-tu l'acheter
par de vives souffrances, il ne seroit pas assez payé.*

*Adieu, Ernest, ami fidèle, enfant de la piété et de
la vertu, je t'attends.*

La voilà, cette lettre touchante et dont vous
êtes digne ; elle n'a pas été dictée sans l'agiter
beaucoup ; elle a été interrompue souvent ; elle
a été ensuite mouillée de larmes. Lorsqu'il a essayé

de la relire, il était trop affoibli; mais il a voulu la toucher, la regarder, parce qu'elle étoit pour vous.

———

Il n'est plus pour nous ni crainte ni espoir; la douleur seule reste et ronge mon cœur. Le vertueux Gustave, mon fils, mon espérance, n'est plus... il a été rejoindre ses pères, et ses jours orageux sont ensevelis dans la froide demeure de la destruction. Je vais accomplir le triste et dernier devoir que j'ai à lui rendre, je vais tâcher de faire vivre encore les derniers instans de celui qui n'est plus, pour les retracer à celui qu'il aima tant... Je m'arrête : laissez couler mes larmes; laissez couler les vôtres, pour que votre sein ne se brise pas.

J'ai eu un violent accès de fièvre; j'ai été dans mon lit, privé pendant quelque temps de sentiment, puis tout entier à la douleur dont je me ressens encore. Je tâcherai de vous peindre, non ce que j'ai éprouvé, mais ce qui me reste de souvenir de ce terrible moment et de ce qui le concerne.

Le lendemain du jour où il vous écrivit, sa poitrine et sa tête s'embarrassèrent tellement que le médecin craignit qu'il ne passât pas la nuit. Nous

ne le quittâmes pas d'un instant. Cependant, à
cinq heures du matin, il y eut un grand mieux :
il se sentit tout à coup plus calme; l'oppression
diminua; ses mains seulement étoient extraordi-
rement froides et s'engourdissoient. On les lui fit
mettre dans de l'eau tiède; ce sentiment parut
lui faire plaisir. A six heures, à peu près, il demanda quel quantième du mois nous avions ; je lui
dis que c'étoit le huit décembre. « Le huit ! » répéta-t-il sans rien ajouter. Puis il me demanda si
je croyois que nous aurions du soleil : le médecin
lui répondit qu'il le croyoit, parce que le ciel
avoit été très pur pendant la nuit. « Cela me feroit plaisir », dit-il. Il demanda du lait d'amande.
A huit heures, il dit à Erich : « Mon ami, regardez le temps; voyez s'il fera beau. » Erich revint
et lui dit : « Les brouillards montent, et les montagnes se dégagent; il fera beau. — Je voudrois
bien, dit Gustave, voir encore un beau jour sur
la terre. » Puis, se retournant vers moi, il me dit :
« L'aumônier ne vient pas, je mourrai sans avoir
accompli les devoirs de la religion. — Mon ami,
dis-je, votre volonté vous est comptée par Celui
devant qui rien ne se perd. — Je le sais », dit-il
en joignant ses mains. Puis il se retourna encore
vers moi, et me dit : « Je voudrois me lever »;
et, prévoyant que je m'y opposerois, il continua :
« Je me sens fort bien; je voudrois en profiter
pour prier. » En vain je lui objectai qu'il prieroit
dans son lit, qu'il étoit trop foible, je ne pus le

détourner de cette idée. Il passa une robe de chambre; mais à peine eut-il essayé de se tenir sur ses jambes qu'un vertige l'obligea à se rasseoir en s'appuyant sur moi. Il se leva derechef, s'agenouilla lentement; et, mettant sa tête dans ses mains et s'appuyant contre le dossier d'un fauteuil, il pria avec ferveur. J'entendois quelques mots que la piété, le repentir, lui faisoient prononcer avec onction; j'entendois mon nom et celui de Valérie se confondre; il demandoit notre bonheur. Moi-même, à genoux à ses côtés, je voulois prier pour lui; mais, trop distrait, des paroles sans suite arrivoient sur mes lèvres; je ne pensois qu'à lui.

Quand il eut fini et qu'on l'eut aidé à se relever, il nous dit : « Je suis tranquille; la paix est dans mon cœur. » Il sourit doucement, ne voulut point être déshabillé, et se recoucha ainsi. Il nous pria d'avancer son lit vers la fenêtre, de mettre sa tête de manière à voir l'ouest. « C'est là la Lombardie, me dit-il; c'est là où le soleil se couche : je l'ai vu bien beau auprès de vous et auprès d'elle! » Il fit approcher son lit encore plus près de la fenêtre. Le médecin craignit qu'il ne vînt de l'air. « Cela ne me fera plus de mal », dit Gustave, et il sourit tristement. Il nous pria de lui mettre des coussins pour qu'il fût assis. On avoit une vue très étendue de cette fenêtre, d'où l'on embrassoit une grande partie de la chaîne de l'Apennin; l'aurore éclatait dans l'orient; et le soleil, déjà levé en Toscane, s'avançoit vers nos montagnes. Gustave

écarta les rideaux, se retourna et contempla ce
magnifique spectacle. Pour moi, qui avois suivi
toutes ses idées, de noirs pressentimens, d'affreu-
ses images, me glaçoient; j'étois assis sur son lit,
et ma tête étoit dans mes mains. Il leva les siennes
au ciel avec un regard inspiré, et me dit : « Laissons la douleur à celui pour qui la vie est tout, et
qui n'est pas initié dans les mystères de la mort.
— Hélas! lui dis-je, l'avenir m'épouvante malgré
moi, Gustave. — Oh! que je bénis le Ciel, dit-il,
de l'espérance et de la tranquillité qui se confondent dans mon cœur et le rendent aussi serein que
le sera ce jour! Oui, dit-il, et sa figure s'anima
de la plus céleste expression en regardant l'horizon; oui, ô mon Dieu! l'aurore répond du
soleil; ainsi le pressentiment répond de l'immortalité! » Il répandit doucement alors les deux
dernières larmes qu'il a versées sur cette terre; il
ne parla plus. Il pria qu'on lui jouât le superbe
cantique de Gellert sur la résurrection; Berthi le
joua. Il respiroit péniblement; il avoit presque
toujours les yeux fermés : un instant il les ouvrit
quand le cantique fut fini; il me tendit la main,
fixa ses yeux du côté du couchant. Deux ramiers
privés vinrent s'asseoir sur la corniche de la fenêtre;
il me les fit remarquer de la main. « Ils ne savent
pas que la mort est si près d'eux », dit-il.

Le soleil s'étoit entièrement levé; je voyois que
Gustave cherchoit ses rayons. Sa respiration s'embarrassoit de plus en plus; sa tête s'appesantit; il

me cherchoit de la main, et je vis qu'il ne me re-
connoissoit plus. Il soupira, une légère convulsion
altéra ses traits : il expira sur mon sein, une de
ses mains dans celles d'Érich...

———

Je reprends mon récit interrompu ; j'avois besoin de force et de courage pour le continuer.
J'ai encore devant mes yeux la plus triste des
images, telle qu'elle me frappa en rentrant dans
cette chambre d'où avoit disparu l'âme la plus
tendre et la plus sublime. Je reculai d'horreur en
voyant ce jeune et superbe Gustave couché dans
le cercueil ; je m'appuyai contre la porte : il me
sembloit que je faisois un rêve dont je ne pouvois sortir. Je m'avançai pour le considérer encore, et soulevai le mouchoir qui couvroit ses
traits ; la mort y avoit déjà gravé son uniforme
repos. Je le contemplai longtemps, mais sans attendrissement : il me sembloit que ma douleur
s'arrêtoit devant une pensée auguste plus grande
que la douleur ; et, sur ce cercueil même, je me
sentois vivant d'avenir. Mon âme s'adressoit à la
sienne. « Tu as eu soif de la félicité suprême,
lui disois-je ; tu as détourné tes lèvres de la coupe
de la vie, qui n'a pu te désaltérer ; mais tu respires maintenant la pure félicité de ceux qui vécu-

rent comme toi. » Sa bouche avoit conservé les
dernières traces de cette douce résignation qui
étoit dans son âme; la mort l'avoit enlevé sans le
toucher de ses mains hideuses. A côté de lui
étoit la table où étoient rangés tous ses papiers. A
cette vue, mon cœur s'émut, comme s'il étoit encore vivant. Je voyois toutes ses dispositions
écrites de sa main; sa montre y étoit aussi. Je me
rappelai qu'il m'avoit prié de la porter; je la
pris silencieusement; je la regardai, elle étoit arrêtée. Je sentis un frisson désagréable; et, en me
retournant pour m'asseoir et prendre quelques
forces, je renversai un des cierges; il tomba sur la
poitrine de Gustave : je me précipitai pour le relever; et, en voyant l'inaltérable repos de celui
qui ne pouvoit plus rien sentir ici-bas, je fis un
cri. « O Gustave! me disois-je, Gustave! tu ne
peux donc plus rien éprouver, rien entendre! La
voix gémissante de l'amitié passe à côté de toi et
ne t'émeut plus! » Je posai mes lèvres sur son
front glacé : « O mon fils! mon fils!... » C'est
tout ce que je pus dire. Je restai immobile; mon
âme disoit un long adieu à cet objet si cher de mes
affections; et, lorsque je voulus fermer le cercueil,
mes yeux tombèrent sur la main de Gustave qui
étoit restée suspendue. Il avoit à un de ses doigts
la bague décorée de ses armes, selon l'usage de
notre pays; je voulus la lui ôter; puis, me rappelant que c'étoit là le dernier rejeton de cette illustre maison des Linar : « Reste, lui dis-je, reste,

et descends avec lui dans la tombe. » Alors mes larmes coulèrent; je replaçai cette main sur la poitrine du mort, et je fermai son cercueil !

Imprimé par Jouaust et Sigaux

POUR LA

BIBLIOTHÈQUE DES DAMES

JUILLET 1884

4

www.ingramcontent.com/pod-product-compliance
Lightning Source LLC
Chambersburg PA
CBHW070449030726
47503CB00004B/969